流动的飨宴

大运河饮食笔记1

京杭大运河卷

张泽峰 著

中国言实出版社

雪后通州大运河

大运河扬州段

运河的味道

（代为序）

　　中国地图上，有一个大大的"人"字，一撇是横亘北方的万里长城，一捺是纵贯南北的京杭大运河。相对于雄浑刚健的长城，我更喜欢沉静柔美的运河。京杭大运河是由南向北沟通钱塘江、长江、淮河、黄河、海河五大水系的大运河，沿途没有绝壁峡谷，没有急流险滩，在文化意象上偏向阴柔内敛。正是这一条运河，在过去的千年里源源不断地向京都输送着食货物产，它是连接着国家心脏的一条大动脉，它充满了活力，它是自由的、积极的、澎湃的。

　　我的祖辈中很多人做过运河上的摆渡人。小时候，我看着流淌的运河，心里生出乘舟远

北京　通州区　香河县
廊坊　武清区
独流　天津
沧州
衡水
德州
武城县
渡口驿
临清
聊城
沙镇
张秋
梁山县　东平县
南旺
济宁
滕州　枣庄
台儿庄区
邳州
徐州　宿迁
淮安
宝应县
高邮
扬州
镇江
常州
无锡
苏州
湖州
嘉兴
平湖
杭州

行的畅想，走得很远很远。现在回顾过去的四十多年，我似乎一直不曾离开过这条河。

我出生在山东省德州市夏津县，运河边上一个叫渡口驿的村庄，小时候吃到的都是运河滋养孕育的粮食和鱼虾。在天津上大学的四五年，品尝到由南方沿河而来的水馅儿包子，佐餐的是运河水酿造的独流老醋。后来到北京工作，最初在市里时常和朋友去什刹海喝酒饮茶；后居于通州，周末偶尔会去运河边的早市买菜下厨。2015 年年初，我又回到天津，住在海河边一个叫盐坨村的地方。

盐坨，即露天堆放官盐的场地。天津沿海一带的盐产，称为长芦盐（简称芦盐），其中尤以丰财、芦台二场的盐质量最佳，被誉为"芦台玉砂"。盐自产地运出销往各地，主要依靠水路船运。天津河道通畅，盐商聚集，自然地成为芦盐的集散枢纽。

明代在沧州置长芦都转盐运司，小直沽设批验所，城北建"皇盐厂"，专为贮存贡盐之用。清朝建立后这里"与盐关相隔，卸运不便，凡运到贡盐，本司捐资就近赁贮，此地遂废，屋亦倾圮"。清顺治十二年（1655 年），有人在此搭盖草棚栖止。康熙八年（1669 年）附近居民相继筑草房一百二十间，几年以后，那里就形成了比较大的村落，取名盐坨村。光绪二十六年（1900 年），八国联军侵入天津，占据了海河东路一带的盐坨，辟为"奥国、意国租界"。于是，天津所产的盐一部分垛放在挂甲寺，称为南坨；还有一部分再次移放在原来存放盐的地方，称为北坨。

在初雪的季节，我在盐坨村呼吸着海河上飘来的湿润空气，敲击键盘记录大运河的味道，恍如昨日重现，我一直不曾离开过。

2014 年 6 月 22 日，中国大运河在第 38 届世界遗产大会上获准列入世界文化遗产名录。名录所列"中国大运河"，由隋唐大运河、京杭大运河及浙东运河组成。但日常生活中，我们说"运河"或者"大运河"，如果不加特别修饰，通常都是指京杭大运河。

隋唐大运河以洛阳为中心，南起余杭（今杭州），北到涿郡（今北京），全长 2700 公里。纵贯在中国最富饶的东南沿海和华北大平原上，地跨今天的北京、天津、河北、山东、河南、安徽、江苏、浙江 8 个省、直辖市，通达海河、黄河、淮河、长江、钱塘江五大水系，是中国古代南北交通的大动脉，也是世界上开凿最早、规模最大的运河。

元朝定都北京，元世祖至元十八年（1281 年）到至元三十年（1293 年）裁弯取直疏浚运河，途经今浙江、江苏、山东、河北四省及天津、北京两市，全长 1797 公里，成为现今的京杭大运河。

京杭大运河按地理位置分为七段：北京到通州区称通惠河，自白浮村神山泉（今北京市昌平区）经瓮山泊（今昆明湖）至积水潭、中南海，自文明门（今崇文门）外向东，在今天的朝阳区杨闸村向东南折，至通州高丽庄（今张家湾镇政府西）入潞河（今北运河故道），长 82 公里；通州区到天津称北运河，长 186 公里；天津到临清称南运河，长 400 公里；临清到台儿庄称鲁运河，长约 500 公里；台儿庄到淮安称中运河，长 186 公里；淮安到瓜洲称里运河，长约 180 公里；镇江到杭州称江南运河，长约 330 公里。

浙东运河又名杭甬运河，西起杭州市滨江区西兴街道，跨曹娥江，经过绍兴市，东至宁波市甬江入海口，全长 239 公里。浙东运河是京杭大运河的延伸，也是大运河与海上丝绸之路连接的通道。

清咸丰五年（1855 年），黄河在河南兰考的铜瓦厢决口，在山东省寿张县张秋镇穿过运河，挟大清河入海，致使京杭运河南北断流。光绪二十七年（1901 年），漕粮折银，漕运完全废止。1911 年津浦铁路通车，北方大运河逐渐湮废。现今运河北段已淤塞，山东济宁以南河段还可以通航，主要的通航河段集中在江苏、浙江境内。

饮食本是一门因地域而异的艺术，与山有关，与水有关，与路有关，与桥有关，与车马有关，与舟楫有关。因为山川地理的不同，本来亲近的物种竟然生出不同的滋味，人们也就有了各自味蕾上的故土难舍、心底的乡愁四韵。

　　京杭大运河沟通四省二市，舶运陶瓷、丝绸、木材、煤炭、砂石等物产，当然最主要的还有田赋、粮食和食盐。于是，盐商官吏的豪奢宴饮、船工纤夫的饱腹小食、两岸城乡的特色名吃都在这一条河上相互影响，形成了一条跨越地域和菜系的运河饮食文化带。

　　在运河饮食文化带上，南方饮食北上的案例有记载的很多，比如北京的稻香村糕点，比如济宁的玉堂酱菜等，而北方食品流传至南方的也不胜枚举，京果、西湖醋鱼便是。更多的是相互借鉴融合，浙东的花雕焖肉和山东的坛子肉有几分相似，北京通州的咯吱盒和杭州的炸响铃有异曲同工之妙，很多食物已经佚失了籍贯与乡音，像断了线的珠玉随意地散落在两岸民间的餐桌上，等待着我们去发现，去品尝回味。

　　从菜系上来说，京杭大运河主要贯穿了浙菜（杭帮菜）、苏菜（苏锡菜、淮扬菜、徐海菜）、鲁菜（鲁南菜、济南菜）、津菜、京菜五大菜系，口味上由清淡鲜美向浓重香醇逐渐变化。当你试图去寻找每个菜系明确的分野时却又不可得，它们已经相互融汇，成为运河饮食的特色。临安的"炙鸭"一路向北，在长江上一拐弯去了金陵，金陵便有了"烧鸭"；跟着大明的足迹走到北京，北京便有了"烤鸭"。黄河里的"糖醋鲤鱼"顺水南下，游到苏州，苏州便有了"松鼠鳜鱼"；游到杭州，杭州便有了"西湖醋鱼"。

　　我从北京积水潭出发，沿运河南下，考察大运河饮食，是一个寻根溯源的过程。"礼失求诸野"，这句话更适用于饮食，在行走运河的路上，会偶遇一些古典的词汇，比如用西葫芦丝加面粉在鏊子中煎烙出的菜饼，外地称之为"青瓜烙"，在山东、河北被称作"瓜饦子"，汉代扬雄《方言》云："饼谓之饦。"这是一种美丽的邂逅，也是一种久违的重逢。

张泽峰

2022 年 8 月于渡口驿

目录

北京烤肉

什刹海一带本是永定河旧河道，后来为高粱河所流经。金代将这一带河道开挖成湖（积水潭），堆土成山（琼华岛）。元至元三十年（1293年），郭守敬将昌平的泉水向西南引向瓮山泊（今昆明湖）、再引进积水潭的水利工程竣工，通州的运粮船直达积水潭。

作为大运河的北方终点，彼时的积水潭是北京城内最重要的漕运码头。水面上舳舻蔽水帆樯林立，来自全国的物资商货集散于此，使得码头东北岸边（现在的烟袋斜街和鼓楼一带）成为大都城中最为繁华的闹市。

《明史·河渠志》载："明成祖肇建北京，转漕东南。水陆兼挽，仍元人之旧。逮会通河开，海陆并罢。南极江口，北尽大通桥，运道三千余里。"明代，由于北京城的改造，漕船已经不能驶进积水潭，码头废弃，积水潭成为了园林湖水，仅留游船画舫在水上悠游。后来水域面积不断缩小，逐渐形成前海、后海、西海三个湖泊，合称什刹海。

前海和后海之间的狭窄水道上有一座单孔石拱桥，因形似银锭故称银锭桥。早年间站在桥上可以遥望西山晴翠，是为燕京小八景之一的"银锭观山"。以前银锭桥有三绝：观山、赏荷、吃烤肉。现在林立高楼日渐遮蔽了西山的轮廓；幸好夏日里什刹海的荷花仍旧可以赏，银锭桥咫尺之外的"烤肉季"依然还存在。

北京什刹海雪景

　　旧时北京美食有"三烤一涮"的说法，"三烤"为烤鸭、烤肉、烤白薯，"一涮"为涮羊肉。当时专卖烤肉的有烤肉宛、烤肉季和烤肉王三大家，现在烤肉王不见了，只剩下"南宛北季"。烤肉季以烤羊肉闻名，而烤肉宛以烤牛肉著称。

　　老北京烤肉不同于新疆风味的烤羊肉串，而是"炙子烤牛（羊）肉"，烹制方法独特，滋味亦不同寻常。"炙子烤肉"的历史久远。《齐民要术》中有"脯炙，牛、羊、獐、狍、鹿肉皆得。方寸臠。切葱白，所令碎和豉汁、盐相腌，少时便炙"的记载。再往前追溯，《礼记·内则》中提到"牛炙"和"羊炙"，却不知炙法与今天有何异同。

　　炙子是一种铁制圆形烤铛，中间留有适当的间隔空隙，铸铁所制。清代夏仁虎《旧京琐记》云："八九月间，正阳楼之烤羊肉，都人恒重视之。炽炭于盆，以铁丝罩覆之，切肉至薄，蘸酱而炙于火，其馨四溢。食肉亦有姿式，一足立地，一足踞小木几，持箸燎肉，傍列酒樽，且炙且啖且饮。常见一人食肉至三十余梜，梜各肉四两；饮白酒至十余瓶，瓶亦四两，其量可惊也。"

北京烤肉

北京烤肉老照片

　　牛羊肉筋腱纵横，肥嫩可口的部位，全身不过几处。羊肉只能选用上脑（外脊）、哈利巴（前腿）、大三叉（后腿），而腿肉外有云皮、内有夹筋，必须剔除干净才可以上炙子。牛肉可以用炙烤的只有短脑（后颈肉）、上脑（上肩）、里脊、外脊、和尚头（臀肉）、脂盖（后腿）几个部位。选好的肉逆着纹理切成柳叶片，手艺好的切肉师傅，一斤肉可以150片左右，又薄又嫩。切好的肉片提前用本地酱油、虾油、绍酒及各种香料腌渍码味，烤的时候还要配上鸡腿葱切的滚刀葱花和绿色根须的嫩香菜。

　　20世纪40年代，《实报》记者唐友诗请齐白石去烤肉宛。齐老笑言："我的牙齿，哪里嚼得动？"唐友诗说："正是因为让你嚼得动，所以才请你去吃烤肉。那肉嫩得跟豆腐似的。"烤肉宛的师傅精心地给齐老切了两碗"米龙"，齐老食后赞不绝口，后来经常光顾，还多次写字画画送给店主。"米龙"也叫"和尚头"，是后腿外侧的臀尖肉，在臀肉中是最嫩的，由意大利语 melonese 音译而来。1946 年，齐白石为烤肉宛题写招牌"清真烤肉宛"，在正文与题名之间，夹注了一行小字："诸书无烤字，应人所请，自我作古。"

现在去烤肉宛、烤肉季吃烤肉，堂食多由烤肉师傅在后厨将肉烤好，再交由店员端上桌，肉的成熟度在软嫩和柔韧之间，盛器下用酒精炉加热保温，可以不慌不忙地慢慢品尝。窗外远处是车水马龙都市的喧嚣，近处是疏离的北方乔木，天高云淡落叶萧瑟。此时适合喝一杯黄酒，或者一壶茉莉香片。

烤肉季的二楼包间有一个大炙子，还保留着过去"武烤"的遗风。服务员送上腌好的肉片、葱丝、芫荽等，顾客围炙子而立，足蹬条凳，以长箸夹肉，边燔炙边吃喝，畅快淋漓。炙子上的油脂在枣木炭火的烘烤下生起缕缕青烟，肉片一触炙子"吱啦"一声，油水四溅，转眼间变为粉色，随即撒上葱丝、香菜，略一断生，就被拌在一起夹入口中，鲜香滑嫩。嘴里嚼着，顾不得烫又去夹第二箸。吃得慢了，肉中的水分升腾，鲜香变成浓香，然后变成焦香。肉的香为实，果木炭香为虚，葱和芫荽及香料之香烘云托月，在舌尖上汇成一曲交响乐章，此时宜喝烈酒。

王世襄在 1988 年版的《中国名菜谱》的序言中曾经描写旧京文人对烤肉的钟爱："记得五十年代前每次去烤肉宛，总是等到那副老炙子腾出空儿时才去烤，一足蹬板凳，一手执长筷子，随烤随吃。宛家大掌柜边按肉挥刀，边朗声递加由二掌柜报来顾客食用的数量，心算口宣，账目绝无差误。特殊风味，固然大快朵颐，这屋矮如船，松烟氤氲的特殊环境，对我也是一种享受。"

北京烤鸭的前世今生

清同治三年（1864年），在前门肉市街做生鸡鸭买卖的直隶冀州人杨寿山，盘下一间叫作"德聚全"的干果铺子，改为烤鸭挂炉铺。杨寿山字全仁，于是把店铺字号颠倒，更名为"全聚德"，取"以全聚德，财源茂盛"之意。

清末民国年初，"北京烤鸭"还不叫"烤鸭"。梁实秋《烧鸭》："北平烤鸭，名闻中外，在北平不叫烤鸭，叫烧鸭，或烧鸭子，在口语中加一子字。"

宋孟元老《东京梦华录》所列"饮食果子"条目下即有"炙鸡、燠鸭"，宋周密《武林旧事》一书"市食"条亦有"炙鹅鸭"。古籍中记载不详，当时用的何种烤法不得而知。

全聚德开业之前，北京烤鸭基本上是焖炉的天下，最早的字号当数米市胡同的便宜坊。焖炉烤法是以秫秸将炉膛烧热，放入鸭子，关闭炉门，以余温将鸭子焖熟，此法源自南京，故而又名"南炉鸭"。清代潘荣陛《帝京岁时纪胜》中，"八月·时品"条目有"中秋桂饼之外，则卤馅芽韭烧麦，南炉鸭，烧小猪，挂炉肉，配食糟发面团，桂花冬酒"的记载。

明永乐初年，朱棣筹备迁都时，一位姓王的南京人随朝中官员到了北京，永乐十四年（1416年）在菜市口米市胡同开了家小作坊，用焖炉烤制鸡鸭等食品，被街坊呼之为"便宜坊"。嘉靖三十三年（1554年），兵部员外郎杨继盛品尝过便宜坊烤鸭后叹谓："真乃方便宜人，物超所值！"在店家相请下欣然挥毫为之题写店名。

清朝道光年间，便宜坊生意火爆，米市胡同常常人满为患。于是，掌柜孙子久于咸丰五年（1855 年）向社会发布合作启事：

本坊自明永乐十四年开设至今，向无分铺。近因敝号人手不够，难为敷用，今各宝号愿意为合作者，尚乞垂赐一面洽商。若有假冒，当经禀都察院，行文五城都衙门，一体出示严禁。

咸丰五年便宜坊老铺敬启

其后北京城中出现了多家由便宜坊以技术和字号参股联营的烤鸭店，均称"便宜坊"，其中就包括鲜鱼口"便意坊"，米市胡同便宜坊总店遂改称"老便宜坊"。

1937 年卢沟桥事变，国难当前，便宜坊掌柜曲述文率 12 名店伙计持大饼、鸭肉等到二十九军阵地犒劳官兵，其后 7 名伙计从军开赴保定地区继续抗日。北平陷落后，日伪汉奸残害支持抗战的商铺，便宜坊经营艰难，遂歇业关张。歇业前，老便宜坊把老号的烤焖技法及所存鲁菜菜谱传授予鲜鱼口"便意坊"。后来鲜鱼口"便意坊"将店名正式更为便宜坊，继承发扬老号技艺，持续至今。

焖炉烤鸭制作时不见明火，燃料将炉壁烘烤到特定温度即熄火，将鸭子入炉，仅凭炉壁的余温焖熟，中间不能打开炉门观察鸭子的熟成度或调整鸭子的角度。鸭膛内灌入特制高汤，形成外烤内煮之势，在烤制过程中受热均匀，油脂和水分消耗较少，故而烤好的鸭子色泽红亮，体型丰满。焖炉烤鸭皮肉不脱，外皮松脆，内层肥嫩，轻轻一咬鸭油和肉汁流溢，入口即化，唇齿留香。

据朱伟先生《考吃》一书所述，挂炉烤鸭的开创者是鲜鱼口"便意坊"，抗战时期又继承老便宜坊衣钵，重归"焖炉"流派。

"挂炉烤"法出自清宫包哈局，最晚在乾隆年间便已问世，清宫内务府有专门尚膳监负责其事，下设荤局、素局、点心局、饭局和包哈局。包哈局负责烧鸭、烧小猪、挂炉肉等一干烧烤事务。当年全聚德开业之初，重金礼聘的孙姓烤鸭师傅，便出身于包哈局，清帝逊位后供职于金华馆。

挂炉烤法，炉温更高，皮下的油脂被炙烤融化，一部分顺鸭身流溢而下，一部分融入鸭肉之中。刚出炉的烤鸭，成品呈枣红色，鸭皮酥脆有声，鸭肉鲜嫩醇香，肥而不腻。

1901 年，全聚德在前门地区第一家盖起了二层小楼，被食客誉为"天下第一楼"。1922 年 1 月，第一次直奉战争爆发，直系大胜。全聚德承办了在当时餐饮界几乎不可能完成的任务——200 桌的烧鸭子庆功席面，一举成名天下知，之后很多顾客慕名纷至。1937 年，卢沟桥事变爆发后不久，便宜坊歇业，全聚德坐上了京城烤鸭的第一把交椅。

1952 年 6 月 1 日，全聚德与北京信托公司正式公私合营。"文革"期间，"全聚德"换成了"北京烤鸭店"的新招牌。

1979 年 4 月 25 日，全聚德和平门店正式对外营业，营业面积 1.5 万平方米，一举成为亚洲最大的餐馆，恢复"全聚德"字号。

1987 年，全聚德"烤鸭技术开发公司"兴办培训班，先后发出盖有"全聚德"印戳的培训证 1000 多张，多年后烤鸭市场上执掌江山的人才多半出自"全聚德"。其中一个叫张利群的学员，在 1992 年开设了"利群烤鸭店"。后来创办大董烤鸭的大董（董振祥），彼时任"团结湖全聚德烤鸭店"联营店的厨师长。

全聚德的挂炉烤鸭 （摄影 _ Hedda Morrison ）

　　烤鸭之美，首先在其肥。鸭肉纤维略粗，所以鸭一定要肥。唯鸭肥，
肉才嫩。自然放养的鸭子一辈子也长不成烤鸭的原料。北京烤鸭选择原产

京西玉泉山一带的"北京鸭"为标准品种，出壳后经过 60 天左右的育雏和填喂，体重即可达到五六斤。此鸭珠圆玉润肌肉丰满，肌肉纤维间夹着丰富的脂肪，红白相间，肉质细腻丰腴。换作普通的鸭子，烤出来则干枯如柴，白白浪费材料和炭火。《北平风俗杂咏》收录有清末严辰《忆京都·填鸭冠寰中》云："烂煮登盘肥且美，加之炮烙制尤工。此间亦有呼名鸭，骨瘦如柴空打杀。"

北京鸭的由来有几种不同的说法。一种说法是，北京鸭的祖先是元明两朝代来往于运河的船工从南方带来白色"湖鸭"；另一种说法是，北京鸭起源于北京东郊潮白河所产的"白河蒲鸭"；还有的说北京鸭是由辽金时期帝王豢养的白色"祥瑞"繁殖而成，听起来多了些民间传说的荒诞。

烤鸭之美，其次在其香。腴润的鸭坯经过 230℃—250℃的高温炙烤，刷过饴糖水的鸭皮发生美拉德反应产生诱人的焦香；外烤内煮，吸收了油脂和料水的鸭肉则是软嫩的温香；还有果木燃烧时散发出的幽香交相呼应。烤鸭最常见的吃法是佐以葱丝、甜面酱卷在荷叶饼里或者夹在空心烧饼里吃，鸭肉之腴香、酱之郁香都被纳入面食的粮食之香中，一齐入口。依季节不同，烤鸭的作料还可以添加黄瓜条或萝卜条。根据口味不同，又有鸭肉蘸蒜泥、鸭皮蘸白糖等多种吃法。

烤鸭之美，还在其形式之美。烤好的鸭子，鸭脯还来不及降温塌陷，就及时片好装盘上桌。片鸭的方法主要由两种，一种是皮肉分开，先片皮后片肉，与"金陵片皮鸭"有几分类似；另一种是皮肉不分，先片胸脯上的两块酥脆的鸭皮，然后向鸭颈根部斜着开片，一直片到鸭尾，要求片片带皮，片片有肉，大小均匀如丁香叶，薄而不碎。为了让客人更好地体验烤鸭的酥香，片鸭往往争分夺秒，片鸭师需快而不躁，一刀紧跟一刀，须臾之间便已完成，具有极强的表演艺术性。

烤鸭的做法源自南京，佐以葱丝、甜面酱的吃法却来自山东，和鲁菜中的锅烧肘子、双烤肉、火爆燎肉、炸脂盖等菜的吃法一脉相承。只是后来北京人对山东味儿做了一些改良，在甜面酱里加入白糖、香油上屉蒸熟，酱味儿里少了一丝山东人的浓烈，多了些许京城人的温润。六百年来，北京烤鸭经历数度变革，如今北京烤鸭和南京的"金陵片皮鸭"、叉烧鸭的特色已经各有千秋。

清梁章钜在《浪迹丛谈》中记："都城风俗，亲戚寿日，必以烧鸭烧豚相馈遗。宗伯每生日，馈者颇多。是日但取烧鸭切为方块，置大盘中，宴坐，以手攫啖，为之一快。"

北京的民俗学家金受申在《再谈鸡的吃法——附谈吃鸭》中写道："北京烤鸭，通称烧鸭者，有大炉烧鸭、焖炉烧鸭两种。烧的方法早年有汤烧鸭子、葱烧鸭子、菜烧鸭子三种方法，以鸭内填馅来分。近年以来，只重鸭的皮肉，不重内容，所以只剩了汤烧一种。"

近年北京烤鸭创新颇多，大董烤鸭研发出"酥不腻"烤鸭，鸭皮摔在桌子上能碎成数瓣，誓将烤鸭的酥香进行到底；便宜坊亦开发出"蔬香酥"烤鸭，以蔬菜香气化解焖炉烤鸭的油腻感。但是众口难调，适口者珍，有人热爱极致的酥脆，有的人反而更怀念以前的丰腴。

大董烤鸭在南新仓有一家分店，后来更名叫大董海参。南新仓是明清两朝京都储藏皇粮、俸米的皇家官仓，明永乐七年（1409年）在元代北太仓的基础上起建，现保留古仓廒九座，是全国仅有、北京现存规模最大、现状保存最完好的皇家仓廒，是京都史、漕运史、仓储史的历史见证。

小雪，寻一个紫铜火锅开涮

北京人说"吃火锅"，通常专指涮羊肉，而非川渝风味的麻辣火锅。

吃涮肉，最宜冬天，寒风凛冽，最好再飘点儿雪花。室外天寒地冻，屋里暖气融融一派祥和，一进饭馆眼镜片上就蒙上一层羊肉味儿的水汽。透过布满雾气的玻璃，看着窗外行色匆匆奔波的行人会产生一种强烈的错位感，火锅一上桌就感到幸福，忘了自己也是刚刚落座。

清末民初徐凌霄《旧都百话》云："羊肉锅子，为岁寒时最普通之美味，须与羊肉馆食之。此等吃法，乃北方游牧遗风加以研究进化，而成为特别风味。"

北京的涮羊肉，笔者认为源于清朝入关带来的"野意火锅"，比成吉思汗西征时的"速成版手抓羊肉"更合理一些。满族发迹于关外，冬季有吃火锅抵御苦寒的传统。清宫档案记载，乾隆皇帝的餐桌上几乎每天都有火锅菜，当然他爱吃的多是各种食材组合的"什锦火锅"，而非涮羊肉。

1854年，北京前门外正阳楼开业，可以算是汉民馆经营涮羊肉的首创者。正阳楼的师傅切出的肉，"片薄如纸，无一不完整"，名噪一时。

1912年，东安市场失火，河北沧州人丁德山所经营的粥棚被焚毁，丁德山在其干亲魏太监的资助下重建了三间瓦房，起字号为"东来顺羊肉馆"，售卖羊汤、羊杂碎等。1914年，丁德山将店名更为"东来顺饭庄"，高薪从正阳楼饭庄请来一位切肉师傅，增加爆、烤、涮羊肉。并且开始对生羊产地、用肉部位、切肉刀法做了规范。

东来顺所制定的生产规范，后来发展成为北京涮羊肉用来参照的标准体系。以芝麻酱为主，酱油、腐乳、韭花酱、虾油、绍酒、辣椒油、米醋等为辅的蘸料风格也是那一时期开始形成的。涮肉所用的羊，宜选内蒙古集宁所产小尾巴绵羊，且必须是羯羊（阉割过的公羊），这种羊没有膻味。一只五六十斤的羯羊，可以用来涮食的肉只有15斤左右，即羊的"上脑""小三岔""大三岔""磨裆""黄瓜条"这5个部位，其他的部位肉质较老或筋膜太多，只能留作他用。

在1975年北京第六机床厂研制出肉类切片机之前，涮羊肉所用的肉都是冰镇后手工切片。东来顺的切肉师傅，能把一斤羊肉切出六寸长、一寸半宽的肉片50—60片，片片薄如纸，摆在青花瓷盘中，肉片下瓷盘的纹饰隐约可见。

与麻辣火锅迥别，北京涮羊肉的锅底只是清汤。简单的只有几片葱姜，精致一点也无非多几粒海米或者几片口蘑提鲜，至于枸杞、紫菜等更是可有可无，要的就是那份清爽。筷子夹着肉片在喧嚣的火锅中左右晃动几下，肉色一转粉白即熟，蘸一点小料入口，品尝羊肉本身的滑嫩鲜香。不忌肥腴的可以点一盘白云般的羊尾油，或者半肥半瘦的"半边云"，在清汤里一涮，那云便卷曲起来，吃到嘴里满是鲜甜的羊肉味道。涮羊肉的配菜也以清淡为基调，不过白菜、粉丝、豆腐，如果点了东北酸菜、冻豆腐就偏向关外的口味了。

吃涮肉宜静，旧时北京吃羊肉有"文涮武烤"的说法。生意火爆大排长龙的店，味道固然不错，但失之韵味。最好选一家小馆，三两好友对着一个紫铜火锅，小酌，开涮，以往事下酒。

铜锅涮肉

　　偶尔一个人吃涮肉也不错，稍微错开一点饭时，可以吃得不慌不忙，才不辜负一头肥嫩的西口大白羊。冷静地把一片肉片甩在沸腾的水花上，肉片在那细浪中上下翻滚，赶紧举箸去夹，再一提便拎到碟中了，蘸小料而食。如此反复，看着升腾的水汽雾霭，似乎在那个瞬间，灵魂都已经在一锅涌动的清汤里中升华了。

北京的炸酱面

北京的饭食中，"京味儿"最浓的要数炸酱面。

以前炸酱面只是一种家常食物，不是有字号的买卖，早年文献中没有记载。有一种说法，炸酱面是清宫"四大酱"（炒胡萝卜酱、炒黄瓜酱、炒豌豆酱、炒榛子酱）影响延伸出的食物，只是民间传说，不足为凭。至于满大街的伙计剃光头，肩上搭着条白手巾，客人一进门就是一嗓子："来了您哪！"的"老北京炸酱面"，那更是改革开放之后的事儿了。

炸酱面说起来不复杂，但是实际做的时候，又有不少"讲究儿"。

吃炸酱面，首先讲究"酱"。北京人有的坚持用"六必居"的干黄酱，自己拿好酱油把它澥开，稠点稀点全靠自己掌握；有的人喜欢拿个碗去副食店买现成的稀黄酱，酱味醇厚；有的人喜欢用"六必居"的黄酱和"天源"的甜面酱按一定比例兑着用，酱味香中带甜。

炸酱面的肉，一般都用去皮的五花肉，也可以用三肥七瘦的后腿肉，切成色子大小的肉丁。比炒菜稍多一点的油烧热，下姜末、肉丁煸炒，等到瘦肉变白肥肉开始融化出油时把酱倒进去，小火"咕嘟"，用铲子不停地翻炒，不然一会儿酱就巴到锅底上煳了。炸酱的过程中尽量不加水，小火把肉和酱里的水分逼出来，干香浓郁，谓之"干炸"。等到酱与油脂充分交融，颜色变得浓重油亮时，香味四逸，这酱基本上就算炸好了。再撒上少许葱花蒜末炒两下，葱蒜的辛香味一飘出来就齐活了。如果怕肥，也

北京炸酱面

可以只用瘦肉，但是瘦肉丁炒好了要盛出来再炸酱，等到酱快炸好的时候再把肉丁放回锅里一起炒，不然肉丁就老了。自称"馋人"的相声演员孟凡贵先生在电视节目里强调：炸酱面的肉不能太瘦，要的就是炸好的肥肉一咬"噗儿——"的一声在嘴里爆开的感觉，香极了。

吃炸酱面，过去讲究吃手工抻面，再不济也得是小刀切面。北京抻面的抻法和兰州拉面差不多，都是把面团搓成长条，然后不断地拉伸、折叠，最后抻成环环相扣的细面条，煮出来筋道爽滑。煮好的面，除了三伏天才过水，其他时节都吃"锅挑儿"，就是直接从锅里挑到碗里的热面条。

有面、有炸酱还不算炸酱面，北京人管这种面叫"光屁股面"或者"光

炸酱

棍面"，因为还缺少北京人最讲究的面码儿。曲艺中一首关于炸酱面的歌谣：
"青豆嘴儿、香椿芽儿，焯韭菜切成段儿；芹菜末儿、莴笋片儿，狗牙蒜要
掰两瓣儿；豆芽菜，去掉根儿，顶花带刺儿的黄瓜切细丝儿；心里美，切几
批儿，焯豇豆剁碎丁儿，小水萝卜带绿缨儿；辣椒麻油淋一点儿，芥末泼到
辣鼻眼儿。炸酱面虽只一小碗，七碟八碗是面码儿。"现在面馆里卖的炸酱
面倒是"全码儿"的，上桌后给您看一眼，然后乒乒乓乓一股脑儿都给倒进
面碗里，一时间让人眼花缭乱，什么味儿都有，好看但是并不见得适口。

　　在家里吃炸酱面，用什么面码儿，相对于种类数量，会吃的主儿更注重
时令季节。初春时用烫熟的掐菜（掐头去尾的绿豆芽）和只有两片叶子的小
水萝卜缨儿，浇上过年剩下的腊八醋；春深时节，又多了香椿芽和鲜花椒蕊，
配以小红萝卜丝；夏天多用黄瓜丝和焯过的扁豆丝、黄豆嘴儿；秋天可以用
心里美萝卜丝、芹菜丁；冬天则用焯好的白菜丝、青萝卜丝、青豆嘴儿。当
季的"鲜菜儿"有那么几种足矣，一个季节一个味儿，吃起来才叫舒坦。

在通州

京杭大运河自北向南被划分为通惠河、北运河、南运河、鲁运河、中运河、里运河、江南运河 7 个河段，其中通州到北京的河段称作通惠河。

通惠河挖建于元朝，由郭守敬主持修建，至元三十年（1293 年）完工。元朝时的通惠河自昌平县白浮村神山泉经瓮山泊（今昆明湖）至积水潭、中南海，自文明门（今崇文门）外向东，在今天的朝阳区杨闸村向东南折，至通州高丽庄（今张家湾村）入潞河（今北运河故道），全长 82 公里。通惠河开通后，运粮漕船可以到达积水潭，因此积水潭（包括现今的什刹海一带）成为大运河的终点，百船聚汇，千帆停泊。

元末明初，由于战乱和山洪的原因，通惠河上段从白浮村神山泉至瓮山泊的一段（称为白浮堰）废弃了。明代的京城在元大都基础上重新规划、改造，将通惠河（又称玉河）南北向一段河道圈入东皇城墙之内，从此，运粮船不能进城，只能停泊在通州。

乘坐地铁八通线，车到八里桥站，就算进了通州。八里桥，原名永通桥，因东距通州八里而被百姓称作八里桥。八里桥建于明正统十一年（1446年），南北走向，横跨通惠河，为石砌三券拱桥。中间大券如虹，可通舟楫，两旁小券对称，呈错落之势。

最早听说八里桥，是因为历史课本上的"八里桥之战"。清咸丰十年（1860 年）七月，挑起第二次鸦片战争的英法联军因天津谈判无果，遂自

北京通州燃灯塔　（摄影_Sidney David Gambl）

天津进犯北京。八月初七在八里桥，僧格林沁统率的三万蒙古骑兵，挥舞着大刀长矛等冷兵器，抵御英法联军密集的米尼弹和葡萄弹，最终失守，三万将士全部殉国。现在的八里桥，虽然经过多次修缮，但仍可以看到当年英法联军枪炮留下的弹痕。这座古老的石桥一直横在那里，就这样沉默着，无声地诉说着岁月沧桑。

沿河东行八里，看见了燃灯塔，便到了旧日的老通州。

燃灯塔自古便是通州的标志，始建于南北朝北周时期，建塔以镇水，求漕运顺畅。燃灯塔为砖木结构，密檐实心，八角形十三层，略有收分。经过多次修缮，现在的塔身高 56 米，围 44 米，须弥座，双束腰，每面多嵌精美砖雕，下腰置二龙戏珠，上腰设三壶门，内镶仙人，各角雕力士披甲顶盔。每层每檐每角都悬有铜制风铃，共计 2248 个，成为国内古塔中悬挂风铃最多的一座，而且每个外表都镌刻善男信女的姓名，楷、行、隶等书体兼有，与众不同。

以前船工们自南方押运漕粮，沿大运河顺水北上，一路艰辛，临近通州，远远看到燃灯塔高大的塔影，即说明距离终点北京不远了。清代王维珍《古塔凌云》："云光水色潞河秋，满径槐花感旧游。无恙蒲帆新雨后，一支塔影认通州。"

元明清三代，运南方的漕粮以济京师，粮仓大部分在运河边依水而建。粮仓必须有较高的地势，以确保雨季时粮食不致浸水；而且还要通风透气，防止粮食因潮湿而霉变。

明朝永乐七年（1409 年），为了储存从运河输送进京的粮食，朝廷在北京城内及通州修建了多个粮仓，明、清两代在通州所设国仓统称"通仓"，与"京仓"对应。现在通州区与漕运仓储有关的地名还有五个：南仓街、后南仓、大仓、老仓和中仓。

中仓占地面积 12 万平方米，周长 1237 米，周围墙体是城砖砖墙，仓内贮存粮米的房舍叫"廒"，极其宽敞，廒房建筑十分坚固，三面有墙，正面敞开，廒顶各开气楼，用以调节廒内的温度和湿度。廒门及墙下均开窦穴，以泄地气。廒房内地面铺有尺余厚的细沙，上墁方砖，砖上再用杉木垫底，可防潮透气，廒内四壁围置樟木，用来驱虫防腐。为了预防火灾，各仓内外凿有多眼水井，中仓除有水井外，西墙外还有一条水沟，既是护仓的壕堑，又是排水系统。

清末漕运断绝后，中仓也就终止了它的生命。几经变乱，只剩下一片高于周围地势五六米的台地和一个带有标志性含义的地名。现在中仓旧址上有一片号称十八个半截儿的回民聚居区，中间一条比较繁华的老街称作南大街。

从新华大街往南大街路口一拐，路东有一座穆斯林风格的白色建筑，是小楼饭店。清真小楼饭店原字号是"义和轩"，清光绪二十六年（1900 年）由李振荣等兄弟四人创建。开始，义和轩只有一间门面，勾连搭房二间，屋内设座，出售简单的炒菜、水饺、馅饼、豆粥，门前设摊，兼营茶水。义和轩北邻庆安楼饭庄，三间门面，两层楼房，系多年老字号，明朝严嵩曾为其题匾"南楼"二字，因此人们便习惯称庆安楼为南楼，称义和轩为小楼。后来由于经营得力，小楼声名大噪，义和轩的字号倒无人提及了，"小楼"两字便成为正式字号，沿用至今。

小楼饭店的招牌菜是烧鲶鱼，与大顺斋的糖火烧、万通酱豆腐并称为"通州三宝"。

（上）仙源牌酱豆腐　（下）大顺斋糖火烧

以前小楼饭店有一口大缸，运河里捕到的野生鲶鱼放养在大缸里，客人来了现挑现做。一条鲶鱼去掉头尾，只留中段，或连刀，或切块，裹绿豆淀粉用香油炸了红烧，文火武火交替过油，油要用胡椒焙制过，这样烧出来的鲶鱼才没有土腥味儿。三炖三熯，再倒入辅料后勾芡出锅。小楼的烧鲶鱼色泽金黄，外焦里嫩，口味咸香。

当初我从朝阳区搬家到通州居住，第二天就慕名去小楼吃烧鲶鱼，味道却并没有想象中的那么好，服务也颇具老国营商店的特色。也许是制作工艺没有以前讲究，也许旧时生活艰苦，人们对美食的追求更容易满足吧。现在的北方的大运河都要干涸了，又去哪里捕捉野生的鲶鱼呢？

小楼饭店有焦熘三绝：焦熘鲶鱼、焦熘肉片、焦熘咯吱。咯吱，是一种用绿豆粉制作的外观类似熟牛皮的食品。炸过的咯吱外皮酥脆，里面柔软，既有绿豆的清香，又有油炸食品的焦香，配上浓郁的焦熘汁，嚼起来"咯吱咯吱"作响，名副其实。

大顺斋的糖火烧的确好吃。

糖火烧是一种用面粉、红糖和芝麻酱为主要原料制作的发面小饼。制作时，把过筛的红糖和麻酱、桂花、香油等调匀，再加适量的面肥和碱，摊在擀薄的面皮上，经反复卷起，拉长，最后再分剂，团成饼坯，入炉烘烤而成。糖火烧色泽深棕，质地松软，香味浓郁。糖火烧多油多糖，冬季放上一两个月都不会变味，一度成为人们远行携带的方便食品。

"大顺斋"创建于明崇祯十年（1637年）。南京的回民小贩刘大顺一家来到市井繁华的通州镇谋生，他先是在通州城内走街串巷挑担叫卖，专门制作经营糖火烧。至清朝乾隆年间，生意兴旺，刘家遂在毗邻闹市的回民胡同买下五间门面，两间为店面，三间当作坊，经营糖火烧及南味糕点，并请书法家吴春鸿写了"大顺斋南果铺"的字号，镂刻在门楣的青砖上。

万通的酱豆腐如今不见了，变成了"仙源牌北京腐乳"。

1918年，祖居通州的回族资本家马兆丰创办"万通酱园"，生产经营各种酱菜，其中最受欢迎的产品就是酱豆腐乳。万通酱园原址在最繁华的闸桥77号，具体位置在通州旧城南大街北口，回民胡同西口北拐角。三间门脸，坐东面西，匾额为吴佩孚所题。

万通酱园创建初期，酱豆腐的坯料完全购自浙江绍兴"惟和腐乳厂"。坯料在绍兴装坛以后，运至杭州码头装船起运。坯料在船上昼夜兼程，经月余至通州，坯料已经南材北味了。坯料到厂以后，立即投入红曲、黄酒，并根据北京人的口味加入作料，封坛，经伏天曝晒，成熟后入库，历时一年，作料的滋味完全浸入腐乳之中。依此工艺酿制而成的腐乳酱豆腐，质地细腻，芳香扑鼻，别具风味，从上世纪20年代起享誉京畿，畅销京东八县。

1939年，大运河洪水直灌天津，航运中断。万通酱园开始自己生产坯料，探索了一整套制坯、发酵、制曲工艺和贮存方法，保留并突出传统特点。

公私合营后，几经改制，万通酱园并入通州食品厂的酱菜车间，生产方式仍维持传统工艺。1960年开始，通州食品厂迁往通州区果园村，正式组建腐乳车间生产"仙源腐乳"。随着时间的推移，通州酿造厂搬到了潞县，企业改制成仙源食品酿造公司，产品名称也改成了"仙源牌北京腐乳"。

至于口味风格，经历了百年沧桑，是不是还沿袭了老万通的品质，余生亦晚，没吃过万通酱园的酱豆腐，没有比较，没有发言权。

通州还有一种油炸小食品叫作咯吱盒。相传古时漕船上的船工将山东

煎饼带到了北京，但是煎饼在船上受潮变软，扔了觉得可惜，于是卷成一条，切成小段后下锅油炸，创造了一种独特的运河美食。咯吱盒也是用绿豆面制成的，但是与焦熘咯吱的"咯吱"截然不同。咯吱盒先用磨好的绿豆面糊摊成薄薄的饼皮，无论从材料还是工艺上，都更接近天津的煎饼馃子和锅巴菜；而卷起来切断然后炸酥，吃起来酥脆，"咯吱咯吱"作响，倒是有几分像杭州的炸响铃。

咯吱也写作饹馇。北方有些地区的方言中，把制作面食时粘在锅上被烤得焦黄酥硬的部分叫饹馇，在我的故乡德州即是如此。

香河的香

香河有两张名片，一个是"家具之城"，一个是"肉饼之乡"。我对家具不感兴趣，只关心肉饼。香河城内的 200 多家大小饭店，几乎家家都有"香河肉饼"。

"燕园三老"之一的张中行先生是香河人，后来他的老家河北屯乡石庄村被划归天津市武清区，老乡说他："您可要站稳脚跟，不要改变立场。"张先生回答："不改。"

作家靳飞在《沉烟心事牡丹知》书中写过张先生的一桩趣事："为了说明他的故乡的好处，行翁常约我到北海后门对面一家小饭铺去吃他家乡的京东肉饼。那家小铺仅有三四张方桌，且不洁净。行翁却像献宝似的，逢人就向人推荐。他每次去，固定是三两肉饼，一碗小米粥，一两二锅头。有次我大概是饿了，竟吃了八两肉饼，把行翁高兴坏了！此后他再介绍小铺，广告词就是：'靳飞吃了八两肉饼，再努努力，我看一斤没问题！'"

香河肉饼历史源远流长，传说明初明成祖朱棣迁都北京，大批回族人被迁移京东香河一带。其中一个哈姓回民开了一家小饭馆制售肉饼，被称为"哈家店"。经过后人上百年的传承、研究、改进，才形成现在风味独特的香河肉饼。其前身却可以追溯到成书于北魏末年的《齐民要术》所记烧饼方："面一斗，羊肉二斤，葱白一合，豉汁及盐，熬令熟。炙之，面当合起。"

香河肉饼从和面到制馅都极为讲究。用一半开水、一半凉水的温水，面和得不软不硬，揉起来光滑柔软，擀起来得心应手，皮儿薄且有弹性。

作馅用的肉需要剔净筋膜，先用刀口剁碎，再用刀背砸细，最后形成细腻无渣的肉泥，再放入葱、姜、盐、香油等调料成馅。

擀好的生肉饼又薄又软又大，二尺左右面皮也不出一点褶。饼坯上铛或鏊子煎烙，受热后饼皮渐渐鼓起来，偌大的肉饼无一漏馅漏气之处。边烙边刷油，初如铁饼，渐如飞碟，最后竟形似圆球，蔚为奇观。饼皮被油脂浸润成半透明状，几见粉红浅褐色的肉馅。烙好的香河肉饼，颜色焦黄，饼分三层，薄如纸的饼皮儿夹着均匀分布的饼状肉馅，吃起来外酥里嫩、油而不腻。

吃香河肉饼，点餐时所说斤两指的是馅儿的重量，面皮忽略不计。大号的香河肉饼，一张大饼用一斤面、二斤肉馅烙成，直径二尺左右。我们两个人点了一张一斤的肉饼当主食，看师傅烙饼时视觉冲击力已足够。肉饼切成45度角的扇形块装盘，满满当当。又点了一碟拍黄瓜，算是菜。吃肉饼的时候蘸米醋，就紫皮大蒜。店里还有熬得金黄浓稠的小米粥，有京东平原田野的淳朴之香。

香河肉饼以前也称作京东肉饼，但是三河县抢注了"京东肉饼"商标，所以香河的肉饼干脆就叫"香河肉饼"。我却觉得"香河肉饼"具有原产地标签，比"京东肉饼"格调要高。肉饼之香，即是香河之香。

北运河在廊坊市香河县全境流程20.378公里，由王家摆乡乔庄村西北入境后，南流在乔庄西北转为东西向，在王指挥庄村北转为西南东北向。上世纪70年代，北运河截弯取直，从北京市通县杨洼至香河县鲁家务村开挖新河，运河在鲁家务村西北转为东西向，村东北转为南北向，再西北东南向，村东转为东北西南向，将北运河、潮白河相连，河口在村东偏北，曲折蜿蜒，在东双街村西南出香河境。

香河肉饼

　　香河境内有王指挥庄清代宝庆寺、王家摆村墓群、孙家止务遗址、红庙闸台基、清乾隆石碑、运河青龙湾三角区、谭庄基地等十余处遗存，我去香河只为肉饼，行色匆匆，饥肠辘辘，古迹没有去看。

白 的 云, 方 的 云

北运河自京师东流天津入海河, 先纵贯武清。武清区旧为武清县, 是华北最古老的县之一。古书有载: "潞水绕其左, 浑河衍其西, 北拱神京而层峦叠嶂, 南窥潭海而万物朝宗。当水路之冲衢, 洵畿辅之咽喉。"

武清位于京、津两大直辖市的中心点, 素有"京津走廊"之称, 是国家京津冀协同发展战略的重要核心区和桥头堡。京津城际列车横穿武清全境, 从这里乘车去北京需 23 分钟, 到天津只需 13 分钟。

在离我住处不远的连云路菜市场里, 有一个专门售卖武清特产的小贩。逢天气好的下午才出来, 没有摊位, 自行车后架上有两个大竹筐, 筐里装的即是武清的三大名吃: 东马房豆腐丝、狗屁果仁和杨村糕干。糕干是一种用大米粉和白糖制作的糕点, 其风味与北地其他糕点迥异, 吃起来颇新奇。

明朝永乐二年(1404 年), 浙江余姚人杜金、杜银兄弟携家人沿运河北上谋生, 定居杨村北郑庄村。杜氏兄弟把大米碾成米粉, 和以白糖蒸成糕干, 沿街叫卖。杜家制作的糕干别具风格, 很受当地人喜爱, 自此兴隆。清康熙年间, 第五代传人杜馥之在杨村镇运河西岸置办铺房, 经营糕干铺并逐渐发展壮大。乾隆皇帝品尝后大加赞誉, 御笔亲书"妇孺恩物", 赏赐龙票一张, 可以凭票购买官价白米, 许以杜氏专卖专利, 并列为贡品, 永不停业。杜馥之将乾隆御笔刻成匾供奉堂上, 正式定名为万全堂杜馥之糕干老铺。老铺于咸丰十年（1860年）、光绪二十六年（1900年）先后遭英法联军及八国联军践踏、焚烧，乾隆御笔亦毁于兵火。光绪二十七年（1901年），万全堂糕干铺由第十二代传人重建，恢复糕干老铺。民国初年，杨村的糕干店最多时达十几家，统称为杨村糕干。

糕干用大米、白糖为原料，经过浸泡、碾压、箩筛、搅拌、发酵、成型、加热等十余道工艺制作而成，是一道粗材料精加工的食品。

我买到的"万全堂"杨村糕干，装在塑料包装里，看起来是一个大约8厘米长、5厘米宽、0.5厘米厚的洁白的长方块，每隔0.5厘米又压切一刀，便于撕开来吃。

我喜欢不加馅料的糕干，本色本味。乍吃略显寡淡，只是淡淡米香和甜。说起来有一点矛盾，糕干的口感既绵软又筋道，慢慢咀嚼会觉得越嚼越香，回味清爽。天津市面上常见的糕点多偏甜腻，糕干有一种清逸之气。

杨村糕干的做法，起源于苏州的云片糕。只是云片糕都是切成片，薄如书页，打开时像一本小小的书。

云片糕嵌了胡桃做馅叫作"胡桃云片"，切片的每一片糕上都有胡桃肉切面形成的图案，像白云中渐起的阴霾。故而丰子恺说："秋天的云，大都是一朵一朵地分散而疏密无定的，这颇像胡桃云片上的模样。故我每吃胡桃云片便想起秋天，每逢秋天便想吃胡桃云片。"

我在冬天喝茶、吃杨村糕干，心情亦是轻盈的。至于形状规则的杨村糕干，就当压缩成块的云吧，白的云，方的云。

天津的包子

天津的美食，包子当数第一。

在嵊州人打造的"杭州小笼包"遍地开花之前，全国各地经营包子的饭馆最喜欢挂"天津包子"的招牌。其实只有外地才统称"天津包子"，天津本地人吃包子讲究字号。除了名气最大的狗不理，还有老永胜包子铺、津门张记包子铺、老幼乐包子铺、四平包子铺、老城里二姑包子、老鸟市姜记包子、石头门坎素包店，等等，深得人心。

天津的包子在清代就已闻名，乾隆年间就有"双立园包子白透油"一说。这"双立园"在天津老城东门里，菜系齐全，每天都门庭若市。光绪二十四年（1898年）版的《津门纪略》中收录了50多家知名饭馆食肆，其中就有甘露寺前的大包子、侯家后的狗不理包子、鼓楼东的单家包子等。

道光十一年（1831年），"狗不理包子"创始人高贵友出生在顺天府武清县下朱庄（现武清区）。其父四十得子，为其取乳名"狗子"，取"低贱易活"之意。高贵友14岁时，到天津南运河边上的刘家蒸吃铺做小伙计，练就一手好活儿。后来，高贵友在侯家后开了一家包子铺。他研发出水馅儿、半发面的包子，柔软鲜香，形似菊花，生意十分兴隆。因顾客太多，高贵友忙得顾不上跟顾客说话，有人都戏称他"狗子卖包子，不理人"。久而久之，人都叫他"狗不理"，店铺字号反而渐被人们淡忘了。

1937年，迁址到天祥商场后门（今辽宁路），设立新号"德聚号"。

1952 年，狗不理第三代传人因经营不善歇业。1956 年公私合营，三合成、同义成、德聚号狗不理、同合成陈傻子等老字号合并为"国营天津包子铺"，店址迁到和平区山东路 77 号。作为重点扶植的品牌，国营天津包子铺门口店内还另挂有"狗不理"牌匾。1988 年更名为"狗不理包子总店"。

现在的天津包子，或多或少都和狗不理包子有点渊源，包子的做法一脉相承。四肥六瘦的新鲜猪肉斩切成蓉，加小磨香油、特制酱油、姜末、葱末等，边搅拌边加高汤或者水，搅打成软而不澥的水馅。制作水馅是个技术活儿，水多水少动作快慢都需要一定的标准，还得有一把子好力气。早晨调好的包子馅，用到晚饭口都不馊不澥。包子皮用半发面。发面、死面各自和成团，根据季节不同按不同比例混合，柔软而有韧性。蒸的时候也有讲究，有的大火硬气，有的先大火后小火，有的大小火交替。

传统的天津包子，只有猪肉馅、三鲜馅两种，现在也捎带着卖素馅包子。猪肉馅是传统风味，自不必说。三鲜馅所用的是猪肉、木耳、虾仁，天津濒海临河，水产丰富，每个包子馅里都裹着一颗大虾仁，浓郁的肉香中又有虾的鲜香。

值得一提的是津味儿素馅包子，最著名的是石头门坎素包。石头门坎素包店原为清乾隆末年在宫南大街开业的真素园。石头门坎素包以木耳、黄花菜、豆皮、口蘑、香干、面筋、豆芽菜、粉皮、腐乳、芝麻酱、香油等 19 种食材为馅，每个包子都捏成 21 个褶，旺火蒸十几分钟。特点是馅大皮薄，有麻酱的香气和香菜、酱豆腐的素味儿。别家包子铺里的津味儿素馅，多以豆芽菜为主，配以香干、面筋等而已。

天津包子面皮软、汤汁足，咬下去满口鲜香。梁实秋先生在《汤包》一文中引述过一个关于天津包子的笑话："两个不相识的人据一张桌子吃

（左）老胜香的包子　（右）狗不理的包子

包子，其中一位一口咬下去，包子里的一股汤汁直飚过去，把对面客人喷了个满脸花。肇事的这一位并未觉察，低头猛吃。对面那一位很沉得住气，不动声色。堂倌在一旁看不下去，赶快拧了一个热手巾把送了过去，客徐曰：不忙，他还有两个包子没吃完哩。"

天津菜算是鲁菜的一种延伸，很多食物都带点山东味儿。但天津包子和山东、河北的大包子风味迥别，从工艺到风味更像苏杭的小笼包、淮扬的汤包，这是漕运文化对天津饮食的影响。明清时期，天津满眼还是水乡景色，与江南景致十分相近。扬州是淮盐集散地，而天津是芦盐集散中心，清代张问陶诗中咏道："十里鱼盐新泽国，二分烟月小扬州！"

老字号的传统美食之所以好吃，就是因为它一直保持经典的味道，不去胡乱创新。不管什么时候老顾客回来了一尝，还是那个味儿。正如大董先生所言："餐饮业最忌讳的就是，人在、店在、家伙什儿在，味儿却没了，那就是一棵死木，倒下是早晚的事。"

吃鱼·吃虾·吃蟹·吃其他

以前天津是一个多水的城市，天津有一句俗话，"九河下梢天津卫，三道浮桥两道关"，但凡老天津人皆知。这"九"是个虚数，海河大小支流无数，言其多。上游蓟运河、潮白河、北运河、永定河、大清河、子牙河、南运河七条河流，最后汇集在天津市区的三岔河口，贯穿市区后，由大沽口注入渤海。

老天津人最爱说"咱天津卫是一方宝地"，打心底透着骄傲的优越感。很多天津人认为天津什么都比外地好，饮食讲究，穿着时髦，哪儿都比不了。天津人恋家，关键是恋着那一口儿吃。天津河流密布，临渤海而多洼淀，鱼虾蟹贝种类繁多，味美价廉，所以有"吃鱼吃虾，天津为家"的说法。

天津还有一句俏皮话儿，"典当吃海货，不算不会过"，由此可见天津人对海鲜的热爱。当然平常人不至于真的去典当或借钱吃海货，而是说明吃海鲜要讲究时令，过季就不好吃了。这句话在侧面也反映了"码头文化"对天津的影响，结合港口、码头创造的大量就业机会来分析，海货上市时节，倘若手头不宽裕，典当或借钱尝尝鲜似乎也就不足为奇了。

吃鱼

"春过三天鱼北上"，刚吃完二月二的煎焖子、烙饼、鸡蛋、炒合菜，天津人就惦记上了渤海湾里洄游的海洋鱼类。

"一平二鲹三鳎目"，终于等到四月春暖花开，最先上市的是平鱼。

平鱼学名银鲳，亦称镜鱼。家常的做法把平鱼在锅里煎一下，加葱、姜、酱小火烧炖，平鱼肉质细腻肥嫩，鲜美异常。

鲙鱼，学名鳓鱼，古称鲞鱼。天津人称其为"鲙鱼""巨罗"，因其盛产季节正值初夏藤萝花开，故又名藤香。鲙鱼与鲥鱼体形、肉质皆近似，自古就有"南鲥北鲙"之说。清代蒋诗《沽河杂咏》赞曰："巨罗网得正春三，煮好藤香酒半酣。巨细况盈三十种，已教鱼味胜江南。"鲙鱼的吃法，多是配蒜薹红烧。讲究一点儿可以清蒸，其味清鲜爽口。

鳎目鱼，又名舌鳎，是夏天饭桌上的重头戏。伏天的鳎目鱼最为肥腴，称作"伏鳎目"。鳎目鱼可以红烧、清蒸、侉炖等，做法多样，不过天津人最钟爱的吃法是五花肉片炖伏鳎目。这道菜用甜面酱和酱豆腐调味，咸甜适中，酱味醇厚。鱼借肉香，肉得鱼鲜，色泽红亮，鱼肉嫩似豆腐，肉片肥而不腻，硬磕（天津方言，扎实、靠得住的意思），解馋！

老字号红旗饭庄有一道"官烧鱼条"，是将鳎目鱼去皮去刺后将净肉切成手指粗细的长条，蘸上脆糊炸至金黄色，烹入糖醋汁，最后淋上花椒油。这道菜外酥里嫩，咸甜适中，是鳎目鱼文艺范儿的吃法。

天津人喜欢糖醋味儿、咸甜口儿。"伏吃鳎目冬吃鲤"，鲤鱼在天津最经典的吃法就是"罾蹦鲤鱼"，以带鳞活鲤鱼炸熘而成，成菜翘尾乍鳞，形如同在罾网中挣扎蹦跃，故而得名。这道菜上桌后才把滚烫的卤汁浇淋在炸得焦黄的鲤鱼上，热鱼一吸收热卤汁吱吱作响，热气蒸腾，酸甜的香味四逸。此鱼鳞骨酥脆，肉质鲜嫩，视觉、听觉、嗅觉、味觉俱佳，颇具食趣。陆文郁《食事杂诗辑》云："北箔南罳百世渔，东西淀说海神居。名传第一白洋鲤，烹做津沽罾蹦鱼。"可惜现在很多饭馆嫌麻烦，都在后厨浇好汁才上桌，少了很多视听的乐趣。他们不明白人们下馆子吃饭，不仅仅是吃而已。

冬天的天津有一味隽品，便是银鱼。这天津银鱼与太湖银鱼不同，眼圈金黄色，被称作"金晴银鱼"，据说仅海河三岔河口一带才有。银鱼肉质鲜嫩，有一股类似嫩黄瓜的清香味道，故又名"黄瓜鱼"。旧时天津冬季极少有卖黄瓜的，故食来味道格外诱人。清崔旭《津门百咏》中这样吟咏天津银鱼："一湾卫水好家居，出网冰鲜玉不如。正是雪寒霜冻候，晶盘新味荐银鱼。"银鱼吃法多而随意，平常在家里可以拿来炒鸡蛋，或者裹上面糊干炸，佐花椒盐吃，鲜香味美。银鱼有一种特殊做法叫作"白汁银鱼"。银鱼过油氽熟，再加鸡汤煨煮，最后以牛奶菱角粉勾芡，银鱼软嫩爽滑，有浓郁的奶香。这种做法是从西餐白汁（Velouté Sauce）中学来的。

天津还有一道家常菜叫"家熬鲫头鱼"。鲫头鱼酷似小黄花鱼，但卖相没有黄花鱼那么漂亮，口感软糯鲜香，虽不起眼却滋味不俗。天津的老饕把鲫头鱼肉刮下来氽丸子，想想都好吃。鲫头鱼，学名棘头梅童鱼，别名梅子鱼、大棘头、大头宝等，石首鱼科梅童鱼属。

贴饽饽熬小鱼是一道乡土菜，不唯天津，整个京津冀地区都有。鲫鱼用油煎透，然后用葱、姜、蒜、醋、糖、腐乳、酱油等作料烹锅，小火燻到鱼香汤浓。这个菜在市里，不如郊区农家乐做得好吃。因为贴饽饽要用柴火大灶做才好吃，玉米、黄豆、小米三合面的饽饽在锅边上烙出焦黄的饹馇，焦脆酥香。以前熬小鱼多用小鲫鱼、麦穗鱼、船钉鱼等小杂鱼。船钉鱼，学名蛇鮈，属鲤科，鮈亚科，蛇鮈属。麦穗鱼也是鲤科，鮈亚科，但是它是麦穗鱼属。鲫鱼味鲜，麦穗、船钉肉厚，各有各的滋味，说起来还真有几分馋了。

吃虾

"数来佳节说新正，百里渔群海上争。夺命小舟轻似叶，青梭白晃供调烹。"冬春相交冰凌未开之时晃虾最为肥美，皮色洁净透亮，在阳光下水灵晃眼；其应市期只有十几天，可谓一晃而过，故而天津人称它为"晃虾"。晃虾最宜炸食，皮酥肉嫩，脆香咸鲜。炸一碟晃虾，或下酒，或卷饼，是天津人初春时节必追逐的美味。

晃虾，学名脊尾白虾，又名绒虾。属长臂虾科，长臂虾属，白虾亚属。

清末《津门竹枝词》云："争似春来新味好，晃虾食过又青虾。"老天津七十二沽洼塘港淀众多，初春时节，青虾就上市了。青虾最好的吃法是炒虾仁，唯有如此才不负佳味。虾仁上浆后先过温油，再以旺火颠炒，撒上虾腰状的黄瓜丁。虾仁杏黄娇艳，表面微脆而内里柔嫩，不失虾肉的鲜甜本味；黄瓜翠如碧玉，鲜咸爽口。此菜清汁无芡，口感均异于其他地方风味，是天津的特色名菜。

对虾，曾经是天津特产之一。又称东方对虾，过去因成对出售而得名。对虾口感鲜嫩，烹熟后色如珊瑚，是比较名贵的水产。旧时京津的大饭馆里，做油焖大虾、熘虾段、烹虾腰、炒虾片等都讲究用大对虾。由于海洋环境污染和捕捞过度，渤海湾的对虾产量逐年减少，到2000年已经近乎绝迹了，现在餐馆里的"大虾菜"多用南美白虾为原料。近年通过放流增殖，东方对虾又重现渤海湾，但放养量跟不上捕捞量，平常百姓要想吃上真正的东方对虾还不太容易。

虾类中，天津人最喜闻乐见的当数皮皮虾。皮皮虾其实是"琵琶虾"的方言音转，其学名为口虾蛄，虾蛄科，口虾蛄属。全国各地又有濑尿虾、虾公、虾婆、官帽虾等多种叫法。

吃皮皮虾，最好是在春天。清明时节，皮皮虾膏肥肉满、籽香味鲜；

（左）炸河虾 （右）目鱼烧牛腩 （图源_央视《味道》栏目之《家乡好风味》）

6 月皮皮虾产完卵，便进入了休渔期。到了秋天开海时幼虾长成，又可以吃了，但此时的虾只能吃个味儿，鲜，但不够肥美。天津人处理皮皮虾的方式很简单，或者水煮，或者不放水放锅里直接烀，用虾本身的水分把它蒸熟，更为鲜美。吃的时候，蘸一碟姜醋，或者三合油。几个人据案而坐，中间一大盆粉红趁紫的皮皮虾，大快朵颐，不亦乐乎。

有一年春天，定居天津的同窗卫巍打电话约我从北京过来吃皮皮虾。四个朋友，从中午吃到日暮，桌子上的虾壳堆得像小山，整个楼道里都飘荡着皮皮虾的腥鲜味儿，是为吃喝生涯中的一大快事。

吃蟹

吃蟹，天津人同样讲究时令，有"春吃海蟹，秋吃河蟹，冬吃紫蟹"之说。

春天的海蟹，是渤海湾出产的三疣梭子蟹。天津人吃海蟹也很写意，顶盖儿肥的梭子蟹洗干净了，直接按进锅里，撒上一把花椒粒，上火一煮。一开锅满眼橙红，黄肥膏满，蟹爪里都是肉，吃得就是一个过瘾。

明张岱的《陶庵梦忆》中有一篇妙文《蟹会》："食品不加盐醋而五味全者，为蚶，为河蟹。河蟹至十月与稻粱俱肥，壳如盘大，坟起，而紫螯巨如拳，小脚肉出，油油如螾蜒。掀其壳，膏腻堆积，如玉脂珀屑，团

（左）海螃蟹　（右）清蒸平鱼

结不散，甘腴虽八珍不及。"

天津的河蟹产自郊县宁河七里海，七里海是中国濒海典型的古潟湖湿地，水质洁净，富含微量元素，使得七里海河蟹品质优良。河蟹的吃法就文雅多了，通常是上屉清蒸，笼屉里可以铺几片紫苏叶。如果说吃海蟹是写意山水，那么吃河蟹就是工笔仕女了，吃河蟹，是慢慢地品尝肉的鲜甜、膏的腴润、黄的甘香。吃蟹，既不需别人代劳拆解，正如李渔《闲情偶寄》所云："旋剥旋食则有味，人剥而我食之，不特味同嚼蜡。"又不宜以剥好的蟹肉馈赠他人，蟹肉、蟹膏、蟹黄、蟹钳，各有各的美妙，少了一种滋味都会觉得不完美。遂自取自食，持螯把酒，不亦乐乎？

紫蟹，是天津汉沽的冬令特产，其大者如银圆，小者如铜钱，味极鲜美。清代有诗赞曰："丹蟹小于钱，霜螯大曲拳。捕从津淀水，载付卫河船。官阁疏灯夕，残冬小雪天。见盍簪谋一醉，此物最肥鲜。"紫蟹形似河蟹，初冬蛰伏于稻田、苇塘、河道，壳薄、肉厚、体内洁净无泥，通体呈青紫色，故名"紫蟹"，烹炸后呈鲜橙色，又称之为"丹蟹"。

紫蟹上市，正当银鱼肥嫩之际。老字号红旗饭庄有一道"银鱼紫蟹火锅"，虽名为火锅，其实是一道用暖锅盛放的汤菜。这道菜用北方酸白菜

海河、北运河和南运河在三岔河口交汇

衬底，上布银鱼、紫蟹，注入烧开的清汤，下燃酒精，汤沸上桌。鱼肉清香，蟹膏柔腻，汤味清新，鲜美异常，可谓冬令绝品。

吃其他

大河入海，咸淡水交汇，海河入海口附近生长出丰富的微生物，也就滋养了各种鱼类，"河中鲤，港中梭，纤板刀鱼不用割"。渤海湾水产丰富，民谚有"螃蟹对虾，鲅鱼黄花，梭鱼鲶鱼大鳎么（鳎目鱼），铜锣（黄姑鱼）鲫头小针扎（鱵鱼）"的说法，生鲜的麻蛤（毛蚶）开壳取肉，用大葱爆炒，原汁原味；刚出水的海兔子（笔管）加蒜薹酱爆，脆嫩鲜香……每一样都是天津人餐桌上的美味。

前面聊过的，天津人爱吃的水产，尽管风味不同，但是大部分在外省沿海也能见到吃到。可是在天津海边的汉沽，有一类特殊的食物，不管原料还是做法乃至风味，都独树一帜。

一千多年前，现在天津的汉沽地域已形成了退海地，出产海盐。古代封建王朝的统治者，"驱处苦役者来沿河煮盐"（小沿河，汉沽之历史旧称）。当时汉沽蔬菜少，却富产海货，所以这些犯人、苦役"以粟为食，以鱼虾为肴"，以维持生存需求。

汉沽海边有许多潴满海水的洼地，大则十几里，小的也有几里方圆。经过长期的沉淀和蒸发，这些洼地形成了一种盐度"上淡下浓"的独特生态系统，大量的海洋生物滞存其间，久之形成了一类特殊的水产，当地人称之为"泽货"。

在洼地中捞取方便，又无出海的风浪之险，苦役们经常捕捞小鱼小虾之类的"泽货"食用。"泽货"的制作极为粗陋，营中厨子只将原料洗净，不剖腹、不去鳞、不炝锅，直接用海水加盐煮熟，这种"就地取材，因地制宜"的制作方法如此沿革千年，逐渐形成了一种独特的烹调技法，称之为"馇"。因为馇菜需要海水烹煮，所以在天津想吃这一口儿，必须来汉沽。

馇菜延续千百年前的做法，即涤货都不剖腹、不去鳞、不炝锅。制作馇菜要用大锅土灶，倒入海水，不需任何调味料，倒入鲜活的涤货大火煮熟，然后改文火馇2~3个小时，直至涤货熬酥方可。所用食材均是鲜活，味道鲜美自不必少，不过沿袭了"海水加盐"的传统做法，口味偏咸。

"八大馇"并非具体的八道菜，"八"是虚数，表示种类丰富，海涤产品均可馇之。馇涤梭鱼、馇涤白虾、馇蚶子、馇虎头鱼（学名褐菖鲉）容易理解，有些东西还真不是我所能想象的。

馇海蹦楞。海蹦楞学名绵鳚，也称作海鲶鱼、虾虎鱼、郎巴鱼、鲎鱼、沙光鱼等。属鲈形目，鳚亚目，绵鳚科。在山东海边，通常用它来炖汤。

馇麻线。"麻线"其实是麻虾的谐音而已。麻虾学名糠虾，糠虾目，因其体小如芝麻而得名，通常用来做虾酱。

馇鲎鱼。鲎鱼，刀鱼的别称，天津廉价售卖的巴掌长的"刀鱼"，其实是刀鱼的近亲凤尾鱼。

馇麻蜎。麻蜎其实就是海蚯蚓，在汉沽不仅有馇麻蜎，还有拌麻蜎、炒麻蜎等。麻蜎氽汤，当地人说鲜极了，我没试过。

当地的朋友说，现在的"八大馇"其实已经淡多了，他们小时候吃的那才叫咸呢。原料和口味也做了不少改良，比如馇海螺、馇八带、馇墨斗、馇银鱼等，这些正经海货都是过去"八大馇"中没有的。我尝过之后的感觉是咸鲜，咸依然在鲜前面。

煎饼馃子·锅巴菜

　　我对食物向来宽容，行走运河，乡村野店中粗粝的民间饭食吃得，漂泊路途上的方便食品吃得，价格不菲的大菜乐得品尝，囿于一隅的特殊风味也勇于尝试。这世间唯独有一类食物为我深恶痛绝，比如兰州拉面馆子里的刀削面、北方城市里不过桥的"过桥米线"，还有天津之外的煎饼馃子。

　　煎饼馃子，只有天津的才好吃，世界第一。煎饼馃子的做法并不复杂，很多城市都能看到写着"天津煎饼馃子"的小吃车，但正宗的做法外地愣是学不会，包括咫尺之外的北京。

　　天津的煎饼馃子以前只有早晨有，因为炸油条的只有早晨才出摊。现在讲究没那么多了，甚至有的煎饼摊专卖夜宵。第一次吃也许会觉得普通，但吃过几次就会慢慢地爱上它，几天不吃就会有点想。吃习惯了，离开了天津这个城市，这种想念就会变成一种折磨，在每一个饥肠辘辘的早晨百转千回。

　　清早五点，清冷的雾霭还没散去，煎饼馃子便已经出摊儿了。煎饼馃子摊儿大多用一种特制的手推车，车上载蜂窝煤炉，其上覆以饼铛，车子用橱窗遮挡，以免灰尘飘落。虽是流动摊位，但大部分经营煎饼馃子者，都会在人流较多的街边巷口固定的位置经营。生意红火的摊子，亦有店铺经营者。

　　天津的煎饼馃子用料讲究，制作精细。天津籍相声演员郭德纲曾说："绿豆面、黄豆面、小米面、棒子面、白面，几样搭配好了，和得了，最讲究的是用清水煮羊骨头，拿那个汤还和这个。"现在多用纯绿豆水

流动的飨宴——大运河饮食笔记1·京杭大运河卷

锅巴菜

磨制作，现磨现用，追求绿豆的清香原味。抎一勺绿豆面糊倒在热铛上，用一个"T"形的竹耙子轻轻一推，面糊便在铛上变成了一张薄薄的圆饼，继而磕上鸡蛋摊匀，撒上葱花。煎饼边缘微微焦黄翘起时用铲子翻面，再烙片刻，便可以卷上馃子或馃箅儿了，根据要求刷上甜面酱、酱豆腐汁、油辣椒，一叠就算完成了。如果顾客要求，最后还可以撒上少许的生葱。摊、打、翻、放、刷、叠，一气呵成，熟练得像在表演杂技。

馃子和馃箅儿必须是现炸，以保持酥脆。在天津，好吃的煎饼馃子摊儿旁边不远必有一家炸馃子的，这种合作关系类似于生物界的共生。摊煎饼的随用随取，卷进煎饼里的馃子都是热的，外边酥脆，里面柔韧。

天津本地人买煎饼馃子，有自带鸡蛋请摊主加工的，是为一奇。是因为自己的鸡蛋营养高吗？还是因为个儿大便宜？问过一位上年纪的摊主才知道，原来这是计划经济时期鸡蛋等副食都要凭票供应的一种遗存，至于鸡蛋品质好坏、价格稍廉划算倒是后来从实践中总结出的经验了。

煎饼馃子的起源，常见的说法是煎饼馃子乃山东的煎饼、葱、面酱和江南的油条在海河码头的结合，是南北交汇五方杂处的大码头文化的一个缩影。继天津文史学家李世瑜提出天津方言可能源于安徽固镇之说后，又有人"考证"出煎饼馃子也发源于固镇，但我查阅1989年版《固镇县志》并没有发现"煎饼馃子"。天津煎饼和山东煎饼一个软、一个硬；一个是小吃，一个是主食，相差甚远。我在这一次考察京杭大运河饮食的过程中发现，天津的"煎饼"与河北唐山的饹馇颇有类似，但唐山人不称之为"煎饼"。

依据"德禄斋"煎饼馃子第四代传人王亚民所说，创始于清光绪二十九年（1903年）的"德禄斋"煎饼馃子在民国时期以"金饼馃子"享誉津门。煎饼馃子本来叫作"金饼馃子"，因煎饼加了鸡蛋色泽金黄而得名。

这种说法我觉得颇为合理，但加葱抹酱的吃法无疑是鲁菜的风格。

锅巴菜，是天津独有的一种小吃，为外地所无。正字是"锅巴菜"，但天津人读作"嘎巴菜"。锅巴菜的"锅巴"其实就是煎饼馃子的煎饼，据说最早是制作煎饼馃子剩下的副产品，有心思活络的经营者浇上芡汁作料，做成一种即汤即菜的食品售卖。锅巴菜的制作也非常讲究，锅巴要绿豆磨浆，摊成薄薄的一大张，然后切成柳叶条，用芡粉勾一锅素卤，浇上芝麻酱、酱豆腐汁、辣椒油，撒上香菜，又热又香，连吃带喝，适口落胃。锅巴菜味道咸香，宜搭配大饼油条、油酥烧饼等一起食用。

现在的锅巴菜都是素卤，大多是清真馆经营，比如大福来，比如真素诚。民国时期，老南市曾有一家"万顺成"，以肉卤锅巴菜著称。美食家唐鲁孙《中国吃》一书中曾有记述："有一份肉片卤的锅巴菜，在绿牌电车路法国教堂一个胡同口，卤是肥瘦肉片，加上黄花木耳勾出来的，那比素卤又好吃多了，据说这是天津独一份的肉卤。"这肉卤的锅巴菜，现在见不着了。

摊煎饼

煎饼馃子・锅巴菜

街边美味羊肠子

沿河逆水南行，过了静海九宣闸，南运河便进入了河北沧州段。沧州的运河从青县李又屯起，流经青县、沧县、沧州市区、泊头、南皮、东光、吴桥，在吴桥第六屯进入山东德州，全长 215 公里。沧州是京杭大运河流经城市中里程最长的城市。

沧州始建于北魏熙平二年（517 年），割瀛、冀二州之地建沧州，盖取沧海之名。大运河流经沧州，带来了交通便利，带来了数百年的繁荣。沧州物产多通过运河运往天津，再通过海路行销南方或出口国外，历史上沧州又曾几度归属天津管辖，故而沧州的很多特产都印有"天津"标签，比如泊镇周边所产鸭梨被称作"天津鸭梨"，"天津冬菜"其实也出产于沧州运河两岸。

到沧州，有两个"子"不容错过，一是铁狮子，一是羊肠子。

沧州铁狮子，坐落于河北省沧州市东南沧县旧州镇，距离市区 16 公里。铸成于后周广顺三年（953 年），民间称之为"镇海吼"，相传为遏海啸水患而造，是我国现存年代最久、形体最大的铸铁狮子。在市里打出租车，务必说清楚是去看"老狮子"。否则，司机会开到市区的狮城公园，那里有一座 2011 年根据原来的铁狮子"克隆"的新铁狮子，体量是老狮子的 1.3 倍。

雨过天晴，偏西的太阳居然亮得灼眼。柏油路两边是大片的玉米地，间或有小块的棉花、豆类或谷子地。沿途的村舍多是红砖瓦，为华北平原司空见惯的样式。

在售票处花 20 元人民币购得一张门票，见到了传说中的铁狮子。我抬手遮住刺眼的阳光，仰着头去看它时，它站立在 1984 年所修建的两米高的台基上也看我。第一个感觉是它太大了，大得使人有压迫感而顿觉自己之渺小。站在地面上，只能见其躯体，却无法观瞻它的项背。根据北京科技大学 2001 年 4 月的测量结果，铁狮子身长 6.264 米，体宽 2.981 米，通高 5.47 米，重约 32 吨。第二个感觉就是它太丑陋了。清代文人李云峥作《铁狮赋》赞美铁狮"飙生奋鬣，星若悬眸，爪排若锯，牙列如钩。既狰狞而躔躂，乍奔突而淹留。昂首西倾，吸波涛于广淀；掉尾东扫，抗潮汐于屡楼"，如今都已不见。它四肢残损，腿上、背上遍布裂隙和缺口，它已经没有了完整的肚子，残破的腹腔内支架交错，支撑起它古老的身躯。有 16 根直径 15 厘米的赭红色铁管支撑在台基和躯体之间，像一头被许多支标枪同时刺中的猎物。古老的铁狮子锈迹斑驳，雨水冲刷下来的锈粉铁屑像是干涸的血。它威武的表情已经有些模糊了，唯余平静与苍凉。

看完了铁狮子，我好像完成了一件极重要的任务，但结果充满了遗憾和惋惜，只有期待明天一早羊肠子可以修复我失落的心情了。

沧州人的一天，从一碗羊肠子开始。天色方蒙蒙亮，空气清新，街巷寂静，卖羊肠子的摊位已经收拾整齐，摊主笼着手站在三轮车旁等待食客的光临。炉火上架一口锅，锅里翻腾着浓白的羊骨汤。大盆里装满煮熟的羊肠子，除羊肠外又有羊脑、羊舌、羊肚、羊鞭、羊宝、羊奶、羊房、胎羊以及血肠等各种羊身杂什。这血肠是用肠衣、羊血灌制而成，煮熟后外表粉白，颇似挂霜，亦称"羊霜肠"。旁边放一个小案板，现切现卖，现

街边美味羊肠子

热现吃。汤锅沸腾，香味随着热气升腾氤氲，飘出老远。

吃羊肠子，其实是喝羊肠汤。摊主问我吃什么吃多少，我说吃最普通的羊肠子。摊主便称取定量的羊肠和血肠，用一把快刀切成寸段，装在笊篱中用热汤冲氽数下，热透烫软装在碗里，撒上盐、香菜和胡椒粉，舀一勺热汤浇在碗里，香气四溢。我接过碗，先喝汤，香醇微辣，热乎乎的，一口下肚即驱散华北平原初冬的寒意。再吃羊肠子，羊肠软滑肥润，血肠清新鲜嫩，一点也不膻，说不出的快意。

沧州羊肠子，其实不限于沧州一隅，北到青县，南至泊头、德州，运河两岸皆有羊肠子，且各有特点。德州人吃羊肠子，只吃血肠，浇上清亮的羊骨高汤，味道清鲜不腻。沧州地区的羊肠子则肥肠、血肠并重，醇香浓郁，肥糯油润。在沧州喝羊肠，通常配以粗面饼子，如果配油酥烧饼吃就略嫌油腻了。

沧州羊肠子醇香肥润的口味其实是传统风格。以前沧州水路有京杭大运河，旱路有津浦铁路，运输行业养活了不少人口。一些来自周边农村的淳朴劳动者，以在码头搬运货物或在车站装卸煤炭为生，沧州话管他们叫"扛大个儿的"。这些下苦力的壮汉大多收入微薄但饭量宏巨，味美价廉的羊肠子成了他们最爱吃的饭食。早上出工之前，买一碗羊肠子，就着自己在家带来的玉米饼子，热热乎乎地吃下去。羊肠子油水足、热量高，吃起来又解馋又"搪工夫"。现在城里年轻的媳妇们都大不愿意让男人吃羊肠子，油水多，胆固醇高，可是一个看不住，他们就会偷偷出去吃一碗解馋。

沧州羊肠子的兴盛得益于沧州汉族、回族杂居的民族构成，其郊区有孟村回族自治县。由于信仰的原因，回族同胞不吃羊血，所以回民用

羊肠子

羊肠、羊血加工的血肠（羊霜肠）都卖给汉民，所以沧州才有了香醇美味的羊肠子。

既然自己不吃，为什么还要把羊血精心制作成血肠呢？据定居德州的朋友所说，吃血肠是东北满族人的传统，有清一朝，"八旗劲旅，以强半翊卫京师，以少半驻防天下，而山海要隘，往往布满"，顺治二年（1645年），德州即设驻防八旗。顺治五年（1648年），沧州为正白、镶白二旗满洲兵、蒙古兵合驻。吃血肠（羊霜肠），可能是满族官兵带来的习俗。

吃罢羊肠子，一身的能量，于是决定到运河边走走。运河穿城而过，"运河区"因河而得名。沧州市北落闸，市南建坝，在市里蓄起一片水，成了运河景观区。

德州扒鸡往事

大运河过了沧州市区，经泊头、南皮、东光、吴桥四县市，便到了山东德州。德州是我的故乡，是走遍万水千山不变的终点。书写德州，难免有几分近乡情怯，一切都那么熟悉，又那么陌生。印象中缓慢的绿皮火车，车轮单调的"咣当"声持续反复，把夜晚拉伸得无比漫长，我坐在拥挤的车厢里半睡半醒，待听到一声熟悉的"扒鸡！德——州——扒鸡！"，我便知道离家已经不远了。

历史上的德州，枕卫河为城，是一座因粮仓而建的军事重镇。明清时代，德州仓成为运河沿岸的四大名仓之一。当年的运河上，"舳舻首尾相衔，密次若鳞甲"。年递运南粮一度达600万石。运河两岸商贾云集，舟车如鳞，产品堆积如山。工商业的迅猛发展，促使明廷重新定位了德州，从军事重镇逐步演化为商业名城。明洪武二十四年（1391年），黄河在原武（今河南原阳）决口，会通河尽淤，漕粮全部陆运至德州下河，直到永乐十三年（1415年）复航。清代中叶，海运逐渐兴起，加以黄、淮、运交汇处清口逐渐淤塞，河运逐渐衰落。清咸丰五年（1855年），黄河在铜瓦厢决口改道后，运河被埋，至清光绪二十八年（1902年）漕运全线停止。

德州地处华北腹地，少水而无山，地势一马平川。方物多是寻常的农产，西瓜、小枣、小米、花生等，品质虽好，他乡却并不稀缺。唯有扒鸡一绝，有赖运河两岸水陆驿站、津浦铁路得以致远，方有赫赫之名。

德州扒鸡由烧鸡演变而成，据传早在元末明初，德州成为京都通达九省的御路，码头集市上便有了叫卖烧鸡的摊贩，到清乾隆年间，德州即以烧鸡闻名。清光绪三十一年（1905年），宝兰斋饭庄掌柜侯宝庆独辟蹊径，在卤鸡、熏鸡以及酱鸡的基础上创制了扒鸡的制作方法。宣统三年（1911年），德顺斋烧鸡铺掌柜韩世功总结前人经验，潜心钻研，既尊重当地传统方法，又兼顾南北口味，创制了享誉后世的"五香脱骨扒鸡"。这种扒鸡选料严谨，制作工艺考究，用传统香料及多种中药材进行烧制，故名"五香"；又因扒鸡讲究炸得匀、焖得烂，做熟之后若趁热抖动，则肉骨分离，故谓之"脱骨"。后来多家烧鸡店求艺于韩世功，扒鸡店逐渐增多。

德州解放前，经营扒鸡的店铺共有20多家，1952年组成了德州扒鸡联营社，其成员由原来扒鸡行业的26人组成。1956年公私合营，扒鸡联营社、德州火车站扒鸡小卖所和肉食经营商会的56位扒鸡传人，一并加入德州市国营食品公司。1984年，国营德州扒鸡联合企业公司成立。东风扒鸡厂、胜利扒鸡厂、北园扒鸡厂等大批城乡集体企业投产；中心斋、德胜斋、兴盛斋、永盛斋等老字号也陆续恢复营业，韩记、李记等多家个体经营者也竞相加入扒鸡经营行业。短短30年间，居然成就了德州遍地扒鸡的局面。

德州曾是京城南下的必经重镇，所以几下江南的康熙、乾隆两位皇帝成了扒鸡商家中意的代言人，有店家自言其扒鸡曾得康熙御口亲赞。民国二十四年（1935年）《德县志》，卷四舆地志"寒绿堂"条目下只有"清康熙四十一年南巡驻跸山姜书屋，御笔书此颁赐田侍郎雯。"康熙有没有吃扒鸡，并无记载。

德州扒鸡选用两三斤的农家活鸡，宰杀干净后抹上饴糖油炸，然后再

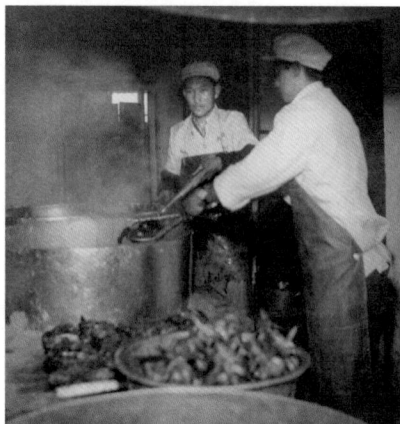

食品公司职工正在制作扒鸡

用微火焖煮。一只合格的德州扒鸡应该是优雅的，整鸡呈伏卧衔羽状，如鸳鸯浮水；色泽金黄透红，晶莹华贵；香气浓郁，肉嫩味醇，香而不腻。

德州扒鸡讲究用老汤卤制。二月河的历史小说《乾隆皇帝》开头便是申家老店里几人闲聊："那是一锅正德老汤，传了一百多年了，儿孙不争气，说翻就翻了个干净。咱们德州扒鸡，老德祥马家的是数一数二的正宗——房子失火端了老汤逃，是扒鸡行的老规矩。为分家砸了老汤锅，真真是败家子。"其后有作者按表："德州扒鸡驰名天下，不但山东，就是保定、河南达官贵人请客筵宴，也常用驿道快马传送，每年秋季还要贡进皇宫御用一千只，鸡好吃全凭一锅汤，那卤汤锅都是十几代传下来，做鸡续水从不停火。做鸡人家分家，不重浮财，就看重那锅卤汤。"

忘记是从哪一年开始，火车上、车站前没有了兜售鲜扒鸡的游商小贩，全都换成了真空包装的袋装扒鸡，以至于我到天津上大学时，外地的同窗误以为真空袋里骨肉烂作一团还有很多明胶冻的东西就是正宗的德州扒鸡。后来每次开学，我都会在车站前的扒鸡大酒店一楼外卖部买一只刚出

流动的飨宴——大运河饮食笔记1·京杭大运河卷

锅的扒鸡，带给他们解馋。夏天时，为了防止变质，我会把食品袋打开，把它搁在小茶桌上，飘散的香气让车上大嚼真空扒鸡的乘客面色悻悻然。

德州扒鸡可以冷食，下酒佐菜，气味隽永；更宜趁热食用，肥嫩滋润；还可以上笼蒸透，滗出原汤烧开，勾薄芡浇在鸡身上，形美肉香，这是鲁菜所擅长的烹饪手法——"扒"之"蒸扒"。

吃德州扒鸡不仅可以解馋疗饥，还能怡情忘忧。唐鲁孙《说东道西》一书记述过一件趣事："有一年我从上海回天津，在车上想起曾先生说的话，火车一过禹城，我掏给茶役一块大洋，嘱咐他一到德州就出站给我买一只热扒鸡、两个发面火烧来。茶役知道我是部里人，多下钱来当然是小费，所以车停下来不一会儿，就给我拣了一只又肥又大热气腾腾的扒鸡，还买来了火烧。他重新换了茶叶，酽酽地泡了一壶香片。撕扒鸡时还烫手呢！这一顿肥皮嫩肉、膘足脂润的扒鸡令人过瘾，旅中能如此大快朵颐，实在是件快事。吃饱连灌几大杯浓茶，觉着吃得过量，只好倚枕看书，车过沧州，才敢就卧。哪知一枕酣然，一睁眼已经到了杨柳青，早已过了天津两三站啦，只好等车到了北平东站停靠，再换车折回头去天津。"

类似的事情我也经历过，有一年我和一个朋友同去天津，时近正午，火车晚点久而不至，候车室里人潮涌动闷热燥郁，我二人肚中饥饿难耐。朋友便出门买了一只扒鸡和两瓶啤酒回来，铺一张报纸席地而坐，喝冰啤、啖扒鸡，神清气爽，忘了自己原是行色匆匆的旅人。一只扒鸡吃完，火车已经开走多时了。幸好德州北上的车次很多，又改签下一趟列车才顺利到达天津。

如今少年时的玩伴多在德州市区安居乐业，想吃扒鸡垂手可得，只有我一个人还漂在未知的路上，不吃德州扒鸡久矣。

武城镟饼

我把自己现在的馋，归罪于童年饮食的贫乏。那时我所在的乡村，既无书可读，又无游艺可寻，家里有一台 14 吋英寸的"泰山"牌黑白电视机，但村中经常停电。那时的我总觉长日漫漫，憧憬着快一点长大，走出去看看外边的风景。幸好在这单调的生活中，还有一些吃食可以寄托，也无非是些应季上市的瓜果梨枣，便觉得乡间生活重新美好起来。

逢阴历的三、八日，是我乡的集市。集市不大，乡间生活所需的物事却一应俱全，牛羊驴骡、蔬食粮秣、衣帽布匹、刀剪农具，等等。可惜没有卖书的，学校门口杂货店里的小人书我早就看完了。集上常见的零食有瓜子、米花糖、酸三色、水果硬糖之类。有摆摊卖点心的，有用糯米粉团炸得蓬松的芙蓉果，外面沾一层白糖，甜得要死；还有茶杯盖大小的"到口酥"，酥甜，也为我所不喜。咸味的食物只有一种"气火烧"，刚烤好时圆鼓鼓的像一只长的灯笼，热气消下去之后便瘪瘪的，层次很多，吃的时候像在啃一本书。

要想吃到稀罕一点的东西，得等到赶会的日子。鲁西北地区的乡村，每十里八乡必有一个集，每五日一集，只在上午，售卖生活必需品，午饭后已曲终人散。待忙过秋收秋种，初冬时节，乡人大都卖掉了当年的农获，兜里还有几张没花完的票子，县城就到了赶会的日子。赶会少则三天，多则十天，会上除了卖农产物资的，还有异地的杂技、马戏、戏班、歌舞团等来巡演，又有方圆百里的各种小吃汇聚，整日人潮攒动，熙熙攘攘。

距离我乡最近的集会在老武城县城，只有 25 里路程。我第一次吃到镟饼，便是在武城会上。

多年来我一直不确定"xuàn"饼的"xuàn"到底是哪一个字，常见的写作"煊饼"，也有人写作"旋饼"，还有在"旋"字左边加个"食"旁的，就连卖"xuàn"饼的都说不清。制作"xuàn"饼所用的鏊子又被称作"镟子"，所以我把它写作"镟饼"。

《说文解字》："镟，圆炉也。"《六书故》："温器也，旋之汤中以温酒。或曰今之铜锡盘曰镟，取旋转为用也。"陕西人把制作凉皮用的金属盘叫作镟子。

卖小吃的因为规模大小、摊位样式不同，有不同的叫法。比如露天卖火烧的叫作火烧摊儿，在室内炸馃子的便称馃子铺，而卖镟饼的通常是用芦席或者秫秸箔搭起来一个棚子，棚子里置锅灶、长条矮桌和马扎板凳，称作镟饼棚。

第一次进镟饼棚吃饭的人，总会对做镟饼的锅灶感到好奇。灶用土坯或者砖头砌成，一洞两灶，灶台上有前后两个鏊子，前边一个是正常的鏊子，后边一个鏊子里居然放了一堆棋子大小的青瓦块。烙镟饼讲究用豆秸，火苗小但火力不弱，烧在炉膛里毕毕剥剥声不断，鏊子上的镟饼颜色金黄，被煎烤得吱吱啦啦作响，香气飘逸，于听觉、视觉、味觉都是一种诱惑。

镟饼的馅多以鲜肉、韭菜、葱、姜、鸡蛋、豆腐等分荤素调制，其中有名的是"雪里红（牛肉馅）""风搅雪（猪肉韭菜加鸡蛋）""水晶参（猪油加冰糖）"三种。我以前赶会所吃到的没有这么讲究，有时是猪肉韭菜的，有时是牛肉大葱的，还有羊肉芫荽的。

武城镟饼

做镟饼的面很软，擀一张倒梯形的大薄片，摊上调制好的肉馅，卷起来旋转压扁，擀成直径七寸大小的圆饼，先放在前面的鏊子上用油煎烙。待饼色微黄时，出锅放到另一个鏊子里的瓦块上，不停地翻转并往瓦块上刷油，一直烤到色泽深黄，微有焦色，镟饼便烙好了。

刚烙好的镟饼颜色金黄，外焦里嫩，气味芳馥，咬一口油脂顺着手指往下流。讲究现烙现吃，趁热品尝。等镟饼凉了，面皮变硬，便吃不出镟饼的特色风味了。不过我从来都不会等到它口感变差。热腾腾的镟饼咬在嘴里，既有肉馅的浓香，又有粮食的清香，亦得豆秸的烟火气、瓦块的泥土香，是一种复杂而令人愉悦的香。现在想来，那浓郁的香味也许就是乡土的味道吧。

"武城镟饼"起源于运河对岸的郭庄村，1964 年郭庄划归河北，镟饼的味道却留在了山东。镟饼的制作工艺在鲁菜、冀菜中很难见到，相传是明初由山西洪洞县移民把它带到了武城。山西翼城有一种石子饼，又叫石头饼、圪烙馇，也是把饼坯放在烧热的石子上面烙制而成，咸香油酥。很像清代袁枚《随园食单》中的"天然饼"："用上白飞面加糖及脂油为酥，随意搦成饼样如碗大，不拘方圆，厚二分许，用洁净的小鹅卵石衬而焙之，随其自为凹凸，色半黄便起，松美异常，或用盐可。"洪洞县和翼城县相距只有 98 公里，同属临汾市。

沿着运河向南，在距离武城 160 多公里外的寿张，有一种名吃叫作肉镟子。其做法、风味几乎和武城镟饼一模一样，只是它在鏊子上所放的不是瓦块，而是用胶泥团成的圆球，几经使用，已经烧成了陶球了。

利用石板、石块（鹅卵石）作炊具，间接利用火的热能烹制食物的烹

武城集会上的镘饼棚　（摄影_赵登勤）

饪方法，是我国古代的一种原始的烹饪方法——"石烹法"，其历史可追溯到旧石器时代。

在武城县东北，距离德州只有 12 公里的地方，有一个叫作四女寺的古镇。四女寺曾是运河上的重要码头，商贾云集，繁华非常。历朝官府设漕运、盐铁、税收、商业等多个管理机构于此。明、清两代为分减运河洪水，曾在此地兴建减水闸或滚水坝。1957 年，兴建四女寺水利枢纽，南来的运河由此分流，一部分河水转弯北上天津，一部分河水经漳卫新河（古鬲津河）流向东北方向，最终在大口河注入渤海。

不老的老豆腐

行走运河，是我自少年时便有的夙愿。

我的家乡在鲁西北平原上，卫运河右岸，一个叫渡口驿的村庄，现属德州市夏津县。运河从村西蜿蜒北上，这一段河道作为两省的界河划开鲁、冀。古驿站、老码头的遗迹早已湮没在岁月中，只有村庄的名字还残留一丝历史的印记。

洪武元年改元之站赤为驿站。各地驿站于交通干线和通衢大道设置，两驿间距有 60 里、80 里的规定，但并不严格遵守。水路设水驿，陆路置马驿，更有兼陆路、水路两种运营方式的水马驿。明代士商用书《士商类要》中有《水驿捷要歌》，详细记述了大运河南京至北京段的 46 处驿站："试问南京至北京，水程经过几州城。皇华四十有六处，途远三千三百零。从此龙江大江下，龙潭送过仪真坝。广陵邵伯达盂城，界首安平近淮阴。一出黄河是清口，桃源才过古城临。钟吾直河连下邳，辛安房村彭城期。夹沟泗亭沙河驿，鲁桥城南夫马齐。长沟四十到开河，安山水驿近张秋。崇武北送清阳去，清源水顺卫河流。渡口相接夹马营，梁家庄住安德行。良店连窝新桥到，砖河驿过又乾宁。流河远望奉新步，杨青直沽杨村渡。河西和合归潞河，只隔京师四十路。逐一编歌记驿名，行人识此无差误。"自我村沿河向南 70 里，正好是临清清源驿；沿河北行 70 余里，则是武城甲马营驿。

第一次听说这一水清波便是北通京畿南接苏杭的大运河，我也就是七八岁的光景。其时我尚不明白"运河"的含义，以为这河与其他的大江大河一样，我只要乘一叶扁舟就可以到达课本上的北京，扬一张帆就可以溯流去到烟雨中的江南。以至每次在河边割草放牛在河里摸鱼捉虾时都忍不住遐想，将来有一天我要乘一艘船，顺水扬帆远去。

长大后才知道这个想法是多么荒唐，这一段运河已经荒废了近二百年。泥沙淤塞水源不济，平均水深不足一米；1970年漳河上游的岳城水库完工蓄水，卫运河季节性断流，沦为泄洪通道；上世纪八九十年代之后，沿岸的很多工厂直接把污水排进了运河。

在从前，渡口驿的一天是从一系列的声音开始的。

天还是黑的，只是那黑色开始浅淡起来，鸡便叫了，第一只公鸡的啼鸣很快引来更多公鸡的应和，此起彼伏。狗也叫了，圈里的猪也跟着哼哼起来。勤快的乡亲翻身起床，顾不得洗漱先喂上大牲口，打开煤球炉子的火门，或者拉着风箱在柴灶里生起火，村里便飘起第一缕炊烟。胡同里响起水桶提手和扁担钩子"吱扭吱扭"的摩擦声和脚步声，这是去井上打水的声音，东方渐渐泛起了鱼肚白。待天光大亮朝霞辉映，街上传来卖豆腐的梆子声，"梆……梆梆……"，节奏舒缓的是干豆腐，节奏急促的是水豆腐，敲得散乱的则是老豆腐。

老豆腐不老，汪曾祺在《豆腐》一文中说："豆腐点得比较老的，为北豆腐。点得较嫩的是南豆腐。再嫩即为豆腐脑。比豆腐脑稍老一点的，有北京的'老豆腐'和四川的豆花。"我乡的豆腐分三种，一种是卤水点的北豆腐，称作水豆腐；第二种将水豆腐卷在白布层中压成大张的豆腐片，

卖豆腐的梆子 （摄影 _ Hedda Morrison）

称作干豆腐，其厚度如今之千页豆腐，却无大豆之外的其他辅料，豆香浓郁；第三种则是点过卤水刚刚凝固的嫩豆腐，叫作老豆腐。

水豆腐和干豆腐都是食材，或烧，或炖，或凉拌，或煮汤。而老豆腐则是一种小吃，卖老豆腐必须配上卤汁一起卖，一碗老豆腐倒有半碗是卤汁。

老豆腐所用之"豆腐"，无非是精选大豆去皮碾碎，浸泡之后用石磨磨成豆浆，撇去浮沫滤掉渣滓，入锅熬煮后点卤凝固，与他乡的豆腐区别不大老豆腐所用之"卤汁"，乡人唤之为"卤子"，或昵称"卤儿"，像称呼自家的孩子一样亲切。常见的卤汁大多为酱油汤，临清济美酱园的好酱油，加上盐、水及各色香料小火熬制而成，不勾芡，亦无木耳黄花等辅料，乍尝只是咸，回味则是酱香。

老豆腐的精华在于油。华北平原多为棉乡，夏津县曾有"银夏津"的美称，棉籽油一度成为当地人民的主要食用油，古称吉贝油。粗榨的棉籽油有一种难闻的气味，遇热会产生大量的泡沫，需要用文火反复熬数小时，撇去油沫及杂质，然后加入葱、酱、花椒、茴香等香料，小火慢慢炸出香味。炼好的熟棉油颜色紫红黑亮，异香扑鼻。

一碗好吃的老豆腐，豆腐嫩而不瀣，无豆腥而有豆香；卤汁清而不淡，不用肉而有荤香；棉油香而不腻，虽一味却胜百味香。食用老豆腐不需美食美器，粗瓷大碗里半碗软玉半碗琥珀，只要浇上一勺黑亮的棉油，撒上一撮儿香菜，加上一勺油炸红辣椒，一碗平常的乡间食物立刻活起来，活色生香，引人食指大动。

在渡口驿，平时吃老豆腐在早晨，听见梆子响便拿着饭盆出门去寻，便有了一顿简单可口的早餐。到了农忙时节，卖老豆腐则在傍晚，在暮色

老豆腐

中归来的乡亲随便热两个馒头，买一碗老豆腐，稀里呼噜下肚，吃罢便可以早早歇息，卸去满身的星月疲累，鸡鸣又是新的一天。

老豆腐是卫运河两岸最常见的小吃之一，德州（武城、夏津、平原）、衡水（故城）、邢台（清河）、聊城（临清、高唐），县城里，集市上到处可见，不限于一村一镇。城里卖的老豆腐精致一些，卤汁有的用鸡汤，有的用骨头汤，但终究少不了酱油调味，还有点睛的熟棉油。老豆腐的口味偏咸，食用时需配主食，或发面火烧，或高桩馍馍。

老豆腐比豆腐脑老多少？这要两种食物当面较量一下才知道。我去过的地方，老豆腐和豆腐脑似乎从来没有同时出现过。

粗榨棉籽油中含有一种叫作棉酚的物质，据说会导致男子不育。脱除棉酚后的精炼棉籽油，当地俗称"卫生油"。卫生油颜色澄黄明亮，看起来就干净，可惜脱除有害物质的同时，也丢失了棉籽油的独特香味。

30年过去了，"黑棉油"基本退出了人们的厨房。只有老豆腐还保留着用黑棉油的习惯。很多喜欢吃老豆腐的乡亲，其实吃的馋的就是那一勺黑棉油。

运河边的托板豆腐

出渡口驿，沿河南行60里，运河如带，翠堤蜿蜒，远远地望见舍利塔影，便到了临清。

临清是元代会通河和隋唐大运河的交汇之地，因河而兴，明清时曾是山东最大的城市。明清时期，依靠运河漕运，临清在工商业上迅速崛起，成为江北五大商埠之一，繁荣兴盛达五百年之久，历史上曾有"南有苏杭，北有临张"的说法。现今的临清，依然保留着完好的元代运河古河道，存有鳌头矶、清真寺、舍利塔、运河钞关、考棚等多处古迹诉说这座运河名城辉煌的过往，其中最有名的当数舍利塔。临清舍利塔，与通州的燃灯塔、扬州的文峰塔、杭州的六和塔并称"运河四大名塔"。

明万历年间，临清文人缙绅倡议移观音菩萨像至砖城北水关下（土城坎北方），并建宝塔以利临清风水，此处正是临清汶、卫两河汇流北去的"天关"，可"扼塞两河水口，弘开万里天关"。民众推举赋闲在家的工部尚书柳佐主管其事，并定名为"舍利宝塔"。

舍利塔始建于万历三十九年（1611年），自筹划至完工历经十年方成。舍利塔九级八面，楼阁式，通体近垂直，仿木结构，刹顶呈将军盔形。基座八面，应"灵收八表"之意，每面长4.9米，底面积为186平方米，其空间体积可达7000立方米。外檐为陶质仿木出挑斗拱，转角斗拱下垂陶质莲花垂柱，斗拱下部镶嵌陶质"阿弥陀佛"四字，门楣上镌刻"舍利宝塔"四字。进入塔室，各层辟有转角形石质梯道，可迂回逐层攀登至顶层。各层为穹隆顶，顶上托龙骨架，地面平托金丝楠木楼板、平面铺青砖，每层辟八门，四明四暗。各层塔心室内皆有刻石，画像镶嵌壁上，宝塔中心部位原有金丝楠木通天柱，上至塔刹下直落地宫，以承托每层平面负荷，建筑手法存宋代遗风。塔角挑檐系有铜钟，风摇钟鸣，声震四野，是为古"临清十景"之一的"塔岸闻钟"。

在临清，早晨会在街头看到一道奇特的风景。很多人围在豆腐摊前，或低头伸颈，或弓腰翘臀，托着一块木板吸溜儿着吃水豆腐，这便是临清的一大名吃"托板豆腐"，因吃相不雅又叫"撅腚豆腐"。

托板豆腐讲究用当年的新黄豆，浸泡脱皮磨成豆浆，去沫过渣，再以猛火烧开，待泡沫翻滚如雪时改微火，点卤成豆腐脑。将豆腐脑舀至方形模具的纱布内，不需石头重压，自然凝固沉淀即成。售卖时摊主麻利地用刀切出所需分量，置于一块两寸宽尺余长的竹木板子上，再几刀划成骨牌大小递给食客。而食客就在摊子前托着木板歪头斜脸地噘唇一吸，细腻绵软的豆腐便"吱溜"一声滑入口中，几乎不用咀嚼，温热的豆腐已滑落到胃里，一股暖意自心底而升。所以临清人不说"吃豆腐"，而叫"喝豆腐"。

初食托板豆腐的人，通常品不出其中的美妙。托板豆腐正经的吃法，只是豆腐，没有任何调料，口味略显寡淡，终日五味侵袭的味蕾，怎么能尝出无味之鲜呢？仔细品尝，不与其他浓烈肥厚的食物做比较，开始觉得满口香甜，慢慢尝出了豆腐的香醇，豆香的清新。

严格来说，托板豆腐不算是美食，只是民间平常的食物。早年间运河穿城而过，舟楫不绝，帆影如织，运河上靠力气吃饭的船工无暇进餐，往往会买几块热豆腐充饥，豆腐价廉，且易饱腹。无独有偶，三百里以北的

托板豆腐 （图源＿微信公众号＠看临清）

德州街头，现在也还有"撅腚豆腐"的身影。

　　与德州的"撅腚豆腐"相比，临清的"撅腚豆腐"更细嫩软滑。有学者考证说这与水质有关。临清的水出自泰山岩体裂隙流出的泉水，经汶水西流入运河，水质低矿化，呈弱碱性，极易使豆浆中的蛋白质凝固成形。泰山也以豆腐闻名，当地有一道名菜"三美豆腐"，其实就是白菜炖豆腐，其"三美"为白菜、豆腐和水。

乱谈临清的 "内涵面食"

纵观中国饮食，山珍海味在各大菜系中的典型做法都类似，无非取各种鲜味食物吊制高汤，再使其入味，殊途同归。但粗粝卑贱之物如内脏下水等，做法则花样百出，精彩纷呈。探其缘由，无非是平民百姓在有限的花费中，为了吃得舒服一点，愿意花更多的时间，动更多的脑筋。山西一隅，干旱少雨，蔬菜相对稀少，于是山西人便发明出各种精彩的面食。

南米北面，鲁西地区乡间日常主食以馒头为主，间或面条、烙饼，清闲时才会做包子、饺子、馅饼这类"有内涵"的精细食物。平常的日子如果想吃，只能去集市、城镇中寻找。在我 12 岁之前的生活坐标中，城市无非东西南北的几个县城，夏津、武城、葛仙庄（清河）、临清，其中最繁华的要数临清。

临清一地，元、明、清三代一度成为山东最大的城市，据民国《明清史料·甲编》记载，当时"临清城周围逾三十里，而一城之中无论南北货财，即绅士商民近百万口"，在规模、人口和经济繁荣程度上都属于全国性大城市之流。临清的饮食，在山东省乃至全国都有一定的文化价值。其中一些是鲁西一带自古就有的传统饮食，有些则是往来的商人带来的外省风味，是南北交汇的码头文化的一个缩影。现在还能吃到的见到的，除了很少税监巨珰、大商富贾的饮宴遗风，更多的是走卒贩夫、船夫船工等平民的生活智慧。有馅儿的面食，既是小吃，又是主食，可以同时满足人体对碳水化合物、蛋白质、脂肪的需求，在民间广受百姓喜爱。

最常见的是大包子。山东的大包子，最小的有拳头大小，大的则以一手刚刚能拿捏取食为限。好吃的大包子要有洁白暄软的面皮，面粉不能含有增白剂；馅儿则用切碎的蔬菜加肉丁，临清人称作"切馅包子"，蔬菜以韭菜、茴香、白菜等有鲜味儿的时令菜为上，猪肉切成花生米大小的丁，如果剁碎了就没有了食材特质的对比，"泯然众人矣"。牛肉大葱、羊肉萝卜则可以剁碎，做成大包子味也不恶，但如果做成更精致一点的小笼蒸包、烫面蒸饺会更有滋味。

包子的好吃，在于面皮和肉馅的比例恰到好处，烘云托月，既不觉得面皮寡淡，亦不觉馅料太湿太咸。如果制作包子的手艺不好，边捏边提，最后收口的时候就会多出一坨面皮，吃起来干巴巴没味道，是为败笔。临清有一家窦家"揪头包"，制作包子收口时，多余的面皮干脆揪掉不用，样子没有菊花形的天津包子那么优雅，像以前的灯笼，又叫"灯笼包"。面软皮薄，鲜香可口。清同治五年（1866年），由窦延栋在临清"元兴楼"所创，传承至今。

发面小包子，放在深鏊子里先煎黄其底部，再加水盖上锅盖，成上蒸、中煮、下煎之势，做出来的水煎包不仅皮暄馅香，而且底部有一层金黄酥脆的饹馇，吃起来焦香可口。水煎包在山东随处可见，沿黄河东去到入海口的利津县，当地三大名吃即包括水煎包。临清徐家煎包，据说创制于清嘉庆年间，其后人至今仍在经营。

如果包子皮儿用半发面，制作肉馅时加水搅拌成"水馅儿"，或加入切碎的高汤冻，蒸熟后外形玲珑、汤汁丰富，是为灌汤包，这是淮扬人或者汴梁人带来的吃法。本地乡亲初不熟悉，第一次吃时很容易被热油汤汁烫到。

乱谈临清的"内涵面食"

（一）牛肉灌汤包

（二）烧麦

（三）水煎包

（四）武德魁肉饼

死面的吃食又有锅贴、肉饼、火烧、烧麦等。锅贴是一种类似饺子的食品，因两端不用收口，故比饺子馅儿更大。在鏊子中水煎而成，皮酥馅嫩，滋味鲜美。

肉饼是用较软的面团包裹肉馅制成，肉鲜香，皮酥脆。"武德魁肉饼"始于清末民初，由考棚街人士武德魁所创制，武德魁青年时期学艺从业于京津，其肉饼制法有香河肉饼的影子，又似鲁南、河南的壮馍，结合临清人的饮食习惯，其肉饼更加粗犷浑厚。以味美价廉而名扬四乡，乡亲进城办事，多喜欢去吃武德魁肉饼。武德魁肉饼讲究用凉水和面充分饧发后使用，肥肉切丁、瘦肉剁泥，用五香调味而葱直接放于饼中，四折包头擀压成径逾二尺的圆饼，文火煎烙而成。酥脆的面皮包裹着滑嫩的鸡蛋和鲜香的猪肉，色泽金黄，滋味肥美。

烧麦，又名稍麦，"皮薄肉实切碎肉，当顶撮细似线稍系，故曰稍麦"。明末清初起源于内蒙古西部地区，后流传至京、津一带。北方的烧麦多是清真的，用牛羊肉为馅。临清烧麦以王家烧麦为最佳，其烧麦呈石榴状，既区别于北京的"麦穗形"，又不同于天津的"荷花形"。皮薄柔软，肉馅隐约可见，馅味鲜嫩，别具风味。

临清面食中又有烫面蒸饺。以滚水和面，现和现包。馅心可荤可素、可甜可咸；荤馅有三鲜、虾仁、蟹黄、海参、鱼肉、鸡肉、猪肉、牛肉、羊肉等，素馅又分为什锦素馅、普通素馅之类。皮薄馅鲜，在众多馅儿类面食中滋味最为清新。

家常做馅饼，最常见的是韭菜盒子。鲜嫩的韭菜切碎加鸡蛋做馅，或两种面皮合成太阳形，或一张面皮捏成半月形，在鏊子里煎烙而成。母亲教给我两条经验：一是用炒熟的鸡蛋调和韭菜做馅，不如把生蛋液倒在每个合子的韭菜上，熟了暄软而蛋香浓郁；二是韭菜盒子用油煎，不如只在锅底擦少许油干烙的好吃，不腻，韭菜的鲜味更足。

如果把菜馅用面皮卷起来，在锅里蒸熟，就成了菜卷。临清人称之为"菜蟒"，因为蒸熟的面皮透明，绿色的蔬菜隐约可见，颇像一条盘踞的菜花蟒蛇而得名。肉卷则用发面，最好用柴火大灶，长长的一条盘在大锅里，蒸出来更具气势，北京人管它叫"肉龙"。

汶水西流，在南旺入运河，在临清与漳河、卫河合流。自临清向北至天津三岔河口为南运河，又称漳卫运河。如今京杭大运河北段名存实亡，无水为继，污浊、艰涩，已变成了一条陌生的死水。只有那些来自江南的美食，还在民间传承、生长，在舌尖上告诉我们，运河曾经在这里流过。

数次来去临清不过短短数日，童年时到临清都是当日即回。漫谈临清美食，只局限于我吃过、见过的寥寥数种。管中窥豹，可称乱谈。

山东临清一带有一种地方曲艺称作"乱弹"，此曲吸取秦腔、梆子、京剧等多个剧种的营养，相互融合而成，亦是南北交汇的大运河文化的一个侧影。乱弹曾与昆曲、高腔、丝弦并称为河北的"昆、高、丝、乱"四大剧种。清道光至同治年间，乱弹在民间发展并衍变分流，分为东、西两路。东路流行在山东西北部的临清、夏津、聊城一带；西路流行在河北南部的临西、威县、清河、馆陶等地。小时候我乡还有一个乱弹戏班，随着老艺人故去现已解散了。

带着公鸡去旅行

吃的乐趣，往往在于怀旧或尝新。怀旧是对故乡、对往事、对自己一去不回的青春岁月的缅怀，再平凡的吃食也能咀嚼出几分不同寻常的滋味。尝新，一是满足自己对未知食物的好奇心，行万里路却不吃异乡美食，难免有入宝山空手回之憾；二是有比较才有好坏俊丑之分，对食物的认识理解才真实，而不囿于自家厨房之中。

北方干旱缺水，在饮食习惯上吃鸡多过食鸭，唯北京烤鸭是一个特例。若问诸北京城中的居民，除了外食烤鸭，大多不会以鸭治馔。沿运河南下，先食德州扒鸡，又尝临清之八宝布袋鸡，至聊城忽然与熏鸡不期而遇，便是一种美丽的邂逅。

元至元二十六年（1289 年），开凿东平安山至临清的运河河道，上接济州河、下通卫河，并以"开魏博之渠，通江淮之运，古所未有，诏赐名会通河"（《元史·世祖纪》）。运河聊城段流经市下辖的临清市、东昌府区、阳谷县，共计 97.5 公里。聊城旧称东昌府，旧时有民谣："东昌府，有三宝，铁塔、古楼、玉皇阁（此处方言读 gǎo）。"

铁塔位于聊城东关运河西岸，初建于北宋，为聊城市现存最古老的建筑。铁塔是 12 层八角形楼阁式佛塔，塔座为石砌正方形上下叠涩不对称式须弥座，塔身用生铁仿木构分层铸造，逐层迭装而成。铁塔的形制、风格、雕刻皆有较高的研究价值，但塔并不特别高，只有 15.8 米。在临清看罢 61

米高的舍利塔，再观铁塔，略感失之雄浑。

古楼即光岳楼，位于聊城古城中心。明洪武二年（1369年），东昌卫守御指挥佥事陈镛为加强军事重镇防御能力，将宋熙宁三年间年所筑土城改建为砖城，用修城剩余木料在城中心修建一座更鼓楼，初名"余木楼"。明弘治九年（1496年），吏部考功员外郎李赞路过东昌，才将其命名为"光岳楼"，取其近鲁有光于岱岳之意，后世沿用至今。光岳楼为四重檐十字脊楼阁，由楼基和四层主楼构成，高33米，占地面积1236平方米。楼基以砖石砌成正四棱台，高9.38米，底边边长34.43米，上缘边长31.93米。四层主楼全为木结构，方形带廊，高24米，楼脊为歇山十字脊，脊顶正中装一座高3米、直径1.5米的透花铁葫芦。光岳楼始建于明初，形式上承袭宋元楼阁遗制，结构上继承唐宋传统工艺，开"官式"建筑之始，是宋元建筑向明清建筑过渡的代表。

玉皇阁是明代古建筑群，道家圣地。1946年毁于兵火，惜之不存。

"三宝"在民间又有一个更接地气的版本，"东昌府，有三黑儿，乌枣、香疙瘩和熏鸡儿"，名气最大的是被老舍誉为"铁公鸡"的魏氏熏鸡。

魏氏熏鸡，由聊城北关魏永泰于清嘉庆十五年（1810年）创制。聊城倚靠运河，交通便利，商贾云集。为便于行销外地，魏家扒鸡店研制出这种便于携带保存的熏鸡。

1935年，当时在青岛山东大学任教的萧涤非教授，收到朋友从聊城寄来的包裹，打开来一看，是几只干巴巴、黑乎乎的熟鸡，当时天气已暖，这鸡在多日邮寄途中居然没有变味，不禁称奇。小酌时与好友分享，老舍品尝后大加称赞，观之黑里泛紫，铁骨峥嵘，称之为"铁公鸡"。1959年，萧涤非教授途经聊城，发现魏氏熏鸡店在抗战时期歇业了，颇感遗憾。后来他发表文章说："希望恢复这一山东特产，也希望为纪念蜚声世界文坛的'人民艺术家'老舍，能够保留这个诨名——'铁公鸡'"。

在珠圆玉润皮香肉嫩的德州扒鸡、鲜香浓郁腹藏锦绣的布袋鸡以及各种风格的农家炖鸡的包围中，魏氏熏鸡的风格特立独行。与南方制作风鸡腊肉的时令相同，传统的魏氏熏鸡于每年农历十月至腊月制作。其制作过程要经过 15 道工序，每道工序都要求严格，一丝不苟。先加工成扒鸡，再在腹内装上一定数量的白芷、八角、丁香等香料，然后放在锯末烟火上熏制，锯末以杉、柳、红松木为宜。制作过程中要经过六次反复熏、晾，方能嚼劲十足，越嚼越香。熏制完成的鸡，观之色泽黑亮，皮缩裂，胸腿肉外露，切开肌肉呈金黄色，遂称"黄金丝"。触之硬挺而无弹性；食之原汁原味，香而不腻。耐久存，便携带，过去在没有保鲜技术时也能储存一年不变质。

中国饮食在讲究色香味之外，还有一个重要的要素未纳入研究体系，便是食物的质感。春天我们吃笋的清脆，夏天我们食菌的柔韧，秋季我们喜欢蟹之鲜、羊之美，冬天我们咀嚼干货腊味的陈香。我们迷恋于如何把平常的食物营造出不同的质感，让生活拥有更多的层次。西方人搞不懂中国的豆制品为什么有那么多种形式，豆腐脑、水豆腐、干豆腐、豆腐皮、香干，等等，不都是 Bean curd 吗？

魏氏熏鸡的迷人之处在于风干后的韧香。它不适合据之大嚼，须切成块，一条一条地撕来吃。它有着鸡肉原本的鲜香，又有人间烟火的经历，慢慢地咀嚼，香味则在舌底不断盘旋。魏氏熏鸡不是一道下饭菜，宜下酒，或作茶肴烫一壶酒，慢慢地撕食熏鸡，像在撕扯心底风干的往事，回味陈香。

聊城水上古城

品尝熏鸡，不必在聊城停留，它可以装在行囊里携带到远方，它是一道"路菜"。

黎戈《私语书》中谈及"路菜"："以前交通不便，行路迟迟，载饥载渴，远行必须带点路上的干粮。此类食品须味重且干爽少汁，便于携带致远。即使在荒村野店，抑或茕茕苦旅中，亦可得食。肉丁、鸡丁、笋丁、酱黄瓜、鱼干之类，都是常规'路菜'。习见的，不过是简素的'汤料'，香菇、虾米、竹笋枝，晒得极干，好酱油煮焙烘干，食时滚水一冲即可。不费料，也不费工，听起来好像现在的方便面调料。"

过去漂泊无定的羁旅，风餐露宿，有几个可以喝上一碗滚烫的干菜汤呢？以前，聊城左近外出求学的少年，携带佐餐之物无非五香疙瘩、临清腐乳之类的咸菜。也许只有运河上的行商富贾，才能经常品尝这魏氏熏鸡的美味吧。

艾柯有一本散文集《带着鲑鱼去旅行》，路过聊城则可以买一只魏氏熏鸡，带着公鸡去旅行，大可不必担心变质。

沙镇呱嗒

沿运河走马山东，总是绕不开一部《水浒传》。相对于《隋唐演义》里反目成仇的"贾家楼四十六友"，山东人更喜欢生死与共的"一百单八将"。沿着运河过了武城，河的西岸便是故事里武松的老家——清河县。临清、高唐、阳谷、梁山、济宁，处处可见梁山好汉留下的印记。

小时住外婆家，村庄在运河西岸，属清河县。每至年底，会有戏班在乡镇礼堂里唱戏，京剧、豫剧、河北梆子、乱弹等，来的不一定是哪里的剧团。外婆常带我去看，她爱看《秦香莲》《打金枝》之类的旦角戏，咿咿呀呀的我听不懂。我只爱看武生，小花脸也好看。演出的剧目总会有几出武松戏，《狮子楼》《十字坡》等，印象最深的就是《武松打虎》。

麦收后的夏天，有时会有走村串乡的艺人，晚饭后在村里宽阔的打麦场上卖艺。普通说书不行，说不过收音机里的刘兰芳和单田芳。说快书的厉害，尤其会说武松，张嘴就是"闲言碎语不要讲，表一表好汉武松武二郎"，从《武松赶会》《景阳冈》一直说到《快活林》《蜈蚣岭》，总听不够。长大后我听到的快书大多用鸳鸯板伴奏，"叮儿、叮儿"响颇为悦耳；小时听过的好像全都用竹板，一手一副，打起来声音是"呱嗒、呱嗒"，我们把它叫作呱嗒板。

县城赶会的时候，有一种叫作呱嗒的馅饼，还真有几分呱嗒板的样子。我乡所卖的馅饼多是圆形，呱嗒是从外乡传入的，是临清、聊城一带的特产。

在聊城的街头，随处可见卖呱嗒的，有的有门头店铺，有的直接在街头支一个摊子，大多写"沙镇呱嗒"的店招幌子。

做呱嗒的面团很软，烫面和死面根据季节不同按比例调配揉好，要饧足一定时间才好用。普通的呱嗒是椒盐葱油馅，先把面团擀成长片，抹上葱油泥（猪板油和葱花剁碎成泥状）、精盐、花椒粉，卷起捏严，再擀压成长方形，上鏊子烙制。鏊子底部要用猪板油融化浸透，呱嗒要在上面反复烙烤四次，烙熟时猪油已经融化了，酥香可口。肉呱嗒则用猪肉大葱馅，烙制时间相应延长，烙熟为限，肉香味浓。还有一种鸡蛋馅，是把鸡蛋在碗里打散，灌到即将烙好的"呱嗒"中，继续烙熟，鸡蛋蓬松，蛋香浓郁。还可以做成肉蛋混合的"风搅雪"馅，既有肉香，又有蛋香，叠加出来的味道更胜一筹。上桌时把烤好的呱嗒从中间斜着一切两开，方便食用。

以前路经聊城时，我最常吃的饭食便是味美价廉的呱嗒。吃呱嗒，宜配热气腾腾的小米稀饭和老咸菜，或者一碗酸辣开胃的胡辣汤。

同样的食材和配方，呱嗒好吃与否，取决于最后一道工序——待呱嗒烙到两面发黄时，取出放在叉子上，送到鏊子下面的炭火上烘烤，烤至全熟呈金黄色时方算完成。这样做出来的呱嗒，蓬松、酥脆，食之香而不腻。

前几年我在北京街头，看见一家"山东名吃状元饼"。作为一个山东人，我怎么没吃过"状元饼"呢？在好奇心和馋虫的勾引下，我进去一看，咳，这不就是呱嗒吗？！

沙镇呱嗒

张秋炖鱼

从水浒文化的角度去认识阳谷，阳谷之美在景阳冈、紫石街、狮子楼等景点；从运河文化的角度品读阳谷，阳谷之美则在运河之畔的张秋、七级、阿城、寿张等古镇。张秋是一个经历过昔日繁华而又衰败的古镇。百年兴衰，皆因京杭大运河。

元至元二十六年（1289 年）会通河开凿之后，张秋成为江南连通京城的水上必经之路。江南所产竹木、柑橘、稻米、桐油、丝绸、茶叶等，在此卸船，再由陆路运销山西、陕西及本省各地，而张秋周边所产乌枣、阿胶等土特产及手工制品，甚至产自山东沿海的海盐，也由此装船，运往南方各省。明清之时，张秋人口已达百万，与临清合称"临张"，一时有"北有临张，南有苏杭"的盛誉。

近代黄河洪灾连年，清咸丰五年(1855 年)，黄河在河南兰阳（今兰考县境内）铜瓦厢决口改道，北行经今河道，自山东垦利县流入渤海。至此京杭大运河废弃，昔日的运河枢纽成了闭塞一隅，数百年的繁华落幕，张秋又归于普通小镇的平静。

在阳谷，流传着一句顺口溜："一望阿城六七级，再过景阳四五坡，东昌府南运河侧，北京景德泊一锅。"张秋，金、元时期曾一度改称景德镇；而这"一锅"指的则是张秋镇的名吃炖鱼，运河千里泊船在此，装卸易货之余还能品尝这一锅鲜美。

镇上最有名的一家炖鱼馆是"李家炖鱼"，在张秋镇南北大街的南头，一口大锅炖鱼，两口大锅烙馍，一对中年夫妻还在传承这一历史书页中遗存的地方名吃。"李家炖鱼"始于清末李文端师傅之手，后为其侄孙李学敏所继承，一直传承延续至今。据《阳谷县志》记载，清顺治年间，黄河数次决口流溃张秋，大小河流与黄河相通，致使张秋一带鱼类大量滋生，为"炖鱼"提供了先天便利。

"李家炖鱼"每天一锅，大约80斤的鲜鲫鱼，讲究用东平湖生长的野生鲫鱼。东平湖水质清洌，所产鱼类比黄河、运河中的鱼更鲜美。巴掌长的鲫鱼整治干净，先入油炸得金黄酥脆，再用葱、姜、酱、醋等烹锅，后小火炖煮，一锅鱼要炖四五个小时，直至骨酥肉嫩，鲜美可口。

吃张秋炖鱼的标准配置是壮馍。壮馍也叫锅饼、锅盔，是山东、江苏、河南等地常见的面食之一，用未发酵的面烙成，厚约三分，直径盈尺。经过反复的揉压，扎实柔韧，吃起来麦香浓郁，挡饥扛饿。以前壮馍多用木炭烘制，在特制的平锅内用文火炕半小时以上才能完成一张，合格的壮馍外层焦酥香美，内层壮而筋软，越嚼越香。阳谷当地有民谚曰："上面烘、下面烧，女人吃了不撒娇，男爷们吃了好杠腰。"

我来时店里人还不多，大锅里的鱼已经炖好，热气腾腾，小小的店面里飘满鱼的香味。我要了一碗炖鱼和一块被切成45度角的壮馍。一边品尝炖鱼，一边欣赏店家制作壮馍。张秋炖鱼是一种家常的味道，咸鲜的鲫鱼多了醋的酸爽，加少许香菜吃起来更具风味。木柴大灶，四五个小时的慢炖，鱼骨鱼刺已经绵软酥脆，鱼肉却越炖越嫩，在嘴里轻轻一抿就不见了。鱼略咸，这是民间饮食的惯例，便大口地吃壮馍，酥香软韧，粮食的

（左）李家炖鱼　　（图源_小红书@小食光光）　　（右）壮馍

甜香和鱼的咸香在口中便进入了和谐之境。

　　店里客人慢慢多起来，大多和我一样，看罢景阳冈"武松打虎处"的碑刻，慕名来镇上品尝炖鱼。饭后行走在张秋的街头，举目可见张秋当初兴盛时留下的街巷名称，如柴市街、果市街、纸店街、针线街、竹竿巷、针市街等。张秋古城中，存有山陕会馆与关帝庙旧址。山陕会馆是一个四合院，坐北朝南。建有正殿三间，东西厢房各两间。大门与戏台叠为上下两层。上层为戏台，下层为大门，门楣上有石匾镌刻"乾坤正气"。关公千古义绝，为晋人所敬重，晋商每经一地都会请关公作为主神，在晋商的行商之路上，运河沿岸其他的城市也建有关帝庙，如聊城、临清等。街上行人不多，宁静祥和，冬日的张秋有一种空明的寂寥之美。

　　为了保护地方特色的传统饮食，"李家炖鱼"的炖鱼、壮馍已被列入阳谷县非物质文化遗产。最初的"张秋炖鱼"，也许是用运河的水，炖运河的鱼，售卖给在运河上谋生的船工役夫。炖鱼、壮馍，吃饱了，才有力气好好地活着。在现今没有运河通航的张秋，"张秋炖鱼"像搁浅在运河故道中的旧船，是像"武大郎炊饼"一样进化成旅游特产，还是植根民间的坚守，何去何从尚未可知。

糟糠之鱼

山东民间的宴席尚鲤鱼，取"知礼""有余"之意；胶东沿海一带推重红加吉鱼，借"鸿运加吉"之口彩；运河沿岸的民间宴席上大多有一尾完整的鲤鱼，或挂糊在大油锅里炸至金黄浇以糖醋汁，或过油定型后红烧之。鱼以大为美，《水浒传》第十五回中吴用拉三阮入伙便是以寻大鲤鱼为由头，"小生自离了此间，又早二年。如今在一个大财主家做门馆。他要办筵席，用着十数尾重十四五斤的金色鲤鱼，因此特地来相投足下。"

自家做鱼，个头太大了反而不美，大鱼有时需要从中切断，或者干脆切成大块，或红烧，或侉炖。民间有"大鱼吃肉，小鱼吃鲜"的说法，北方的运河中鲜味足的小鱼有戈牙子、麦穗鱼、船钉鱼等，但最常见的是鲫鱼。鲫鱼味鲜但刺多，除了红烧、炖汤，最方便的做法就是煎炸一下，加糖、醋、酱油、花椒、茴香等小火慢慢地炖，一直炖到骨酥肉软，既可热食，又宜冷吃。沿运河一路南来，北京的酥鱼、天津的独流焖鱼、阳谷的张秋炖鱼，做法大同小异。在张秋南下，过了金堤河与黄河，便进入了泰安市东平县，东平有一种名吃，叫作糟鱼。

大运河东平段，南起新湖乡小河涯村，北到戴庙乡十里堡，总长约30公里。这一河段是整个京杭大运河的心脏所在，建有一座入选世界文化遗产的水利枢纽"戴村坝"。戴村坝，最初建于永乐九年（1411年），坝体结构分为三段，南为滚水坝，中为乱石坝，北为玲珑坝。在大汶河与大清河相接处，是整个大运河提供调水的重要水利设施。古时，东平湖与大运

84

河相邻而不相交，只是为大运河提供水源的储水湖。五代到北宋末，黄河在此附近曾有三次大的决口，滚滚河水倾泻到梁山脚下，并与古巨野泽连成一片，形成了一望无际的水泊，即《水浒传》中的"梁山泊"，梁山泊北端即为现在的东平湖。上世纪50年代修建东平湖水库，大运河和大清河入黄口融汇于此，成为中原地区最大的平原水库东平湖。

糟鱼是东平的传统名吃，原产州城镇。传说创制于清康熙三十四年（1695年），至今已历三百余年。州城历史上以制作糟鱼著称的有聂、谢、赵、王诸家，以聂家糟鱼最负盛名。烹制好的糟鱼，鱼体完整、肉质松软，骨烂如泥，鲜而不腥、香而不腻。成品色泽鲜亮，呈酱黄色，醇香爽口，色味俱佳。

糟鱼选用东平湖所产的鲜鲫鱼为原料，鲤鱼、鲶鱼、黑鱼等其他鲜鱼亦可。宰杀洗净但不去鳞，头尾相交，层层码放在锅中。中间留一空隙，放入葱、姜、花椒、大料、茴香、醋、酱油等，旺火烧开，小火慢炖6个小时，然后停火焖煮直至晾凉。做糟鱼通常在夜里，用木柴文火慢炖一夜，次日清晨出锅即食，软烂鲜香。其制作过程和酥鱼几近相同，但中途要浇淋用当地自酿的黑面酱和糟水配制的汤汁，成品才有浓郁的糟香。

《说文》："糟，酒滓也。"其实就是做酒剩下的渣子，乡间多用来喂猪、喂牛，在困难时期也是穷人充饥之物。南朝宋范晔《后汉书·宋弘传》记载，东汉初年，光武帝刘秀的寡姐看上了侍中宋弘，刘秀以"贵易交，富易妻"之语试探宋弘，宋弘回答说："贫贱之交不可忘，糟糠之妻不下堂。"刘秀只好告诉姐姐这事儿没戏。

以糟入馔，所用的是酿造黄酒所剩的余滓，用它泡酒调味，菜肴滋味别致，是中国菜里一种特殊的风味。用糟本是山东菜擅长的手法，1978年版《中国菜谱（山东）》中就有糟蒸肉、糟油口条、糟熘牡丹鱼等名菜，可惜近年北方白酒大行其道，黄酒式微，想吃一道合格的糟香菜竟需至江南才可得。而南方之糟菜，除了烹制时加香糟的糟熘、糟煨等，又有糟卤、糟腌等多种技艺。

江西鄱阳湖一带有一种酒糟鱼，选半斤左右的鲫鱼，宰杀晾到半干时，放进酿好的米酒坛子里封起来腌制。十余日后取出，或蒸或煮，与酒糟同沸。在好友古清生笔下，"酒香渗入鱼肉，色泽呈枣木红，有沉醉之美"。

我行经沧州时，曾吃过其辖下的黄骅市的糟梭鱼。黄骅的糟鱼原本以鲙鱼为基本食材，近年随着渤海湾鲙鱼减少，遂改用梭鱼，加入小米糊、熟油、白酒等辅助食材和调料，几经发酵，然后蒸而食之。糟梭鱼闻起来咸鲜，略带鱼露、虾油类的腥臭，空口食之非常咸，佐餐则越嚼越香。

东平糟鱼味美价廉，是州城中走卒贩夫、寻常百姓喜爱的佳肴。拉车挑担的小商贩，搬货扛活的穷苦人，手中有几个余钱的时候，买上二两酒、一包糟鱼。持鱼把酒，天南海北一通胡言，高兴了吼一段梆子腔，仿佛已是神仙般的日子。

东平糟鱼糟香味浓，但鲜味稍逊，加之制作时不去鱼鳞，吃完回味略有苦腥，所以一直都是穷苦阶层的美食，而难登大雅之堂。东平又出产松花蛋、红心鸭蛋，连同糟鱼，当地人戏称为"两弹一星（两蛋一腥）"。

上 梁 山

上梁山，对于我有一种悲壮的英雄情结，用自己的行走去感知历史，准确地说，是触摸被演绎过的历史。

小学二年级的时候，家里买了一台 14 英寸的"泰山"牌黑白电视机，我看过的第一个电视剧就是 1983 年山东版《水浒传》。在哀婉凄美的唢呐声中，一部"明容兴堂刻水浒传"缓缓展开，激荡了少年我的心。那时候，"梁山"在我的世界里是最大的山，难以逾越，只能一顶毡笠、一袭斗篷，长枪挑着酒葫芦，在雪夜登临。

从阳谷县顺运河南下，过了寿张镇，有一条河横在面前。我开始以为是黄河，渡河时才知道是金堤河。金堤河是黄河下游的一条支流，1855 年黄河在铜瓦厢决口改道北流，黄河两岸逐步修建堤防，太行堤、北临黄大堤与北金堤之间的水系，几经演变成为现代的金堤河。又南行十多公里才到真正的黄河，过了浮桥便进入了梁山地界。金堤河与黄河之间的台前县，竟然不属于山东，而是河南省濮阳市管辖。河南省的地图轮廓酷似一枚树叶，台前县就是伸向山东的纤细的叶柄。

黄河干流自郑州桃花峪到渤海称为下游，地势平缓，泥沙淤积，河道竟成了地上悬河，有的地段河床已高出大堤背河地面 3—5 米，比两岸平原高出更多。在台前县过黄河，黄河只是一片土黄的广阔河滩上窄窄一道浊水，秋风拂动枯萎的芦苇荻花，恍惚间觉得周围的世界是动的，而那一条河水是静止的。近梁山县城，路的两旁渐出现了石头的山丘，这是运河离开北京第一次与山的相遇。然而梁山并不高，比不上长城以北绵延的大山，甚至都比不上江南种植茶树的山丘。决定它在人们心目中高度的，是水浒文化，而非海拔数据。

梁山境内有梁山、凤凰山、龟山、小安山、独山、土山6座残丘，以梁山最高，海拔197.9米。黄河自西北过境，过境长25公里；梁济运河贯穿南北，境内长48公里；东部滨临东平湖，两河纵横，山湖相映。

现在的"水泊梁山"是梁山县城南部的一个AAAA景区，景区名称为原中共山东省委书记舒同所题，舒同的"七分半"体宽博端庄，圆劲婉通，当然，我心目中的梁山题刻应该充满铁钩银划的英雄气。梁山的尴尬在于，它的地位完全来自《水浒传》。史书中的宋江起义并没有以八百里水泊为根据地，在梁山泊举事之后便转战于山东青州、齐州与河南、河北一带，两年后的宣和三年（1121年）二月，宋江义军从江苏沭阳乘船进攻海州（今连云港），被海州知州张叔夜伏兵所灭。现实中的梁山并没有《水浒传》中的古迹，所谓宋江寨、忠义堂、断金亭、黑风亭、石碣亭等遗迹，不过是近年兴建的仿古建筑，正如伦敦的King's Cross Railway Station车站（国王十字火车站），并没有通往霍格沃兹魔法学校的9¾站台。

整部《水浒传》里，梁山好汉们热衷于"大碗喝酒，大块吃肉"，酒菜的记述却十分粗疏。出现最多的是牛肉，好汉们只要一进酒店，必先叫一盘牛肉；丰盛一点儿，也不过安排几样时新果子、菜蔬和嫩鸡、酿鹅类的寻常菜肴。我到梁山，期待的是"花糕也似的肥牛肉"。宋代法律严令禁止私宰耕牛，《宋刑统》规定，私杀或者弄残耕牛首犯是要处死的，从犯罪减一等。《宋会要·刑法志》记载"牛肉每斤百钱"，吃牛肉是一件颇奢侈的事儿，与其说好汉们吃牛肉是在蔑视法令，不如说是豪爽的性情所致。行走江湖的好汉们，吃饭都要斤斤计较仔细盘算，那《水浒传》岂不就成了《儒林外史》了？我在梁山的街头，并没有找到旅游网站上介绍的梁山特产"大块牛肉"，它本应该路边野店的寻常美食啊。

问当地人，说梁山的名吃是安山炖鱼。在东平湖一带，有大小两个"安山"，清人蒋作锦《东原考古录》记载："小洞庭今为安山湖，湖东北岸为安山镇，均以山得名，镇距山十五里，俗呼镇为安山，名与山混，转呼山为小安山，名实倒置矣。"小安山原名"安山"，又称"安民山"，位于梁山县城东北 10 公里东平湖新湖区内，现为梁山县小安山镇政府驻地；大安山位于东平县西南部，距东平县城 26 公里，距梁山县城 20 公里，1985 年底划归东平县。

明永乐九年（1411 年）运河改道后，原来元运河马头集的安山闸废弃。时过境迁，马头集的繁荣景象由于明运河改线，移至安山镇。清咸丰五年（1855 年），黄河在铜瓦厢决口，黄河改道，到光绪二十七年（1901 年）漕运被迫停止。此后由于黄、汶洪水泛滥淤积安山湖逐渐北移，至 1958 年东平湖（清末民初，因为安山湖属东平辖，即改称东平湖）建库并分级运用；1963 年在运河堤的基础上加修二级湖堤，大安山变成为了东平湖南岸之地。

安山炖鱼既是梁山的名吃，也是东平的美食，炖的都是东平湖的大鲤鱼。安山炖鱼曾是运河上来往的达官贵人、文人商贾赞不绝口的菜肴。民国初年，安山镇专营炖鱼的行家就有十多家。

安山炖鱼的全名为"清炖全鳞大鲤鱼"，七八斤的大鲤鱼，只去除内脏而保留鱼鳞，鳞、骨、肉同食。鲤鱼直接放进三尺多的大铁锅里炖煮，

安山镇王家炖鱼

炖好的鱼颜色褐红，鱼皮连着鱼鳞有几分酥软，鱼刺绵软不扎嘴，鱼肉嫩而筋道耐嚼，滋味鲜美，回味悠长。

安山炖鱼和东平糟鱼都是去内脏而保留鱼鳞，只是一冷一热，一个加糟一个不加而已。元人王恽《秋涧集》中有一首《糟鱼》："霜刀截断玉腴芳，暖贮银罂酿粉浆。锦尾带颏传内品，金盘堆雪喜初尝。解醒未减黄柑美，隽味能欺紫蟹香。一箸餍余乘醉卧，梦横沧海听鸣榔。"

尝过安山炖鱼，我准备前往济宁，之前我还想去拜访南旺分水枢纽遗址。我只是一个匆匆的过客，像一只迁徙途中路过的鸟，一振翅，在那一本泛黄的《水浒传》里低空掠过。

南旺记

少年时我曾以为京杭大运河是一条自然流动的河，不懂南方的水如何流向地势高的北方，也不懂运河的水到底是哪里来的。直到开始关注运河饮食文化这个课题，才认真地研究运河文化，遂渐明白了京杭运河的演进兴衰。这一部厚重的水利史，让我的觅食之旅变得严肃起来，我书写的笔触也开始抛弃主观的爱憎，追求记录性的客观和翔实。

南旺，在行政区划上只是一个不到 60 平方公里的小镇，和鲁西南大部分的乡镇别无二致。但在历史上却因为一座水利枢纽成为京杭大运河上最特殊的重镇。

元代定都北京，至元二十年（1283 年）开济州河，从任城（济宁市）至须城（东平县）安山，长 75 公里；至元二十六年（1289 年）开会通河，从安山西南开渠。由寿张西北至临清，长 125 公里；至元二十九年（1292年）开通惠河，引京西昌平诸水入大都城，东出至通州入白河，长 25 公里。至元三十年（1293 年）元代大运河全线通航，漕船可由杭州直达大都，成为今京杭大运河的前身。

然而开凿济州河时，元人没能解决南北方地势差的问题，纵然是当时最伟大的水利学家郭守敬也未能解决。济宁段为运河全线的制高点，城北的南旺号称运河的"水脊"，其海拔高度为 39 米，比北部的临清和南部的沛县高出 30 余米，通水困难。这里地势高亢，水源严重不足，逢干旱之年运河就无水可济，但是汶上县北境的大汶河却水源丰沛。

明永乐九年（1411年）工部尚书宋礼采用汶上老人白英建议，以洸、府、汶、泗等河流"四水济运"，修建南旺分水枢纽工程。首先在汶上筑戴村坝截汶水；然后开挖小汶河，使汶水至南旺分水口；接下来导泉补源，即收集疏导汶上县东北各山泉汇入泉河至分水；最后在小汶河入运的"T"字形水口修石头护坡，建分水鱼嘴，使其南北分水，汶水"七分朝天子，三分下江南"。南旺分水枢纽疏浚三湖作水枢，建闸坝，调节水量，保证漕运畅通，堪与都江堰相媲美。

南旺水脊，地形复杂，宋礼、白英为调节水量，又相地置闸。《明史·宋礼传》载："北自临清置闸十七，南至沽头置闸二十有一。"所置水闸，值人看守，层层节水，以时蓄泄，"分水龙王庙二闸尤重要，最易斟酌，若浅于南，则当闭北闸，使分北之水亦归于南；浅于北，则闭南闸，使分南之水，亦归于北。"如此则能保证了南北过往船只的顺利通过，因此，济宁河段一向被称为"闸河"。

汛期黄河洪涝泛滥，致使沿岸决口成灾，为削减河道流量，又在运河两岸的洼地创诸湖，建斗门，以调节运河水量，逐渐形成蜀山湖、马踏湖、南旺湖等湖泊，名之曰"水柜"，夏秋水盛时，通过斗门将洪水泄入湖泊，冬春运河水量不足时，再将湖水放入运河，以补运河水源之不足；这样，既减轻了小汶河下游洪涝灾害，又能使得枯水季节的运河航行不致中断。为使水源充足，又挖掘流域附近数百个山泉，汇流入运河。

至此，沟通南北地区的大动脉——京杭大运河才贯通定型。明清两代"南粮北运"，京师钱粮依赖南方输血，京杭大运河担负着每年数百万石

南旺分水枢纽遗址 （摄影 _ 靳保华）

漕粮运输任务，是明清两代皇朝的名副其实的生命线。清咸丰五年（1855年），黄河在河南兰阳（今兰考）北岸铜瓦厢决口，冲断山东运河，夺山东大清河入渤海，漕运停止，南旺分水逐渐废弃。

现在的南旺只是一个寻常村镇，七百多年的京杭大运河流经这里却没留下什么名吃，就像当初策划设计南旺分水枢纽的白英，在史书上并未留下详细的资料，只是一个"汶上老人"。只有十里闸南村、十里闸北村、十里闸东村、坝上村、柳林闸一村、柳林闸二村、柳林闸三村、柳林闸四村等这些村庄的名字，依稀可以感知运河的印记。

南旺镇属汶上县管辖，当地的名吃是大饼子炖小鱼。汶河出产的小杂鱼整治干净，在大铁锅里煎一下，葱姜蒜爆香，加酱和水大火烧开，手心大小的玉米面团贴在烧沸的鱼锅四周，盖上锅盖炖烧十几分钟即熟。玉米饼子在铁锅上煎出焦黄的嘎渣儿，原味的玉米面香甜中多了鱼的鲜香。主食、菜肴一锅出，粗粮细作，省时省力，是饱含劳动人民智慧的民间美食。天黑之前我要赶往济宁市区，所以没有绕道汶上县城去品尝大饼子炖小鱼，是为一憾。但是我很快就释然了，人生中总会和某些人、某些事失之交臂，我已慢慢习惯。

鬏肉干饭

济宁，是一座古老的城市。

夏朝时境内即有任国。"太康失国"，少康随母亲逃到了母亲的故乡
任国，长大后借用任国的军队夺回了王位，方有"少康中兴"。说起来，
济宁算是少康的姥姥家。春秋战国时期，任国为泗上十二诸侯之一，一
直充当小国的角色，为齐、晋、鲁等大国的"政治资本"，后亡于战国
时期。秦时，废任国，置任城县、亢父县，从此济宁失去了政治上的特
殊性，这种状态一直持续到元代大运河开凿。元至元十六年，南宋祥兴
二年（1279 年），被战争蹂躏过的济宁只是隶属兖州府的一个小县城，
满目疮痍，被押解北上燕京的文天祥途经此地，留下"百草尽枯死""路
上无人行"的诗句。

京杭大运河济宁段始凿于元至元十九年底（1282 年），次年八月完工。
《元史·河渠志》："济州河者，新开以通漕运也。"运河的开通为济宁
提供了一条开放交流的大通道，使得济宁"南引吴楚闽粤之饶，北壮畿辅
咽喉之势"，出现了"百货聚处，客商往来，南北通衢，不分昼夜"的繁
荣景象，把济宁的商业文明推向鼎盛。大约 20 年后，贡奎作《济州》诗曰：
"旧济知何处，新城久作州。危桥通去驿，高堰里行舟。市杂荆吴客，河
分兖泗流。人烟多似簇，聒耳厌喧啾。"

运河多次清淤，积土在济宁城东南一隅堆积成一片高低不平的土丘，
当地人称之为"土山儿"。西至太白楼，东到阜桥口，北贴老城墙，南邻

老运河。南北宽约 150 米，东西长约 300 米，占地约 60 多亩。茶馆戏棚、武术杂耍、地摊叫卖、风味小吃都集中于这方土地，拥挤嘈杂，热闹非凡。小土山是众多生意人的谋生宝地，同时更是各路艺人卖艺献技的理想场所，鲁西南不少老艺人就发迹在这土山儿上的曲棚书场。

民国时期，济宁流传着这样一句话："老咬口的干饭，道门口的粥，茹小辫的扬琴，翟教寅的吼。"其中"翟教寅的吼"指的是渔鼓艺人翟教寅的唱腔；而"老咬口的干饭"指的是"老咬口"所售卖的甏肉干饭。

甏肉，顾名思义就是用甏烹制的肉。甏肉的起源已不可考，相传"老咬口"赵克顺于清光绪五年（1879 年）就在自家院门口搭起席棚，专门经营甏肉和大米干饭。民国时，卖甏肉干饭的以扁担挑着饭菜走街串巷，一头挑蒸好的大米干饭，一头挑炭炉，肉在甏里，甏在火上，一直用小火煨着，甏肉腴软滑爽，香而不腻，别有风味。甏，是瓮一类的器皿，陶土烧制，内外上釉，釉以暗黄暗紫或绛红为多。依浙江人的说法，缸与甏的区别在于大小，大为缸，小为甏。但也不尽然，有以用途分的，有叫混的，同样一件器物，有人叫"缸"，有人叫"甏"，还有人称之为"钵头"。新中国成立后，随着工业生产水平的提高，甏渐渐远离济宁人民的生活，被铁锅、不锈钢锅代替，但甏肉之名一直沿用至今。

甏肉干饭，第一当然是肉，肥瘦相间的五花肉切作五分厚，油汪汪巴掌大的一片，经过老汤酱料的慢煮已成酱红色，浓香软滑。第二是菜，排骨、丸子、卷煎、炸豆腐、面筋、鸡蛋、豆腐皮、海带、青椒……分门别类地在肉汤里炖熟卤透，滋味醇厚悠长。第三是饭，自古北方大米产量不高，以前"大米干饭"对于鲁南人民已是上好的食物。济宁依靠运河上的漕船商船，可以便利地获取南方的大米。大米先筛后簸，拣净杂物，加适量的

（上）鬶与瓮　（下）鬶肉干饭

鬶肉干饭

水蒸成干饭，清香怡人，颗颗分明，粒粒弹牙。今天济宁的甏肉，大多是一个大号的铁锅，里面煨着各色的肉菜，或者根据菜色不同分装在不锈钢盆里，亦用微火加热，咕嘟咕嘟地炖煮着悠闲的时光。

甏肉干饭，从早晨开始，一直卖到晚上，济宁人的三餐都可以用甏肉干饭解决，毕竟那一口大锅里有那么多种选择。一到饭时，甏肉店里便拥满了就餐的食客，顾客点什么店家便从大盆里取了，装在粗瓷大碗或者直径六七寸的不锈钢盆子里。我要了一块甏肉、一个卤蛋、一根卷煎、一卷海带和一碗米饭，店主给我装完菜又盛少许肉汤给我浇在米饭上，这是济宁常见的吃法。我接过甏肉和米饭，找了一个座位开始品尝这甏肉干饭。

和我拼桌而坐的是一位本地的年轻人，手中的饭盆明显比我的大了一号。他一坐下就急不可耐地咬下一大块甏肉，咀嚼几下，随即端起饭碗举箸往口中扒饭，然后夹起一根虎皮青椒三两口就吞下肚去，继而接着吃饭。举筷如风，口中叭叭带响，吃相粗豪，好生过瘾。在我目瞪口呆之际，小伙子已把盆中食物一扫而空，一抹嘴推门而去。环视整个饭馆，我发现几乎每个人都吃得恣意汪洋，丝毫不顾及形象，包括看起来文质彬彬的学生和妙龄少女。我也学着当地人的做法，大口吃肉，大口吃饭，或许是心情的转换，味道果然不同。大口去咬那甏肉，浓郁的油水汤汁都喷溅出来，满口的咸香；大口去吃钵里的米饭，亦有稻米天然的甜香，好吃过瘾！

吃过甏肉干饭，我发现甏肉与鲁菜中的"坛子肉"有几分神似，《随园食单》"磁坛装肉"条记载："用小磁钵，将肉切方块，加甜酒、秋油，装大钵内封口，放砻糠中慢煨。"袁子才乃浙江钱塘人，这甏肉与浙菜是否有所关联呢？翻开1975年版的《中国菜谱（浙江）》，第一道菜便是"香酥焖肉"。该菜色泽红艳，以绍酒当水，小火焖煮，汁浓味醇，肉酥而不碎，香糯而不腻口，是杭州的传统风味。

微山湖上静悄悄地吃

京杭大运河在济宁市区穿过，流入南阳湖。南阳湖、独山湖、昭阳湖、微山湖首尾相连，水路沟通，合称南四湖。四湖中以微山湖面积最大，达660平方公里，是中国北方最大的淡水湖，故而南四湖也统称微山湖。

南北朝之前，没有微山湖。《隋书·薛胄传》记载："兖州城东沂（小沂河）、泗二水合而南流，泛滥大泽中。"自宋熙宁十年（1077 年）始，黄河改道，决口频繁；金明昌五年（1194 年）黄河决口于河南阳武，入梁山泊分流南北。南流经汶上、嘉祥、济宁，在今微山县鲁桥镇西南与泗水汇合，至江苏清江市入淮。金元明清四朝相继建都北京，政治中心北移，"漕运江淮以供京师之需"。元至元二十六年（1289 年）和至元三十年（1293 年）相继开凿会通河和通惠河，沟通南北运河。为了保持航运水深，在泗水河道上建闸，开始形成了昭阳湖和独山湖。明代，黄河不断泛滥，夺淮夺泗，昭阳湖、独山湖不断扩大，在微山湖附近出现了赤山湖、微山湖、吕孟湖、张庄湖等相连的小湖。明隆庆至万历十八年（1567—1590 年），微山湖、郗山湖、吕孟湖连成一片，统称吕孟湖。明万历三十二年（1604 年），大开洳河（今韩庄运河），运河再次东移，奠定了现代京杭大运河的基础。至此，赤山、微山、吕孟、张庄四湖湖面迅速扩大，合为微山湖。随着运河的开发，为蓄湖东山泉水济运，南阳湖、独山湖、昭阳湖、微山湖等湖相连接，成为运河水柜，初步形成了今日的南四湖。

京杭大运河在南阳湖、独山湖、昭阳湖湖面是借湖行运，湖面即是河

（上）微山湖上的货船

（下）地锅鱼

道；至微山湖区域，在湖的西岸另有河道，傍湖而过。1958年，湖东又开凿韩庄运河，自微山县韩庄镇起，东南行，八里沟以下沿韩庄老运河开挖，经台儿庄，至苏鲁边界与中运河相接。

"西边的太阳快要落山了，微山湖上静悄悄。弹起我心爱的土琵琶，唱起那动人的歌谣……"1956年，电影《铁道游击队》中的插曲把"微山湖"传唱到大江南北。

微山湖中有岛，名微山岛。湖面形成之前，此地本为微山，因周成王时受封于宋的微子葬于留邑之东山而得名。微山岛四面环水，东西长6公里，宽3.5公里，面积约9平方公里，14处村庄环岛濒水棋布。游微山湖，必登微山岛才不枉一行。

微山湖水产丰富，乌鳢、螃蟹、甲鱼、四鼻鲤鱼、麻鸭、菱角、鸡头米、莲藕等都是湖区的特产。鱼鲜多是清炖、清蒸的做法，最大限度地保持食材的鲜味；水禽则爆炒、红烧、香酥，用多种手法提升禽肉的香气。

岛上有一道特色小吃叫作"老鳖靠河沿"，开始我以为是用甲鱼制作的菜品，然而"老鳖"并不是甲鱼，而是形似老鳖的贴饼子。"老鳖靠河沿"其实就是贴饼子炖鱼，又称作地锅鱼。最初是船家为了省事，把饭和菜同锅而烹，锅中炖汤菜，锅壁上贴饼子，菜饭同熟，省火省时。制作"老鳖靠河沿"，鱼大多用湖中现捕的乌鳢或鲫鱼，在铁锅里把鱼煎一下，加上葱、姜、花椒、八角等作料，用柴火将鱼汤烧开。待鱼炖至七八成熟，视鱼汤多少添适量的水，把揉好的玉米面团揪成拳头大小，双手拍成饼子后，稍蘸一点汤汁，贴在锅的边沿上，即是所谓的"老鳖靠河沿"。盖好锅盖，小火不停，锅里咕嘟咕嘟的声音如歌，蒸汽升腾时即可停火，再焖煮一会儿就能出锅了。鱼肉鲜嫩，鱼汤浓醇，一只只"老鳖"金黄焦香，饱含了鱼的鲜香。

据当地人说，以前做"老鳖靠河沿"，用的不是玉米面或者白面，而是下湖打来的芒子米，芒子米是苦苲草的种籽。苦苲草生长迅速，以前湖里的苦苲草成千上万亩，连成一片。头一天割过的水域，第二天就能长出了一尺多高。芒子米八九月份成熟，穗子上的粒儿很稀，一天下来也捋不了几斤。在饥饿的年代，芒子米曾是渔民度过荒年的恩物，现在已经很少有人愿意采之为食了。捋来的芒子米先焐几天，再放在竹帘上晒干，然后用连枷打。芒子米细而长，一粒米约有1厘米左右，连枷是最适用的工具。100斤芒子籽仅能出30斤纯米，产量很低。用芒子米制作"老鳖靠河沿"，芒子米饼子不像玉米面那样香甜，也不比白面暄软，而是像牛筋一样地富有弹性，吃起来口感奇特。微山湖的旅游业红火起来，芒子米成了游客们尝鲜的东西，湖区的老人对此不能理解，一笑了之。

苦苲草，学名蔺草，又名苲芏、席草、石草、三角葱、灯心草等，灯心草科灯心草属植物，草茎柔软而富弹性，中间有气孔，是极佳的天然绿色植物纤维，可以用来编织帽、席等。在白洋淀，当地人把苦苲草叫作"皮条"。我忽然想起童年时我曾有过一张蔺草的凉席，但是我乡人误称为"蒲草席"。

我行至聊城时曾感慨北方人擅长吃鸡，而不会吃鸭（除了北京烤鸭的特例）。过黄河走东平湖、南四湖发现鸭菜一下子多了起来，遍地可见。其原因无非是黄河以北干旱缺水，没有湖泊蓄养鸭子而已，在物流交通不便的以前，不是不会吃，而是没得吃。

微山麻鸭，中国四大名鸭之一，长年放养于微山湖中，鲜活鱼虾、贝类及田螺为食，体大肉嫩，鲜嫩味美。对于一只微山麻鸭，最正确的吃法莫过于香酥鸭。鸭子先蒸后炸，外皮呈浅咖啡色，肉浅红透白，外焦内嫩。佐以黄酱、辣椒油、胡椒粉，蘸而食之，最能体现微山麻鸭的清香。

微山湖中有数十万亩荷花，夏秋时节，百里湖面花团锦簇，荷香弥漫。清郝质玕在《游昭阳湖记》中记述："放舟芙蓉丛里，一望无极，梃梃者如夷光出浣，丽华晓妆，嫣然有态；偃偃者如新妇得配，倦而忘起。"湖中的居民种荷不仅仅为了赏花，更是为了吃，炸荷花、炸藕盒、拌藕根、炒藕带、荷香鸭都是微山湖中特色的美食。

我来得不是时候，已经过了赏花的季节。我乘坐渔民的小船在荷田里穿行，只见漫无边际的田田的叶子和零星的粉红。最终摘了两朵含苞的瘦荷，又采了几个莲蓬。回到宾馆，我把荷花插在一个矿泉水瓶子里，放在床头，那荷花在梦里似乎开了。次日醒来发现花还是打着骨朵，却已飘出淡淡的清幽的香。

滕州大肉手擀面

大肉手擀面是滕州的名吃，以前名声不显，现在山东省内以此为特色的面馆渐多起来。到了滕州，才知道大肉手擀面在滕州人心中的江湖地位，巍巍如山岳不可动摇。

"南米北面"，北方人爱吃面食，更尤其爱吃面条。这一点在滕州人的身上显露无遗。不同于西北柔韧的拉面或江南温婉的细面，滕州人钟爱的是筋道爽滑的手擀面。

手擀面，顾名思义就是不借重机器之便利，纯手工擀制而成。滕州的手擀面的最大特点就是筋道，这完全取决于和面揉面的手法。面不能太软，而且要充分揉透，面团一下子和得太大根本行不通，有经验的师傅都是先用加了盐的温水揉一小块面团，然后不断地加水加面扩大战果，待到足够一天所需时置于大案板上用力揉搓。有一位精于烘焙的朋友曾指点我做面包揉面的技巧，手法轻柔而有力气，像抚摸爱人的肌肤。而滕州手擀面揉面的手法充满暴力美学，像在驯服一匹野马，忽揉忽压，又摔又打，乒乒乓乓地充满节奏的声响不断。直到揪住整个面团提起来，面团在地心引力的作用下缓缓拉伸而不会坠断，揉面的环节才告完工。和好的面团还有盖上白布饧两三个小时，让支链淀粉吸足水分和蛋白质融合，面才够劲。接近饭点时，把饧好的面团先在案板上稍加揉搓整形，然后用一根儿臂粗的擀面杖反复擀压，擀成一张径逾三尺的薄面片，再用一把大刀切成一两分宽的面条。和面是个力气活儿，每天的产量有限。有自作聪明的面馆用机器代替人工和面，老滕州人一尝就吃出来了，根本不买账。这种面馆后来要么偷偷地又改回手工和面，要么关张大吉。

滕州大肉手擀面，手擀面是肉体，大肉是灵魂。精选肥瘦参半的五花肉或后腿肉，切成二寸长三指宽的大片，先在豆油里煸炸出多余的肥油，然后放入酱油、葱姜、香料等调配的老汤中小火煨制，大肉色泽鲜亮，味醇汁浓，肥而不腻。除了大肉，汤锅里还会煨煮肉丸、海带卷、豆腐干、卤蛋、煎蛋等多种配菜，可供客人凭喜好选食，丰俭由己，和甏肉、把子肉有几分类似。

一碗标准的大肉手擀面，面条洁白爽滑、汤汁鲜香浓郁、大肉肥嫩油亮，点缀几片碧绿的小油菜，还未入口已经可以感受它的浓郁之香。稍加搅拌让面条浸润更多的肉香，此时尝一下口味咸淡，可加入醋或辣椒等作料。挑一筷子面条入口，面香与肉香在口中交织；咬一口颤巍巍的大肉，肉的醇香把舌尖上的美感提升到一个高潮；再喝一口清香的面汤，抚平口中些许的油腻，恢复清爽。如此反复，一大碗面不觉已见碗底。

滕州的大肉手擀面，通常还有炒好的雪里蕻等小咸菜供客人佐餐。在滕州本地，有的面馆里还会有大蒜、辣椒和一个石臼子。客人进店之后，等待面条煮熟的时间，剥几瓣蒜，加几个辣椒，自行捣一碟蒜泥，加上盐、醋，拌面条而食，香辣可口，一碗滚烫的面条下肚，吃出一头大汗，畅快淋漓，通体舒泰。

滕州在独山湖和昭阳湖的东岸，域内北有荆河穿城而过，与独山湖相连；南有薛河注入微山湖。滕州港是京杭大运河上山东境内的内陆中枢港口，年吞吐量 200 万吨，仅次于吞吐量 500 万吨的济宁港。

枣庄辣子鸡

枣庄地区古称峄，建制始于战国时期。秦时，峄地分属薛郡之薛县，泗水郡之傅阳县，东海郡之缯县、兰陵县。在如此狭小的区域内竟设置了众多的郡县，当时的人口稠密、经济富庶可见一斑。元朝，峄地属益都路峄州。明朝初年（1369年）降州为县，属济宁府。峄县之名自此一直沿用至1960年建立县级枣庄市。

"枣庄"本是一个村镇，唐宋时期形成村落，因多枣树而得名。现在的峄县大枣、店子长红枣依然是枣庄的特产，但盛名不及峄城石榴。石榴本产自西域，西汉张骞通西域后传入中原，汉元帝时期由丞相匡衡从上林苑引种至其家乡——今峄城区匡谈村。匡衡是西汉末年的经学大师，少年家贫，"勤学而无烛，邻舍有烛而不逮，衡乃穿壁引其光，以书映光而读之"，"凿壁偷光"的勤学典故便出于枣庄。

京杭大运河枣庄段始建于明万历二十年（1592年），史称泇河、泇运河、韩庄运河。明万历三十二年(1604年)上接微山湖下连中运河的泇运河全线贯通。当年，粮船三分之二由此北上。明、清时期京杭大运河枣庄段一度兴盛繁荣，每年通过泇河的漕运粮船多达400万石，过往船只7700余艘。

辣子炒鸡是鲁中、鲁南山区的吃法，兴起于上世纪80年代。最早出现的是沂蒙光棍鸡，随后莱芜炒鸡、泰山炒鸡也如火如荼地占据了山间要道的村边野店，城里人纷纷进山尝鲜。辣子鸡在枣庄盛行起来是近十几年的事儿，一跃成为枣庄的"四大名吃"（羊肉汤、辣子鸡、菜煎饼、张家狗肉）之一，成了宴席上不可或缺的压轴菜，堪比春晚的最后一曲《难忘今宵》。

枣庄辣子鸡必须用农家散养的草鸡为原料，一般是当年的小公鸡。初夏时节破壳的小鸡，中秋前后长到三四斤重，宰杀完只有一两斤，刚刚可以入菜。鸡肉鲜嫩适口，骨头还没完全钙化，可以连带柔软的脆骨一起大嚼。如果选用隔年的大公鸡，鸡肉则扎实而富有弹性，滋味更加醇厚，回味悠长。

灶上烧上一壶热水，捉一只生猛鲜活的公鸡，一刀抹了脖子，迅速地按进热水里一烫，拔毛、开膛只在瞬息间。洗剥干净的白条鸡放在案板上，乒乒几下剁成麻将大小的块，洗净沥干，刺啦一声倒进滚油冒烟的铁锅里翻炒，急风骤雨般煸炒至颜色微黄，加上颜色紫红色的尖椒炝出香味，再放入花椒、大料、姜、盐等作料，加水用急火炖20分钟左右，待鸡肉九成熟时，烹入酱油、米醋和青辣椒，辛辣的香气四溢。

可能与濒临微山湖湿气较重有关，与山东其他地区相比，枣庄人特别能吃辣。做地道的枣庄辣子鸡，红辣椒须用当地叫作"望天猴"的朝天椒；青椒则用当地的薄皮辣椒。红椒辣痛快淋漓，青椒辣温和委婉。鸡肉辣而鲜香，肥嫩多汁，几块入口辣味便从唇舌间传递到胃里，周身热乎乎的，喝一口兰陵美酒，嘶嘶地呼出几口气，继续举箸奋战。越吃越辣，越辣越想吃，枣庄的辣子鸡有一种让人欲罢不能的魅力。

辣子鸡在枣庄城里也随处可见，但总感觉不如乡间柴火灶上的炒鸡过瘾。其实原料相同，做法也大同小异，也许城里的辣子鸡欠缺的并非味道，而是那一种悠游于山林的隐逸之风。

台儿庄的菜煎饼

煎饼，是山东的传统食品，其创制年代难以考证。"煎饼"一词的使用可以追溯到东晋，王嘉《拾遗记》："江东俗称正月二十日为天穿日，以红丝缕系煎饼置屋顶，谓之补天漏。相传女娲以是日补天地也。"但是无法判断古之煎饼与现代煎饼的异同。元代王祯《农书·谷谱二》记载："（荞麦）治去皮壳，磨而为面，摊作煎饼，配蒜而食。"

1967 年泰安市省庄镇东羊楼村发现了一份明代万历年间"分家契约"，其中载有"鏊子一盘，煎饼二十三斤"。由此可以确知，最迟在明代万历年间，煎饼的制作方法已与现代无异。

受 1984 年谢晋导演《高山下的花环》之影响，外省人谈及山东饮食，言必称"煎饼卷大葱"。其实山东并非所有地区都吃煎饼，鲁西、胶东则以馒头为主食，生在鲁西北的我在 17 岁去省城之前都没见过煎饼。以煎饼为主食，是鲁中、鲁南地区的习俗。蘸面酱、卷大葱是生活贫困时遗留的习惯，现在吃煎饼通常会配炒得比较细碎的菜，炒鸡蛋、煎咸鱼、芹菜肉末、绿豆芽、土豆丝、萝卜丝等都可以，在日照还有卷热豆腐和辣椒咸菜而食的吃法。

在枣庄，煎饼进化成一道完整的快餐，叫作菜煎饼。据说这种吃法起源于滕州，流行于整个枣庄地区，并辐射周边县市。我初识菜煎饼，是在古城台儿庄。少时我只知台儿庄是一座军事要塞，却不知它还是京杭大运河上一座古老的"水城"。

台儿庄地处鲁苏交界，为山东南大门，江苏北屏障，历来为兵家必争之地。1938 年春天，中国军队和侵华日军在这里鏖战经月，史称台儿庄战役，古城化为一片废墟。在历时 1 个月的激战中，中国军队约 29 万人参战，日军参战人数约 5 万人。最终中方以伤亡约 5 万余人的代价获得毙伤日军约 2 万人的惨胜。然而这一场大战是抗日战争爆发以来中国军队取得的最大胜利，它打击了日本侵略者的嚣张气焰，坚定了全国军民坚持抗战的信心，让屈辱的中国人民挺直了被压弯的脊梁，意义非凡。

2008 年 4 月 8 日，在纪念台儿庄大战胜利七十周年的活动上，枣庄市启动台儿庄古城重建工作。重建的台儿庄古城不仅是一座抗战遗存最多的抗战名城，还是古运河畔唯一一座南北交融、中西合璧的文化名城。它将八大建筑风格（佛寺、文昌阁、道观、泰山娘娘庙、妈祖阁、清真寺、基督教堂、天主教堂等）融为一体，七十二座庙宇汇于一城，是京杭大运河上唯一一座古码头、古驳岸等水工遗存完整的运河古城。城内留存有 3 公里明清时期的古运河，被世界旅游专家称为"活着的运河""京杭运河仅存的遗产村庄"。城内有 7 公里古水街水巷，可以舟楫相通、遍游全城。

古城中景点颇多，先参观台儿庄大战纪念馆，继而去运河展览馆。从展览馆出来，时间尚早，肚中却有几分饥饿，看到路边有"菜煎饼"的幌子，便决定一尝。

和临沂、泰安地区喜食杂粮大煎饼不同，"菜煎饼"之煎饼以小麦为原料，用石磨研磨成全麦面粉，加水调和，在一尺左右的小鏊子上摊薄烙制成饼。

卖菜煎饼的摊位有一两个下燃煤球炉子的鏊子，几个不锈钢的小盆，里面盛装切得细碎的白菜、荠菜、菠菜、韭菜、胡萝卜丝、土豆丝、粉条、豆腐等蔬菜配料。根据顾客要求，夹取客人喜欢的蔬菜，还可以加入鸡蛋或火腿肠，淋入少许食用油便是馅料。

鏊子热了，先取一张煎饼铺在底下，调配好的蔬菜摊在其上，最后再覆上一张煎饼，盖上锅盖小火烙制。待煎饼烙制两面金黄焦脆时，中间的菜馅也已熟透了，一切两半，用纸一裹便可以吃了。菜煎饼里面的菜很多，不像韭菜盒子那样馅料只是薄薄的一层，吃起来松软鲜香。菜煎饼只能现做现吃，不宜外卖携带。刚烙好的菜煎饼表皮酥松香脆，蔬菜馅料清香适口，时间长了凉了不说，馅料中的汤汁浸透，表皮的煎饼便绵软了，口感逊色不少，所以当地居民皆坐在摊子边上的马扎、板凳上即时享用。而固定的菜煎饼摊上，大多有米汤、稀饭免费供应，热乎乎一碗下肚，虽是小吃却也吃得心满意足。

菜煎饼少油盐，低热量，是一道适合现代人的健康美食。它以蔬菜为主，基本上算是素食，但味道却很丰富，既有面食的甜香和焦香，又有蔬菜的鲜香。我以为，菜煎饼独特的吃法胜过西式的汉堡和三明治，如果把它装在西式的餐盘里，淋上一点黑椒酱汁，将是一道很好的时尚小吃。我很想带两个在路上吃，可惜它只能现吃而不宜致远。

喝啥汤，喝糁汤

在千里京杭大运河上，唯有微山湖之南的徐州段是两水分流的格局：湖西运河（湖西航道不老河）和湖东运河（韩庄运河—中运河）环微山湖分为两支。湖西运河在徐州北郊转向东流绕城而过；湖东运河在台儿庄以东不远处的伽口转向南流，两支运河在大王庙交汇为一水南下邳州。

古时徐州城东北汴泗两水交流，南宋绍熙五年（1194年）（宋金对峙时，徐州属金）黄河夺汴水入泗水，在徐州傍城流过，再经淮河入黄海。元至明中叶时，济宁至徐州之间的运河直接利用泗水，徐州至淮安之间的运河直接利用黄河。由于黄河含沙量高，引黄济运导致运河河道多次受淤，闸坝毁废，运河也难以借助黄河行运。明隆庆元年（1567年），运河由泗水（今微山湖西）东迁至新河（今天的湖中），引黄济运，仅仅30年就泥沙被淤平了。明万历三十二年（1604年），运河由微山湖中的新河东迁至湖东的伽河（今韩庄运河—中运河），供水完全依赖微山湖水，才使运道大定；新河则被作为微山湖的泄洪道。

黄河改道后，泗水南下受阻，淤堵难泄，逐步形成昭阳、南阳、独山、微山等小湖；加之运河漕运需要，圈地筑堤，蓄水济运，终于将这些小湖连成巨浸，渐成后世的微山湖（南四湖）。清咸丰五年（1855年），黄河再次改道北去，在徐州留下故道。运河水少难以行船，加之西洋轮船引进，海运大兴，漕运多走海运。津浦铁路开通后，运河风光不再。1958年，国家为加强北煤南运，在古泗水、不老河的基础上新辟运河，即今天的湖西航道不老河，它与韩庄运河—中运河隔微山湖相望。两河在济宁南阳镇和邳州大王庙两地汇为一水，一头北上幽燕，一头南下吴越。

徐州，古称彭城。帝尧时彭祖建大彭氏国，徐州称彭城自始起，是江苏境内最早出现的城邑。徐州的创立者彭祖可称为中国的第一个美食家，屈原《楚辞·天问》中写道："彭铿斟雉，帝何飨？受寿永多，夫何久长？"汉代王逸注曰："彭铿，彭祖也。好和滋味，善斟雉羹，能事帝尧，帝尧美而飨食之也。"宋代洪兴祖补注曰："彭祖姓钱名铿，帝颛顼玄孙，善养气，能调鼎，进雉羹于尧，封于彭城。"雉羹是我国典籍中记载最早的名馔，故而彭祖被尊为厨行的祖师爷。

彭祖的雉羹，今天依然流传在徐州，称作 shá 汤，并为之创造出一个左食右它的专用字，通常写作"啥汤"，也写作"歃汤"。1998 年《中国食品报》发表了关于马市街"天下第一羹"的文章；2002 年《中国烹饪》第二期刊登了《徐州马市街饣它汤——"天下第一羹"》的文章；徐州的马市街饣它汤渐成了徐州的一张亮丽"饮食名片"。

传统的啥汤以肥母鸡、鲜猪骨和麦仁为原料，以紫柳木熬煮烹调，每天中午备料下锅，要在大甑锅里熬煮 12 个小时，在第二天清晨起锅售卖。母鸡在锅里煮到骨脱肉烂，捞出撕成鸡丝备用；麦仁煮得透烂黏软，一锅汤用慢火煨得浓稠醇香。把一颗蛋在碗里打散，用滚烫的高汤冲成蛋花，撒上熟鸡丝、少许的酱油、醋、胡椒面、香油，热乎乎一碗喝下肚，大冬天都能吃出一层薄汗来。

啥汤其实在鲁、豫、苏、皖四省交界的很多县市皆有，尤其以临沂、济宁、徐州、枣庄等地最为盛行，其做法大同小异，称呼也大致相同，因

（上）徐州啥汤
（下）临沂糁

为方言的差别又被写作潵汤、糁（sà）汤等。

江苏徐州和山东临沂两地一直在争谁才是正宗啥汤（糁汤）的发源地，但是两地的啥汤（糁汤）却有明显的不同。

徐州、济宁等地的啥汤，重点在醇厚鲜香的高汤，冲蛋而食，有没有肉并不重要。熬制过程中只用母鸡、猪骨和麦仁，不加香料，其汤色清白，原汁原味。盛碗时才加少许的白胡椒粉调味。吃徐州啥汤，搭配八股油条最为经典。

喝啥汤，喝糁汤

啥汤（糁汤）在山东临沂单呼一个"糁"字，经营糁的餐馆则称"糁馆"。"糁"字在字典上有两种读音，一种读作 sǎn，其义为方言，指煮熟的米粒；另一种读音为 shēn，其义为谷类制成的小渣。徐州人为"shá"造了一个字；临沂人为"糁"造了一个音。

临沂糁的历史也很悠久，清康熙年间《沂州志·秩》所列 16 种祭祀食品中有"糁食"。通常认为起源于周朝的"糁"。《礼记·内则》称："糁，取牛、羊之肉，三如一，小切之。与稻米二，肉一，合以为饵，煎之。"春秋时期《墨子·非儒下》载："孔子穷于陈蔡，藜羹不糁。"

还有一种说法，糁本是古代西域的一种回族食品，元朝时由一对回民夫妇传至临沂，后来因味道鲜美，生意兴隆，仿制者众多，明朝定名为"糁"。元代《居家必用事类全集》，其中"回回食品"中有一条"哈里撒"："小麦一碗，捣去皮。牛肉四五斤或羊肉，切窗，同煮极糜烂。入碗摊开。浇羊尾油或羊头油。同'黄烧饼'供。加松仁尤妙。"这一说法确有一定的历史依据，有待进一步详细考证。

不管是啥汤，还是糁汤，终究是一种古老的食品。麦仁煮粥，是战国时期石转磨发明之前先民"粒食"的饮食特征。

清晨 6 点，我走进马市街饦汤店，店里已坐满早起喝啥汤的本地居民。经过 12 个小时的细煨，鸡肉、猪骨的香已完全释放在汤里；麦仁也变得稀烂不成形，成了浓烈的汤中略有嚼感的小惊喜。那一碗热烫的啥汤，熬煮了先秦时期的时光，已煮了悠悠四千多年。在这一片古老的土地上，比啥汤更古老的，唯有楼宇背后那一轮初升的太阳。

鱼羊之鲜

"羊方藏鱼"是徐州的名菜。如果说啥汤算是徐州的小吃，那么羊方藏鱼则是一道隆重的大菜。传说羊方藏鱼也是彭祖所创，至今已有4300多年的历史。虽然这只是一个民间传说，真实历史不可考证，但也从一个侧面反映了其历史之悠久。

羊方藏鱼是把新鲜的鳜鱼塞在方形的羊肉中烹煮的一道汤菜，羊肉酥烂，鱼肉鲜嫩，羊肉得鱼之鲜，鱼肉借羊之香，交相辉映相得益彰。

"鲜"是一个会意字。从鱼，从羊。古人认为鱼和羊是世间最"鲜"的食物，把这两种最鲜的食物一同烹煮则会更鲜，于是便有了鱼羊合烹的这一道名菜。明末清初屈大均在《广东新语》中说："东南少羊而多鱼，边海之民有不知羊味者，西北多羊而少鱼，其民亦然。二者少而得兼，故字以'鱼''羊'为'鲜'。"我对此说法深以为然。

在古时候，鱼和羊对于农耕的汉族而言，是一种生活品质的体现和身份的象征。《国语·楚语下》："天子食太牢，牛羊豕三牲俱全；诸侯食牛；卿食羊；大夫食豕；士食鱼炙；庶人食菜。"《礼记·王制》："诸侯无故不杀牛，大夫无故不杀羊，士无故不杀犬豕，庶人无故不食珍。"《战国策》中记载门客冯谖，起初不受孟尝君器重，"居有顷，倚柱弹其剑，歌曰：'长铗归来乎！食无鱼。'"

宋朝重羊轻猪，上流社会的肉食以羊肉为主，而猪肉是平民百姓的主

（左）徐州邳州运河 （右）鱼羊之鲜

要肉食。资料记载：宋真宗时御厨每天宰羊350只，仁宗时每天要宰280只羊，英宗朝减少到每天40只，到神宗时虽然引进猪肉餐食，但御厨一年消耗"羊肉43万4463斤4两"，而猪肉只用掉"4131斤"，不及羊肉消耗量的零头。故而苏东坡的《猪肉颂》中说猪肉："贵者不肯吃，贫者不解煮。"

　　我以为最能表现羊肉肥嫩膻香的烹饪手法，就是煮汤，成块的鲜羊肉用小火煨至肉烂汤浓，古代称之为"羊羹"。《战国策·中山策》："中山君飨都士大夫，司马子期在焉。羊羹不遍，司马子期怒而走于楚。"《宋书·卷四十八·列传第八》："修之尝为羊羹，以荐虏尚书，尚书以为绝味，献之于焘；焘大喜，以修之为太官令。"

　　或许是出于对"鲜"的相同认识，殊途同归；也许是人口迁徙和商业活动对同一道"鱼羊菜"的传播。鱼羊合烹的做法并非徐州之独有。宋吴自牧《梦粱录》卷十六之"分茶酒肆"中有"羊头鼋鱼"的记载，明清时

期的《金瓶梅词话》中也有"鲜鱼羊头"的记录。现今的徽菜中有一道"鱼咬羊"，是把羊肉切块装进鱼腹中，用砂锅煨煮的奶汤菜；陕菜也有一道"鱼羊烧鲜"，是把熟羊肉酿在鲜鲤鱼中红烧而成，是当地穆斯林宴客时常点的一道菜。

徐海荣在《中国饮食史》中曾引述杨衒之《洛阳伽蓝记》（成书于公元547年）中"南鱼（茗）北羊（酪）"的说法，强调"羊方藏鱼"出现在徐州有着一定的必然性。

徐州历史上为九州之一，自古便是北国锁钥、南国门户，历来是兵家必争之地和商贾云集之地，一直是淮海地区的政治、经济、文化中心。如果我们试着在地图上认识徐州，把历史翻回"百家争鸣"的春秋时期，会发现一个奇特的现象——"齐鲁"和"吴越"两个文化圈在这里发生交集，想必也产生了饮食文化的碰撞。在东晋、南北朝、南宋等时代，苏北也是北方游牧文化与南方农耕文化交汇的地方。

鱼羊之鲜

116

徐州烙馍

人的口味在童年就基本定了型，在以后漫长的一生中不断扩展自己的食单，但是喜新不厌旧。至年纪渐长，身处异乡，总会记起年少时的吃食，在思乡的酶催化作用下魂牵梦绕。那一两种食物在家乡司空见惯，甚至谈不上精美，只是因为异乡吃不到而变得弥足珍贵，愈发地馋。

在徐州众多的美食中，最让游子思念的是一种极其普通的面食，叫作烙馍。

馍，字典上解释为"面制食品，北方通常指馒头"，但北方人通常称之为"馍馍"，而不单叫"馍"。南方人比较少吃馍馍。单独一个"馍"字，在很多地方指的不是馒头而是饼，比如陕西的泡馍、河南的油馍等，还有徐州的烙馍。

徐州在行政区划上隶属于江苏，但徐州的饮食习惯和山东更接近。或者说，在以徐州为中心的鲁南和苏北地区有着相同的饮食基因。南北朝时期，北魏以徐州（治今江苏徐州市西）、北徐州（治今山东临沂市东）、东徐州（治今江苏邳州市南）为"三徐"。南宋绍熙五年（1194 年），黄河夺淮入海，淮河流域的豫东、皖北、苏北和鲁西南地区成了洪水经常泛滥的黄河下游地区，在长达 661 年的时间里，这一地区的生活风俗进一步相互影响同化。

烙馍不同于鲁南的煎饼，煎饼是用杂粮面糊摊制而成的，薄而脆；烙馍是把面团擀成的薄饼烙熟，就算在生活困难时期，烙馍中也会有一定比例的面粉，故而烙馍虽然薄却富有韧性。烙馍比北方常见的单饼略厚，吃起来更筋道。

烙馍是一种主食，通常是卷着炒菜吃。炒一盘葱花鸡蛋或时令的蔬菜用烙馍一卷，几口下肚，快捷而丰盛。简单一点，烙馍可以卷馓子，劲韧的麦香裹着酥脆的油香，越嚼越香。有聪明的店家把这种吃法进一步发扬光大，推出的一道名曰"烙馍卷烙馍丝"的小吃，盘中一半是普通的烙馍，一半是炸得酥脆金黄的烙馍丝，卷而食之，别有风味。在烧烤摊上，烙馍又可以卷羊肉串而食，饼韧肉香，是一种扎实的美食体验。

传说烙馍起源于楚汉相争时期，已有 2000 多年的历史。刘邦的军队因纪律严明而受徐州百姓拥戴，为了能让行军途中刘邦的军队吃上一顿饱饭，徐州的百姓急中生智，发明了这种方便快捷的面食——烙馍。故事又有另一种版本，百姓拥戴的对象换成了南宋初年的抗金将领赵立，徐州有儿歌流传："圆圆小饼径尺长，根根馓条黄脆香。外软里酥饼卷馓，送与抗金英雄尝。"

徐州自古便是南北要道、兵家必争之地，是大量的人口流动造就了这种方便快捷、便于携带的食物，烙馍体现了徐州人保存食物的智慧，它属于干粮的范畴。初到徐州的外地人，很难适应烙馍筋道的口感。清代顺治年间，名士方文游历徐州，在其《北道行》中这样描写徐州的烙馍："白面调水烙为馍，黄黍杂豆炊为粥。北方最少是粳米，南人只好随风俗。"言辞中隐约可以感受这位桐城诗人的无奈。

吃烙馍简单，做烙馍却不易。这"不易"不是材料难得或步骤复杂，而是制作烙馍需要一定的技巧。为了避免手忙脚乱，烙馍多是母女、婆媳、姐妹或夫妻等有默契的搭档相互配合制作。

首先是擀。软硬得宜的面团分成小剂子，然后擀成薄饼，饼要薄、匀、圆。据说熟练的老徐州人一斤面能擀二三十个，又大又圆又匀又薄。其次是烙。烙馍要用直径尺余的铸铁鏊子，中间凸而四周低，下燃木柴，鏊子热了置生馍于其上干烙，不加油。火小了，烙馍久而不熟就烙干了；火大了，薄薄的烙馍则易煳。最后是翻。徐州人制作烙馍，翻面时不用铲子，而用一根薄薄的竹批。当烙馍烙好一面时，把竹批探入烙馍和鏊子之间，轻轻一挑，柔软的烙馍便在空中翻转 180°，稳稳地落回鏊子上，烙——翻——烙，完成一张烙馍只在须臾之间。

刚烙好的烙馍最好吃，温热筋道，柔软有嚼劲。烙好的馍需要装在塑料袋里或用小棉被保湿保温，凉了则会变得韧性十足，只能切了做"泡馍"了。这种"泡馍"当然不同于陕西的羊肉泡馍，它不如陕北的馍耐泡，要赶紧吃，它是一种特殊的面条。

我吃烙馍，只能感受它表层的味道，却不能充分享受它的韧性带给口齿的愉悦。我把烙馍卷上大量的蔬菜才觉得它是美味的，徐州的朋友说菜太多就盖住了烙馍的麦香。诚然如此，但是我的腮帮子不属于徐州。爱吃烙馍的徐州人和爱吃煎饼的临沂人一样，咬肌比较发达，所以多是国字脸。

在徐州还有一种水烙馍，它是上屉蒸熟的，配烤鸭、锅烧肉之类的菜肴，柔软易嚼。然而不烙的烙馍，还算什么烙馍？

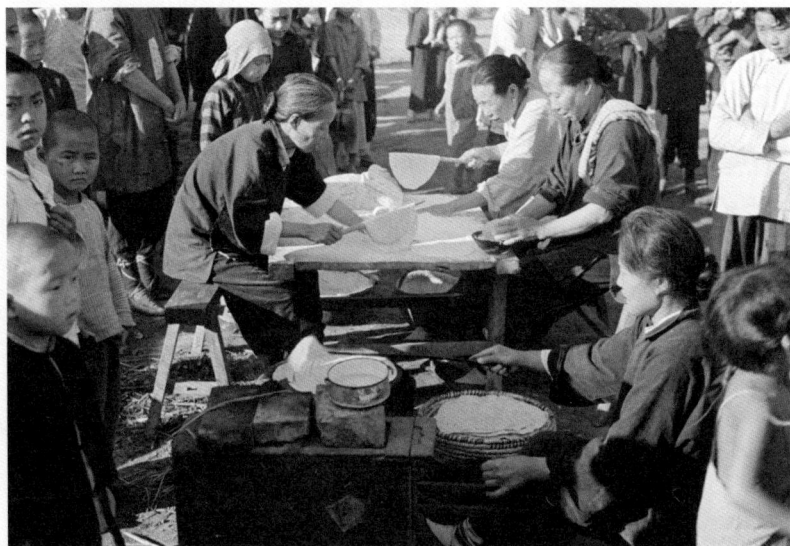

做烙馍的徐州人

徐州把子肉

汉族食用猪肉的习惯由来已久，在距今约 8000 年的河北省武安县磁山文化遗址中曾发掘出大量的猪骨，通过 DNA 检测研究，推断出磁山文化遗址为中国家猪的起源地之一。在中国古代的饮食生活中，上流社会重牛羊而轻猪，《礼记》："诸侯无故不杀牛，大夫无故不杀羊，士无故不杀犬豕，庶人无故不食珍。"几千年下来，猪肉一直是平民最主要的肉食。清代袁枚《随园食单》将猪单独列入《特牲单》："猪用最多，可称'广大教主'。宜古人有特豚馈食之礼。"

在徐州人关于美食的记忆中，把子肉不可或缺。把子肉是淮海地区的平民美食，咸香醇厚、肥而不腻，在口味上属于鲁菜。

把子肉的起源，与古时祭祀所用的祭肉有关。祭祀结束后，祭祀用的酒肉瓜果则由人们分而食之，作为"三牲"之一的猪肉被切成长方块分给参祭的众人，分割好的猪肉用蒲草或马蔺草扎缚成把，炖而食之。现在的把子肉都切成巴掌大的方正厚片，也许受了孔夫子"割不正不食"的影响。

中国以把子肉为名吃特产的城市有二，一是济南，一是徐州。两地的把子肉一脉相承又各有千秋，正如麻辣火锅之于成都和重庆。

济南传统的把子肉，猪肉选用肥瘦得宜的硬肋，一斤切作八块，用蒲菜皮捆成一把，在酱油老汤中，先用猛火烧沸，再文火慢炖两个小时，肉烂汤鲜、肥而不腻。我在济南的时候，最爱去经四路的"赵家好米干饭把子肉"。"赵家"是一家老店，他家的把子肉的制法传统，保留了济南的老味道。资料记载上世纪 40 年代中期，赵家干饭铺已在大观园饮食市场经营大米干饭、把子肉、大肉丸子、酱豆腐块等饮食了。

在徐州，常见的把子肉选用五花肉制作，五花三层，以靠近前腿的上腹部位最为理想。五花肉切片后在热油中烹炸片刻，肥肉表层的油脂溶于热油中，至颜色焦黄出锅。油"走"得好，成品才肥而不腻、瘦而不柴。面筋、豆筋、兰花干、素鸡等或炸或煎；干菜泡软、蔬菜洗净，一一用棉线打成把儿。先起一锅黄豆芽熬制的素高汤，然后按熟成难易依次放入食材，加酱油、香料烧开，小火慢慢炖至肉烂汤浓。

炖把子肉有一个诀窍，就是只用酱油而不加盐，如此才能突出酱香浓郁的传统风味。清夏曾传《随园食单补证》云："酱油，以秋日造者为胜，故曰秋油。其至佳者，须以小器置中，其自然原汁徐徐浸入。要非自制酱者不可得，市卖者，无此品也。大约以味厚而鲜为贵，北人尚白酱油，终不能及。"在徐州市区之南，京杭大运河与骆马湖交汇处的窑湾古镇，头抽酱油被称作甜油。

吃把子肉的标准配置是一碗颗颗洁白、粒粒晶莹的大米干饭。唯有大米平淡清新的甜，才能充分衬托把子肉的浓烈厚重的香。我个人以为，把子肉的辅菜中以豆干、面筋之类最好吃，经过长时间的炖煮，它们吸足了浓郁的肉汤，并且保持柔韧耐嚼的口感，可饭可酒。肉丸、卷煎等固然也可爱，但在把子肉面前却输了几分神采。一块把子肉、两块兰花干，海带结、腐竹、青菜随意点几种，最后一定要求给那一碗白饭浇上一勺鲜香浓郁的肉汤，非如此方不辜负把子肉。

在徐州，把子肉是一种常见的平民美食，金碧辉煌的酒店里制作的反

徐州把子肉

徐州把子肉

而不如路边小店所售卖的滋味好。没吃过把子肉的游客，往往会被箸端那一块颤巍巍的酱红色五花肉的肥腻油亮所迷惑，然而尝试之后很快就为之倾倒。品尝一个城市的代表性饮食，往往可以感受这个城市的性格。徐州的把子肉很像我所认识的徐州朋友，外表粗犷、内心柔软，既有北方的豪爽，又有江南的细致。

124

火辣的邳州

16 世纪晚期，辣椒的种子漂洋过海来到中国落地生根，被当作一种观赏植物，一如当初刚刚传入欧洲的西红柿。中国最早关于辣椒的记载是明代高濂在《遵生八笺》（1591 年）一书中的描述："番椒丛生，白花，果俨似秃笔头，味辣色红，甚可观。"这种"可观"的植物在以后的四百年里，迅速地席卷中国人的厨房，成为最主要的辣味。

四川、重庆、云南、贵州、湖北、湖南、江西、陕西、广西……在中国人的食辣地图上，怎么算江苏也不在其中。二月，我离开徐州市区，沿运河东去至邳州，午饭时翻开邳州人的菜谱，尝到邳州人的日常饮食，方知自己的孤陋——邳州原来那么辣。

邳州隶属于江苏省徐州市，古称邳国、下邳、东徐州。其境内的大墩子文化遗址距今 6000 年，是江苏文明最早的起源之一。邳州人嗜辣重咸，口味重，邳州民间有种植辣椒、蒜、葱、姜、萝卜"五大辣"的传统。邳州人生食葱蒜，这一习惯与鲁南人相同；鲜辣椒蘸酱，在最简单直接的方式就可以感受到邳州人对辣的热爱。

辣椒炒小鱼是邳州人最爱的一道家常菜，它是漂泊在外的邳州人舌尖上的乡愁。

辣椒是青绿色的朝天椒；小鱼是干鱼，邳州人称之为干燋鱼。沂河中野生的寸长小鱼在整子上烤干即为干燋鱼，小虾晒干称之为蜷鱼。两种干鱼用热水泡软洗净，先用葱姜爆香，然后加辣椒、面酱烹炒，咸香酷辣。用煎饼卷而食之，辣得开胃，辣得过瘾！

辣椒炒小鱼和煎饼、烙馍堪称绝配，正如烤鸭与荷叶饼。二者缺一，邳州人就会表现出莫大的遗憾，好像整个世界都因而不圆满。辣椒炒小鱼是用绿色的火把点燃干枯的生命，红红火火地从舌尖烧到心底，鲜和陈、脆与韧在味蕾上起舞，在平静如运河的餐桌上卷起波澜。

当地学者考证后指出，干爝鱼之"爝"，本字应为"鲝"。鲝，小型鱼类干制食品的总称。"鲝"是吴语，宁波菜中有目鱼大鲝、油煎龙头鲝，皆属此类。

冬天，苏北地区有一种叫作盐豆子的家常小菜，俗称"老盐豆"，又叫"臭盐豆""臭豆子""咸豆"等。盐豆是一种发酵食品，煮好的黄豆装在蒲包里，盖上麦草焐一周左右的时间，直到生出粘连的细丝，黄豆中的蛋白质在蛋白酶的作用下分解，其中的含硫氨基酸水解，散发出一种特殊的臭味，类似于日本的纳豆。发酵好的黄豆倒在大盆里，加辣椒面、姜丝、盐等拌匀，搁在太阳下晾晒几天，待六七成干时便成了干盐豆。盐豆常见的吃法有两种：一种是盐豆子炒鸡蛋，一种是制作盐豆子萝卜咸菜。

盐豆子炒鸡蛋的做法很简单，晒好的盐豆子在油锅中炒一炒，倒入打好的鸡蛋，翻炒几下就可以了，卷在煎饼里，臭、辣、咸、香，口味丰富而别致。

盐豆子萝卜咸菜则是把盐豆子和切片的水萝卜、葱姜拌匀。腌渍几天，在盐豆子的细菌蛋白酶的分解下，清脆的萝卜开始变得柔软，缸里产生出一种似臭而香的气味。盛出一小碟，滴几滴香油，是冬日里下饭啜粥理想的小咸菜。

辣椒炒小鱼和烙馍

　　在我的老家德州，也有类似的咸菜，我们称之为"酱豆子咸菜"或"豆豉咸菜"。只是我乡人口味没有这么重，煮好的黄豆不会发酵到那么臭，也不会大把大把地往里面加辣椒面。

　　京杭大运河流经邳州的时间并不长，明万历三十二年（1604年）"开泇济运"，至今只有400年的历史。明代"黄河夺泗"，导致泗水（泗河）等河床淤塞，漫流肆溢。河道总督李化龙征集民工从沛县夏镇（今属山东微山县）李家口引水入东南接通彭河等小河流，至泇口（泇口古镇，今邳州市邳城镇泇口街道）汇入古老的泇河，再导水至宿迁县皂河镇（宿迁县古属邳州，皂河镇今宿迁市宿豫区）西直河口入黄河，时称"东运河"（也叫泇河），即现今流经邳州境内的京杭大运河中运河段。而京杭大运河不老河段，则是1958年由原来的不老河改建而成，至今只有60多年时间，是京杭大运河最年轻的一条河道。

骆马湖的戈鱼

中运河在邳州市区西南与支流房亭河交汇，注入骆马湖。

骆马湖，跨徐州、宿迁二市，是江苏省四大湖泊之一，古代又名乐马湖、洛马湖、马乐湖。《宋史·高宗本纪》载："绍兴五年（1131）四月金将度淮，屯宿迁县骆马湖。"《淮安府志》载："旧作落马，受沂蒙诸上之水汇为巨浸。""骆"通"落"，因金兵曾在此屯扎得名。明代以前，骆马湖只是沂水入泗潴于直河口以东、泗水以北、马陵山西侧洼地上所形成的四个互不相连的小湖，属典型的地壳运动的构造湖。

位居中间的叫大江湖，西北部的叫禺头湖，东北部的叫埝头湖，南部的叫骆马湖，入湖河流集中在西北侧，以沂水为主。黄河侵泗夺淮以后，泗水河床逐渐淤高。至明代后期，滞潴于此的沂水把四个小湖连成一片，统称骆马湖。《邳州志》："川莫于河，侵莫于沂，而河，故泗道也，自泗夺河徒沂不南往、运既开，齐鲁诸水挟以东南莒、武、沂一时截断。堤闸繁多，而启闭之务殷，东障西塞而川脉乱矣。"

骆马湖湖水面积 260 平方公里，东岸为丘陵山区，北、西、南岸为堤岸平原，最大宽度 20 公里，湖底高程 18—21 米，最大水深 5.5 米，大小岛屿 60 多个。骆马湖中物产丰富，水生植物芦、藕、菱、蒲等 20 多种，盛产鱼、虾、蟹、蚌等水产品。2014 年，"味道骆马湖——我心中的宿迁美食"评选中，鳜鱼、戈鱼、龙虾、黑鱼、甲鱼、毛刀鱼、螺蛳、草鱼被

128

称作"骆马湖八鲜";而白丝鱼、银鱼、湖蟹、青虾并称"渔家四宝"。

戈鱼学名黄颡鱼,又名黄辣丁、昂刺鱼、黄鸭叫、嘎牙子等,我乡称之为戈牙。鲇形目,鲿科,黄颡鱼属。

生长于鲁西北平原的我,少时非常憧憬语文教科书中作家笔下的渔猎生活。冬天父亲会约几个伙伴去猎野兔,用土制的火枪,可惜我幼小的脚步跟不上大人的步伐,他们很少带小孩去打猎。夏天捕鱼我去过几回,父亲把一张渔网撒得圆满,网收到岸边,我过去帮他拾取网中的鱼虾。北方的运河颇贫瘠,物种较少,常见的不过鲤鱼、鲇鱼、鲫鱼,再就是小白鲢、戈牙、船钉鱼、小虾等。

戈鱼是一种凶猛的鱼,样子类似于小鲇鱼,但色如黄玉,有浅黑色花纹,背鳍和胸鳍各有一根锋利的刺。捕捉戈鱼时需十分小心,不然被它刺中会疼很久,而且有麻痹感。戈鱼被捉住时,会发出"咕咕咕"的叫声,像是在愤怒地大喊"Freedom!"戈鱼并不大,只有两三寸长,虽然有一定的危险系数,但从来没人舍得丢弃不要,因为戈鱼极为鲜美,在我乡的鱼鲜中堪称翘楚。渔获不多,戈鱼只有三五条,便和鲫鱼一起用油煎了炖着吃,豆瓣状鱼肉柔嫩鲜美,在其他的杂鱼面前自有一种卓然的诗意。因为稀少,那戈鱼的滋味便在我的记忆中变得珍贵起来。

骆马湖上浮起的暮霭,如轻盈的薄纱渐渐笼罩了湖边的村舍草树,白色的沙鸥穿过黄昏,从湖中归来,栖于芦苇丛中。我在一家乡村鱼馆里与戈鱼重逢,骆马湖的戈鱼身材健美修长,行动迅捷有力,一如我童年时京杭大运河中的戈鱼。于是欣然点了两斤戈鱼,厨师问我怎么吃,我答,用你最拿手的做法,你怎么做我怎么吃。

骆马湖的戈鱼

　　端上来是一盆红烧的戈鱼，黄玉般的鱼皮经过煎煮已经绽开，露出洁白的鱼肉，细嫩而柔美，饱含着湖水的灵秀之气。汤汁咸鲜而醇厚，鱼皮的胶质已经融化在鱼汤里了。我抿了一口鱼汤，鲜而有黏性，比我过去喝过的所有的戈鱼汤都要浓厚。

　　与外地的戈鱼炖豆腐、戈鱼炖萝卜等不同，骆马湖的戈鱼中加入了本地出产的红薯粉丝，晶莹的粉丝吸足了鱼汤，柔韧而鲜美。红薯粉丝产于湖畔的沙地，是大地的味道，在一盆红烧的汤菜中与湖泊的味道邂逅，谁是此岸，谁是彼岸呢？或者说，我沿着运河行走，这一次与戈鱼的重逢，是我在寻找戈鱼，还是戈鱼在等我？我没有喝酒，专心致志地只与戈鱼对谈，却慢慢有了醉意。

宿迁猪头肉

"猪头""猪头三",在吴语中是略带贬义的词语,指没头脑的人或不晓事体的人。一种说法是来源于古时吴越祭祀,民间祭祀必备猪头一只、鸡一羽、鱼一尾,合称"小三牲",区别于诸侯祭祀所用的牛、羊、猪之"三牲"。小三牲以猪头为首,所以又称"猪头三牲"。另一种说法是猪在牛、羊、猪"三牲"中居第三位,地位低于太牢、少牢,形容人的蠢笨无用。

骂一个人"猪头",多出于嗔怪或调侃,真正的骂战绝不会用这么可爱的词语。如果一个南方姑娘小声地骂你是"猪头",往往不是出于恨而是关爱。

在北方,猪头多是酱卤之后冷吃。平常人家除了春节祭祀才可能买一个硕大的猪头,日常从来不会亲自料理,想吃了就到熟食店里切一点来吃。经营猪头肉的熟食店或摊点,大多只经营猪下水之类的肉食,最多再有几种在汤锅里卤制的豆干、豆皮之类而已。在唐鲁孙笔下,旧时北京卖猪头的小贩,都是每天下午两三点钟才背着一只漆得朱红锃亮的小柜子,沿街叫卖。虽然吆喝熏鱼儿炸面筋,但卖的主要是猪头肉和猪下水。"酒刚足兴,来两个片儿火烧夹猪头肉,酣畅怡曼,既醉且饱,也不输于元修玉食呢。"

猪头大有大的好,猪耳的脆、拱嘴的韧、猪脸的腴,各有各的好。凉爽的夏天夜晚,我喜欢拍几瓣新蒜,凉拌猪耳朵和切片的嫩黄瓜,脆、嫩、鲜、香，是啤酒的知己。

猪头红烧，煮得稀烂软糯，趁热食之，是南方的吃法。清袁枚《随园食单》中的"猪头二法"："洗净五斤重者，用甜酒三斤；七八斤者，用甜酒五斤。先将猪头下锅同酒煮，下葱三十根、八角三钱，煮二百余滚；下秋油一大杯、糖一两，候熟后尝咸淡，再将秋油加减；添开水要漫过猪头一寸，上压重物，大火烧一炷香；退出大火，用文火细煨，收干以腻为度；烂后即开锅盖，迟则走油。一法打木桶一个，中用铜簾隔开，将猪头洗净，加作料闷入桶中，用文火隔汤蒸之，猪头熟烂，而其腻垢悉从桶外流出亦妙。"

少年时听闻奇书《金瓶梅》食指大动，阅读的愉悦全来自书中的饮食，和相府老太太读《儒林外史》的动机一样单纯。书中有一段写蕙莲烹制猪头肉，让我产生出强烈的饥饿感："于是起身走到大厨灶里，舀了一锅水，把那猪首、蹄子剃刷干净。只用的一根长柴安在灶内，用一大碗油酱，用茴香大料拌着停当，上下锡古子扣定。那消一个时辰，把猪头烧得皮脱肉化，香喷喷五味俱全，将大冰盘盛水，连姜蒜碟儿，教小厮儿用方盒拿到前边李瓶儿房里，旋打开金华酒筛来。"

宿迁猪头肉的造型不像北方切片的酱猪头肉，也不同于淮扬的扒整猪头，而是寸许的猪头肉块连汁水盛在汤盘里，它的口感却是南方化的，用微火上焖至肉烂汤浓。色泽枣红，肥肉酥烂，瘦肉鲜香，味纯而软嫩，香味浓郁。

吃猪头肉，宿迁城中最出名的去处是以招牌菜为字号的"黄狗猪头肉"，因创始人黄德乳名"大狗"而得名，始创于清乾隆十二年（1747年）。"黄狗猪头肉"之外，又有黄家猪头肉馆、孔记猪头肉馆、朱二猪头肉馆等多家后起之秀，风味大致相同。

宿迁猪头肉

宿迁的猪头肉好吃，调料只是八角、桂皮、葱姜蒜之类的寻常香料，并无不传的秘方。如果非要寻根究底，一是生肉一定要在清水中浸泡数小时，全无血污，整治得干净；二是在加了酱油、绍酒的老汤中，小火慢慢焖煮，"火候足时他自美"。

浙江人烹制猪头亦是此法："当年上海阜丰面粉厂厨房有一位老师傅，大家都叫他'一根草'，是象山人，据说他能用一根稻草，一根接一根地把一颗猪头烧得味醇质烂，入口即融。"（唐鲁孙《宰年猪》）

当然，南方的猪头肉也可以冷吃。周作人回忆童年在绍兴时的吃食："在摊上用几个钱买猪头肉，白切薄片，放在干荷叶上，微微撒点盐，空口吃也好，夹在烧饼里最是相宜，胜过北方的酱肘子。"这种吃法类似于北京的白水羊头。

洪泽湖鮰鱼

京杭大运河在中国版图的东部南北蜿蜒 1797 公里，京津可称龙头，苏杭可谓龙尾，而地处南北分界点的运河之都——淮安便是这条巨龙的心脏。

公元前 486 年，吴王夫差下令开挖中国大运河最早开凿河段——邗沟（京杭大运河的扬州至楚州段），沟通长江、淮河，淮安由此与运河相伴相生。秦统一六国后，淮安境始置县邑有淮阴（今清河、清浦、淮阴、淮安四区的大部分）、盱眙（今盱眙县城北）、东阳（今盱眙县马坝）。南齐永明七年（489 年），割直渎、破釜以东，淮阴镇下流杂 100 户置淮安县，"淮安"之名始见。明清时期朝境内置淮安府，府治于山阳县。

历史上运河又称"漕河"，北宋时楚州即设有淮南转运使，明清两代则在淮安设有漕运总督，总管天下漕粮。南宋黄河夺淮以后，淮安为运河、淮河、黄河的交汇处，是治理黄、淮、运的关键之地。明代总漕常兼总河。清康熙十六年（1677 年）后，河道总督迁至淮安清江浦，雍正以后改为江南河道总督。明清时设于淮安的清江督造船厂为全国最大的内河造船厂，下设 4 个大厂，80 个分厂，每年可造漕船 560 艘以上，其厂址从今板闸沿里运河南岸一直延续到韩城。明清两代，淮安还是盐、粮漕运的中心。当时清江浦建有规模宏大的漕粮转搬仓——淮安常盈仓，该仓有 800 间仓房，可容纳 150 万石漕粮；两淮盐场是全国规模最大、税收最多的盐场，主管淮北食盐运销的淮北盐运分司和淮北批验盐引所均驻于淮安境内。

134

漕运带动了淮安的槽船制造、盐货集散、士商往来、文化交融，繁华的商业生活也成就了诸多美食，促进了淮扬菜的成熟与发展。淮扬菜，地域以明清时期淮安府和扬州府为中心。始于春秋，兴于隋唐，盛于明清，素有"东南第一佳味，天下之至美"之美誉。

全国第四大淡水湖洪泽湖地跨宿迁、淮安二市，湖面大半在淮安境内。洪泽湖原为浅水小湖群，古称富陵湖，两汉以后称破釜塘，隋称洪泽浦，唐代始名洪泽湖。1128 年以后，黄河南徙经泗水在淮阴以下夺淮河下游河道入海，淮河失去入海水道，在盱眙以东潴水，原来的小湖扩大为洪泽湖。洪泽湖水系有淮河、漴潼河、濉河、安河、维桥河、怀洪新河、池河、老汴河、新汴河、徐洪河、团结河、张福河等多条河流汇流入湖，水质属中－富营养型，湖中丰富的水产——鱼、虾、蟹、蚌、菱、藕、蒲、芡等都成了淮安人餐桌上常见的美味。

抵达之前，我在微信上问淮安的朋友当地有什么代表性美食，朋友说洪泽湖的鮰鱼味道不俗，值得一试。以前为朋友的散文集绘制插画时，曾给"鮰鱼"画过漫画像，鮰鱼不是长江之鲜吗，洪泽湖中也生长鮰鱼？

鮰鱼学名长吻鮠，属鲶形目，鲿科，鮠属。不同的地方，鮰鱼有不同的叫法，上海称"鮰老鼠"，四川名"江团"，贵州则唤之为"习鱼"，在湖广称作"回渡鱼"。鮰鱼体色粉红，背部稍带灰色，腹部白色，鳍为灰黑色。北宋苏东坡有一首《戏作鮰鱼一绝》传世："粉红石首仍无骨，雪白河豚不药人。寄语无公与河伯，何妨乞予水精灵。"

鮰鱼的做法甚多，可红烧、可粉蒸、可清余、可水煮。虽然有业精于食的朋友背书，面对水池中的几条鮰鱼我仍有几分担心，因为我在旅食途

大运河淮安段

中对鲶形目的鱼类有过不佳的品饮体验。无鳞鱼通常肥嫩而鲜味不足，料理不得法会有浓重的土腥味，像在咀嚼一块水底的烂泥。

店主为我推荐的白汁鮰鱼，是鮰鱼在洪泽湖区最常见的做法。主料所用的春鮰和春笋，此时品尝正是好时节。煲好的鮰鱼汤色乳白，热气氤氲，直觉即是一盆好鱼汤，取汤匙品尝，果然异常鲜香、浓厚粘唇。煮熟的鮰鱼，皮软而弹，富含胶质；肉色如羊脂白玉，肥润滑爽。学名长吻鮠的鮰鱼，吻部的软肉十分发达，兼具肥糯与鲜嫩两种不同的质感，是鮰鱼的精华之所在。汤中的春笋只有指头粗细，切作斜片状，清鲜脆嫩。

笋是山之味，鱼是水之味。在春天的洪泽湖畔，山水之间，举杯停箸，忽然忘了喧嚣的尘世纷扰。

洪泽湖鮰鱼

文楼汤包

淮安境内，先有"淮阴"，后有"淮安"之名。秦朝设郡县制，建立淮阴县。淮阴，即淮水之南。南齐永明七年（489年），割直渎、破釜以东，淮阴镇下流杂100户置淮安县，始见"淮安"之名，取"淮水安澜"之意。

淮河古称淮水，历史上的淮水是一条独流入海的河流。它曾与长江、黄河和济水并称"四渎"。南宋建炎二年（1128年），为防御金兵南下，东京（今开封）守将杜充在河南省汲县和滑县之间人为决堤，造成黄河改道，大部分黄水从泗水分流入淮；南宋绍熙五年（1194年），黄河南决，从此长期夺淮入海，大量泥沙淤泥使淮河入海出路受阻，盱眙与淮安之间的洼地逐渐形成今洪泽湖，并冲淮南堤溢流坝，沿三河入宝应、高邮湖，经邵伯湖由夹江在三江营入长江。

现在的淮安市外接洪泽湖，内有京杭大运河、淮沭河、盐河、古黄河、张福河、苏北灌溉总渠等河流交汇，水路纵横。

明清时期境内置淮安府，府治于山阳县。明清两朝都委派大员驻淮治河。淮安扼漕运、盐运、河工、榷关、邮驿之机杼，进入鼎盛时期，与扬州、苏州、杭州并称运河线上的"四大都市"。漕运的兴盛，使得明清时期的淮安发展达于鼎盛，从末口到清口五十余里间，竟有淮城、河下、河北、板闸、钵池、清江浦、王家营、西坝、韩城、杨庄、马头、清口等十几个城镇，"夹岸数十里，街市栉比"，"三城内外，烟火数十万家"。淮安城市的繁华，带来了人文荟萃的文化气韵，也滋养了锦衣玉食的物质生活。执掌河道的大员、既富又贵的盐商、镇守税监的大珰、有钱有闲的大佬无不讲究饮馔，追求精美丰盛为尚，就连平民、河工的日常饮食也沿袭了精致化的路线，比如文楼汤包、平桥豆腐、软兜长鱼，钦工肉圆、松鼠鳜鱼、梁溪脆鳝等，无一不是格调高雅，细致精美。

文楼汤包因文楼而得名。文楼是一座茶楼，位于运河东侧的古镇河下，同萧湖中的曲香楼隔水相望。登临文楼，观赏湖光水色，顿觉心旷神怡，为文人学士聚会之所，故而得名"文楼"。

"文楼"之前，淮安先有一家名叫"武楼"的茶楼，兼营涨鸡蛋、煮干丝等风味小吃，也卖酵面灌汤包子，生意火红。为扩大经营规模，清道光八年（1828年），店主陈海仙在河下又建了一座茶楼，起名文楼。文楼兴办之初，经营内容与武楼相仿，后来，店东陈海仙在酵面灌汤包的基础上改制成皮薄、馅嫩、味鲜、不腻的水调面汤包，其中以蟹黄汤包为其招牌。

蟹黄汤包的原料讲究，工艺精妙，馅料为蟹黄和蟹肉，加上以猪肉、鸡丁、肉皮、虾米、竹笋、香料、绍酒等十几种配料熬制的皮冻蓉，用薄如纸高筋面皮捏成直径三寸许的生坯，在旺火上蒸制七八分钟即熟。蒸熟的汤包中皮冻融化成汤，面皮被汤汁浸润变成半透明状，五指捏住收口处，包子在地心引力的作用下呈水滴状自然下坠，像一个装满水的气球，此时要迅速地把盘子伸到包子下接住，不然一个不小心汤包就破了。

淮安汤包的精华就在那一兜鲜美的汤汁。食用时先以餐具点孔，用嘴轻轻啜吸，汤汁入喉，蟹黄的鲜与肉汁的香浑然一体，腴美而不腻。尝过这绝美的汤汁，如果直接品尝面皮和馅心，虽有蟹黄、蟹肉之鲜却难知其

汤包

味，此时需佐以香醋、姜末食之，苏醒的味蕾恢复敏感，鲜香应舌而至。

中秋时节，螃蟹应季之时，文楼便开始供应蟹黄汤包，顾客争购品尝，喧声如沸。其实好吃的汤包，不唯文楼一家，蟹黄汤包的做法也大同小异，只要材料足、螃蟹鲜，汤包自然美味。过了蟹季，蟹黄汤包所用的蟹黄、蟹肉多是冷冻产品，鲜美大打折扣，与其吃蟹黄汤包，就不如一笼烫面蒸饺、一碗淮饺来得舒服熨帖了。

有意思的是，在淮安的街头，经营汤包的字号中居然夹杂着好几家"天津汤包"。我在天津吃过很多家"包子"，街面上也从来没看到过"天津汤包"的字号。

宝应长鱼面

春秋时期，吴王夫差为北上伐齐，称霸天下，于公元前486年开凿邗沟。《左传》载："哀公九年……吴城邗，沟通江淮。"《水经注》云："自广陵北注樊良湖（又作樊梁湖），旧道东北出至博支、射阳二湖。"

宝应秦时建县，始名东阳县、平安县、安宜县，距今已有2200多年的历史。唐上元三年（762年），安宜县境内获"八宝"献于皇帝，唐肃宗视为定国之宝，遂改上元三年为宝应元年，赐安宜县名为"宝应"。

大运河经历了从湖道（包括湖道与河道相间）到河道两个历史发展阶段，前者称为古运河（江淮段又称古邗沟），后者称为现代运河。作为运河最早河段上的重要城市，宝应见证了大运河的千年演变，清代学者刘宝楠称之为"邗沟十三变"。明隆庆年间，境内即有"五荡九湖"之说，现境内河湖密布，有潼河、朱马河、宝射河等42条河流，有白马湖、宝应湖、氾光湖、射阳湖、广洋湖、和平荡、獐狮荡、绿草荡、三里荡等，俗称"五湖四荡"。

湖广水丰，草长萍生，肥沃的淤泥滋养的水生植物，为鱼类提供了天然的营养饵料，故而宝应的鱼肉质细嫩，味道鲜美。其中宝应人最爱吃的数长鱼。长鱼学名鳝鱼，亦称黄鳝、鲊鱼、罗鳝、蛇鱼、血鳝、常鱼等，属合鳃鱼目合鳃鱼科黄鳝属。

以鱼治面，在北方内陆地区较少见，盖因少水则鲜鱼难求，鱼不鲜则腥臭，只能用红烧、酱焖等重口的方式料理。在鲁菜的发源地之一山东烟台的海边，有一种蓬莱小面，以加吉鱼（真鲷）为卤，鲜美绝伦。在南方，以鱼治面是一件极为平常的事情，如上海的爆鱼面、宁波的黄鱼面、江阴的刀鱼面等。

在扬州，在宝应，人们热爱长鱼面。宝应城中长鱼面馆林立，大多生意红火，客人络绎不绝。长鱼面据说最好吃的在氾水古镇，所以氾水人所开的面馆直接冠名为"氾水长鱼面"。

宝应的长鱼面首推长鱼汤面。先将长鱼去骨后放入油锅内炸至金黄酥透，然后加葱姜末、青红椒爆炒，加汤焐透作为浇头，香酥鲜甜而不腥；剔下的鱼骨加配料熬汤，经过五六个小时的大火煨煮，鱼骨中的骨胶原和鲜味都融在了汤里，汤色乳白，浓稠粘唇；煮好的银丝面装碗浇上鱼汤，撒上碧绿的韭菜和胡椒粉提鲜，和单独盛装的长鱼肉一起上桌。鱼汤浓香而面条清爽，筷子拨动面条如船桨划开波光粼粼的湖水。吃过几口清鲜，把小碗中的长鱼肉拨入面碗中，这种吃法称之为"过桥"。一碗面在鲜味的象限上继续蔓延，长鱼的滋味很浓，不是丰富厚重之浓，而是一种单纯的鲜的极致之味。

汤面之外，又有长鱼盖浇面。烧好的长鱼直接浇在煮好的面条上，红汤鲜美而醇厚；浇头一碗一炒、现炒现浇，烹好的长鱼肥嫩爽滑、肉鲜味浓，它在扬州人的食谱上不是吴侬软语唱的曲子，而是一阕略显豪放的词。

蒲包肉与汪豆腐

高邮之名，始于战国末年，秦王政二十四年（公元前 223 年），灭楚，筑高台，置邮亭，故名高邮，亦称秦邮。高邮宋代置军，至清设州，史称"江左名区""广陵首邑"，又有三阿、幽州、神农、广邺、高沙、承州、珠湖、盂城、散州等别称。

春秋时期周敬王三十四年（公元前 486 年），吴王夫差为北上与齐鲁争霸，于扬州蜀岗筑邗城，城下掘深沟连接长江和淮河，史称邗沟西道。古邗沟借湖行运的武广湖、陆阳湖、樊良湖、博支湖等均在今高邮境内。

高邮是汪曾祺的故乡，他的作品喜欢以故乡为背景，用饮食作点缀，写食寄情，抒发对家乡的思念。汪曾祺曾经说过："人到晚年，思乡之情变得强烈了，故乡的风土人情，总是时时在我的脑海里浮现，使我产生了写作的欲望。"旅食高邮，带一册《知味集》或者《五味》，是最好的旅行指南。

蒲包肉是高邮的传统小吃。"蒲包肉似乎是这个县里特有的。用一个三寸来长直径寸半的蒲包，里面衬上豆腐皮，塞满了加了粉子的碎肉，封了口，拦腰用一道麻绳系紧，成一个葫芦形。"（《异秉》）以植物的茎叶包裹食材，烹熟后食物有淡淡的植物清香，淡雅而不腻，比如用箬竹裹的粽子、用荷叶包的糯米鸡、云南傣族的竹筒饭等。

高邮人匠心独运，把加了蚕豆粉的肉馅用豆腐皮包裹好，装在蒲包里煮熟，肉味清香，颇像小肚，便于旅途携带，它是中国版的午餐肉。好的蒲包肉需选用农家豢养的草猪，才能做出肉的原香而不腻。蒲包肉的香中

（左）蒲包肉　（右）蟹黄汪豆腐

微带甜意，是典型的淮扬菜风味。

现在高邮卖蒲包肉的摊子都以汪曾祺的文字作为广告，游人慕名而来，一尝为快，我也未能免俗。顾客说好要几个，摊主便麻利地从蒲包中剥出几个葫芦状的粉色肉团，挥刀切成厚片。蒲草的香气为世俗的生活增添了一分自然的清新。

蒲包是一种用蒲草编织的袋子，古时两淮各盐场装盐多用蒲包。蒲包有大有小，大的可以盛装盐粮，小的可以包装瓷器果品。蒲草，学名水烛，也称作香蒲，属莎草目香蒲科。其假茎白嫩部分即是蒲菜，地下匍匐茎尖端的幼嫩部分即是草芽，都是南方常见的食材，味道清爽可口。

南方的水边还有一种常见的"蒲草"，学名叫菖蒲。以前我曾以为香蒲、菖蒲是近亲，实则菖蒲是天南星目天南星科植物。菖蒲亦称为尧韭，有芳香气，是中国传统文化中可防疫驱邪的灵草，端午节有把菖蒲叶和艾捆一起插于檐下的习俗；根茎可制香味料。菖蒲全株有毒，根茎毒性较大，吃多了会产生强烈的幻视，俗称"见鬼"。

初闻"汪豆腐"，我以为它与广和居的潘鱼、韩肘、江豆腐类似，有可能得名于汪曾祺。然汪豆腐之"汪"是油汪汪的"汪"。据烹饪学者聂凤乔称，"汪"是一种烹饪技法，特色和"烩"差不多，都是在菜里加少量的湿淀粉勾芡，"汪"的菜比"烩"的菜汤略多，是淮扬菜中常见的烹饪手法之一。汪曾祺《豆腐》一文中说："'汪豆腐'好像是我的家乡菜。豆腐切成指甲盖大的小薄片，推入虾子酱油汤中，滚几开，勾薄芡，盛大碗中，浇一勺熟猪油，即得。叫作'汪豆腐'，大概因为上面泛着一层油。用勺舀了吃。吃时要小心，不能性急，因为很烫。滚开的豆腐，上面又是滚开的油，吃急了会烫坏舌头。我的家乡人喜欢吃烫的东西，语云：'一烫抵三鲜。'乡下人家来了客，大都做一个汪豆腐应急。周巷汪豆腐很有名。我没有到过周巷，周巷汪豆腐好，我想无非是虾子多，油多。"

按图索骥，便去高邮市区北边的周巷小镇寻汪豆腐。周巷汪豆腐讲究下锅不用水，而是用麻鸭熬制的高汤，焯过水的豆腐在鸭汤里煨透入味，起锅前用藕粉或蚕豆粉勾芡，放入虾籽和米葱，淋上麻油。周巷的汪豆腐盛在碗中如一泓清泉，豆腐的白、虾籽的红、葱花的绿如堆叠在清泉中的碎玉翡翠，在视觉上即是一种享受。汪豆腐既有麻鸭之香，又得虾籽之鲜，它是水乡妙手偶得的美食，也是里下河人智慧的大作。

虾籽是汪豆腐不可或缺的配料。虾籽鲜味浓郁，是江浙水乡烹调中的重要的鲜味调味品，用于许多菜品及面条、馄饨等增鲜提味，用上海话说："鲜得咪，眉毛落脱了。"时近小满，膏肥籽满的河虾上市，漂洗河虾时，成熟的虾籽自然落在水里，滤出焙干即为虾籽，如果入酱油煮开，便是虾籽酱油了。

汪豆腐是里下河地区常见的一道菜，村镇人家逢红白喜事，酒席上的第一道热菜就是汪豆腐。深秋螃蟹应季时，以汪豆腐之法，取蟹黄、蟹肉烧豆腐，则是"蟹黄汪豆腐"。糯滑腴软，鲜香异常，又是另一种"鲜脱眉毛"的美食了。

扬州的早茶

"扬州"之名,最早见于《尚书·禹贡》:"淮、海惟扬州。"扬州地区在春秋时称"邗",是周代的方国之一,后被吴所灭。依《左传》记载,扬州建城始于鲁哀公九年(公元前 486 年),"秋,吴城邗,沟通江淮"。《左传》中的这寥寥八个字,却记载了两个历史事件,一是吴国筑邗城,以其为新都;二是吴开邗沟,沟通了长江、淮河两大流域,为扬州地区的经济发展提供了前所未有的重要交通条件。秦、汉时称"广陵""江都"等,东晋、南朝置"南兖州",北周时称"吴州"。隋开皇九年(589年)改吴州为扬州,但总管府设于丹阳(今南京)。唐武德八年(625 年),将扬州治所从丹阳移到江北,从此广陵才享有扬州的专名。

"春风十里扬州路,卷上珠帘总不如。"在两千多年的岁月中,1794公里的京杭大运河孕育哺养了沿岸的数十个城市,扬州与运河同生同长,一部扬州城的历史,与运河的发展史休戚相关。河如玉带,城似明珠。在长河串起的璀璨珠玉中,它一度是最古老最耀眼的那一颗。

扬州古运河成型于隋唐时期,历史上为南北漕运、盐运的咽喉,明清时也是淮河入江的口门之一,至今仍是沟通江淮、肩负引排航任务和排泄山洪入江的骨干河道。古运河全长 29.3 公里,上自扬州闸经京杭大运河通淮河入江水道,下至瓜洲闸通长江。

明万历二十三年(1595 年),万历帝批准勘河科臣张企程的建议,正式动工"分黄导淮",当年即竣工,挖通淮河水入海线两条和入江线一条。

明清期间，淮河归江河道逐步形成，为控制淮水蓄泄和河、湖水文，保证航运交通，陆续在归江河道上建有桥、闸、坝等建筑物。到清末，河道上已形成有名的归江十坝（褚山坝、拦江坝、东湾坝、西湾坝、金湾坝、凤凰坝、新河坝、壁虎坝、老坝、沙河坝）。

清道光八年（1828 年），最后一条入江河道——瓦窑铺新河开通。在前后长达 233 年的时间里，明清两代开挖的河道（南北向）共达七条，奠定今日入江河道的格局。意在水利的"分黄导淮"工程，造就了今日"七河八岛（高水河、金河湾、太平河、凤凰河、新河、壁虎河、京杭大运河；聚凤岛、芒稻半岛、金湾半岛、自在半岛、凤羽岛、山河岛、壁虎岛、幸福岛）"的美景呈现于世。

扬州古运河从湾头至瓜洲入江，河宽约 50 米，长 28.7 公里，可分为城南运河、三湾、瓜洲运河三段。湾头向西至黄金坝，再向南依城郭的大水湾至宝塔湾河段，为城南运河；宝塔湾以南至扬子桥为三湾段，此段河道为明万历二十五年（1597 年）知府郭光复开浚的宝带新河，所以龙衣庵附近的弯道至今仍有人称"新河湾"。扬子桥至瓜洲入江河段，古称伊娄河，亦称瓜洲运河，为唐开元年间润州刺史齐浣主持开凿。这三段古运河中又数三湾段河道最为"纤折"。所谓"三湾"者，即宝塔湾、新河湾、三湾子。李斗的《扬州画舫录》称，此段陆地多胜迹："自塔湾（高旻寺）河道至馆驿前，南岸有洋（扬）子桥、文峰塔、福缘庵。北岸有龙衣庵、五里茶庵。"

扬州之美，在于水。扬州是李太白"故人西辞黄鹤楼，烟花三月下扬州"的扬州，是郑板桥"画舫乘春破晓烟，满城丝管拂榆钱"的扬州。扬州之美，在于月。扬州是徐凝"天下三分明月夜，二分无赖是扬州"的扬州，是陈羽"霜落空月上楼，月中歌唱满扬州"的扬州。扬州之美，在于桥。扬州是杜牧之"二十四桥明月夜，玉人何处教吹箫"的扬州，是姜白石"二十四桥仍在，波心荡、冷月无声"的扬州。

然而在我看来，扬州最美之处在于饮食。清人费轩《梦香词》赞曰："扬州好，恰是仲春中。软脆蜒蜎西子舌，丁香萝卜女儿红。回忆总惺忪。""扬州好，夏日市声齐。芦叶香粳包玉笋，桂花豌豆煮金泥。糖屑满铜匙。""扬州好，秋九在江干。接得黄花高出屋，抬来紫蟹大于盘。香腻共君餐。""扬州好，记取一年时。伏火醇醪红似蜜，咬春萝卜紫于梨。端是费相思。"

淮左名都，竹西佳处，扬州因河而兴、因商而盛，故扬州的美总带着些许的烟火气，人文的手笔胜过自然的景致。在扬州一地，我爱水流平缓的运河多于滚滚东去的大江。

扬州多精食美馔。春笋、仔姜、鲜鱼、紫蟹是自然的馈赠；大煮干丝、文思豆腐、灌汤包子则是技艺的精求。扬州人既追求莼菜、鲈鱼的清新，热爱自然之鲜；又不拒绝肥鸭、猪头的肥腴，把寻常的肉食做得雍容精致，冶清淡和醇厚于一炉，融风雅与世俗为一体，突出本味之鲜香，自成一派。

扬州的茶社与北方的茶馆，有多多少少的不同。

据潘治武《旧京茶馆面面观》记述："旧北京的茶馆一般可分为清茶馆、书茶馆、棋茶馆和季节性的茶棚等。……清茶馆每天清晨五时前即挑火营业，茶客多是闲散老人或浪荡子弟，他们一般都有早起'遛弯儿'的习惯，凌晨便提笼往城外苇塘一带'遛鸟'，回来就到茶馆喝茶休息。诸茶客们以谈茶经、论鸟道、叙家常、评时政来消磨时光。……书茶馆的营业时间多在下午和'灯晚儿'，茶馆主人约请说评书、唱鼓词的艺人来演唱。茶客边听书，边喝茶以消磨时光。"

现今北方的茶馆，要么在一个私密的空间里安静地喝茶，捕捉杯盏中的禅意。要么以听书、看戏为主，茶只是一种点缀，茶点只有瓜子、蜜饯、芸豆糕、豌豆黄等寥寥数样，消遣多过于品饮。

吃早茶的习俗见于南方，尤其是广东和江苏扬州地区为盛。"啖早茶"是广东人生活的色彩中不可或缺的一笔，吃早茶在扬州人的日常中亦是一种习惯行为，延续着老扬州传统生活的恬淡。

扬州的早茶的兴起在清末民初，繁华的扬州城中茶馆林立，竞争激烈。为招揽生意，一些茶馆除清茶外，开始售卖干丝、面点等小吃，渐成风气，逐渐影响了扬州的饮食行业，"富春""海陵春""怡园""者者居""大东酒楼"等茶馆应运而生。岁月沧桑，昔日的老字号茶馆大多已不存在，但新的茶楼又出现在扬州的大街小巷。但扬州人最爱光顾的还是富春、冶春、共和春等老字号。

扬州人在富春茶社吃早茶时，多选"魁龙珠"。富春茶社的魁龙珠茶，1921年配方定型问世，以安徽魁针、杭州龙井和本地所产的珠兰选配窨制而成。"魁龙珠"取魁针之色、龙井之味、珠兰之香，以扬子江水泡沏，融苏、浙、皖名茶于一壶，茶色清澈，别具芳香，入口柔和，解渴去腻。头道茶，珠兰清香；二道茶，龙井味浓；三道茶，魁针色碧，香味俱佳。

在扬州吃早茶，茶固然要喝，吃才是重头戏。吃干丝、吃虾籽馄饨、吃白汤面、吃各种小笼点心。黄鼎铭《望江南百调》词云："扬州好，茶设客堪邀。加料干丝堆细缕，熟铜烟袋卧长苗。烧酒水晶肴。"

干丝，即豆腐干丝，是扬州早茶中不可或缺的主角之一，也是一道淮扬名菜。制作干丝需用大白豆腐干，先批成薄片再切成细丝，而不能用百页切丝。在北方没有这种白豆腐干。切好的干丝，在沸水中反复洗烫，去尽豆腥味，浇上卤汁及芝麻油，佐以姜丝、虾米，色泽素雅，软嫩鲜美。

扬州的早茶

汪曾祺《豆腐》一文中写道："干丝是淮扬名菜。大方豆腐干，快刀横披为片，刀工好的师傅一块豆腐干能片十六片；再立刀切为细丝。这种豆腐干是特制的，极坚致，切丝不断，又绵软，易吸汤汁。旧本只有拌干丝。干丝入开水略煮，捞出后装高足浅碗，浇麻油酱醋。青蒜切寸段，略焯，五香花生米搓去皮，同拌，尤妙。煮干丝的兴起也就是五六十年的事。干丝母鸡汤煮，加开阳（大虾米）、火腿丝。"

朱自清是扬州人，他在《说扬州》一文谈及扬州的点心："扬州的小笼点心，肉馅儿的，蟹肉馅儿的，笋肉馅儿的且不用说，最可口的是菜包子菜烧卖，还有干菜包子。菜选那最嫩的，剁成泥，加一点儿糖一点儿油，蒸得白生生的，热腾腾的，到口轻松地化去，留下一丝儿余味。干菜也是切碎，也是加一点儿糖和油，燥湿恰到好处；细细地咬嚼，可以嚼出一点橄榄般的回味来。这么着每样吃点儿也并不太多。要是有饭局，还尽可以从容地去。但是要老资格的茶客才能这样有分寸；偶尔上一回茶馆的本地人外地人，却总忍不住狼吞虎咽，到了儿捧着肚子走出。"

扬州的灌汤包子历史悠久，清嘉庆时人厉惕斋所著《真州竹枝词》中有"汤包"："揉开粉饵注琼浆，拾向笼中仔细尝。一口要须都吸尽，恐教液滴上罗裳。"扬州甘泉人林书门在乾、嘉年间所著《邗江三百吟》中写到"灌汤肉包"："春秋冬日，肉汤易凝。以凝者灌于罗磨细面之中，以为包子，蒸熟则汤融而不泄。扬州茶肆，多以此擅长。"

扬州的面很有名。茶社里早茶也售卖面条，滋味不恶，但终不及专门的面馆。

"扬州又以面馆著名。好在汤味醇美，是所谓白汤，由种种出汤的东西如鸡鸭鱼肉等熬成，好在它的厚，如啖熊掌一般。也有清汤，就是一味鸡汤，倒并不出奇。内行的人吃面要'大煮'，普通将面挑在碗里，浇上汤，

‘大煮’是将面在汤里煮一会，更能入味些。”（朱自清《说扬州》）

扬州面的魅力，其一在汤，其二在浇头。晚清桃潭旧主《扬州竹枝词》云：“一钱大面要汤宽，火腿长鱼共一盘。更有稀浇鲜入骨，砟蝥螃蟹烩班肝。”

关于扬州面的浇头，清代李斗《扬州画舫录》卷十一道：“城内食肆多附于面馆。面有大连、中碗、重二之分。冬用满汤，谓之‘大连’；夏用半汤，谓之‘过桥’。面有‘浇头’，以长鱼、鸡、猪为‘三鲜’。大东门有如意馆、席珍，小东门有玉麟、桥园，西门有方鲜、林店，缺口门有杏楼春，三祝庵有黄毛，教场有常楼，皆此类也。”所谓“浇头”，即是浇淋在面上的菜肴，扬州话念作“高头”。晚清时周生在《扬州梦》中写扬州的面馆：“‘高头’有鸡皮、鸡翅、杂碎、鳝鱼（黄鳝）、河鲀、鲨鱼、金腿、螃蟹，各取所好。”

在花样繁多的面条浇头中，扬州人偏爱“三鲜”。扬州人把长鱼（黄鳝）、鸡肉、猪肉，称为“三鲜”。晚清黄鼎铭《望江南百调》云：“扬州好，面馆数名园。浇别三鲜随客点，看烹四簋及时陈。饱啖价休论！”

《五灯会元》载：赵州从谂禅师，师问新来僧人：“曾到此间否？”答曰：“曾到。”师曰：“吃茶去。”又问一新来僧人，僧曰：“不曾到。”师曰：“吃茶去。”后院主问禅师：“为何曾到云吃茶去，不曾到也云吃茶去？”师召院主，主应诺，师曰：“吃茶去。”

吃茶可以悟道吗？我不知晓，我在扬州的早茶中只悟到了味之道。

三头宴

"扬州三头"，指的是扬州菜中的清炖蟹粉狮子头、扒烧整猪头、拆烩鲢鱼头。狮子头是扬州宴席中古已有之的名菜，而猪头、鲢鱼头本是民间菜肴，现在扬州人把三者纳为一体，搭配特色扬州美食，推出"三头宴"，颇得游人青睐。

狮子头，在北方唤作四喜丸子，然做法不同，风味亦迥别。清末民初徐珂《清稗类钞》记述："狮子头者，以形似而得名，猪肉圆也。猪肉肥瘦各半，细切粗斩，乃和以蛋白，使易凝固，或加虾仁、蟹粉。以黄沙罐一，底置黄芽菜或竹笋，略和以水及盐，以肉作极大之圆，置其上，上覆菜叶，以罐盖盖之，乃入铁锅，撒盐少许，以防锅裂。然后，以文火干烧之。每烧数把柴一停，约越五分时更烧之，候熟取出。"

扬州狮子头不同于他乡口感扎实的肉丸，肥嫩鲜香、入口即化。其诀窍有二，一是猪肉肥瘦得宜，传统的狮子头多肥瘦各半，或者更肥，甚至还有肥七瘦三的搭配比例，如此才能油润腴软；二是细切粗斩，即先把整块肉细细地切作石榴籽大小的肉粒，然后粗略地斩几刀即可。倘若如做馄饨馅一般斩作肉糜，肌肉纤维被剁碎，肉就会结实紧密，且无细小肉粒在口中的齿感。所以用绞好的肉馅，无论如何也做不出正宗的扬州狮子头。

狮子头旧称"大劗肉圆"，清代扬州盐商童岳荐所编著的《调鼎集》记载，其制法如下："取肋条肉，去皮，切细长条，粗劗，加豆粉，少许作料，用手松捺，不可搓成。或炸或蒸（衬用嫩青）。"

在扬州酒楼饭馆里，狮子头根据时令搭配食材，春用嫩笋、夏用河蚌、秋用蟹黄、冬用凤鸡，讲究四时有区别，一年不同味。狮子头可红烧、可清蒸，但最常见还是清炖。清炖蟹粉狮子头，猪肉选用猪硬肋五花肉，细切粗斩，手握成团，置于砂锅中，点上蟹黄，上覆菜叶炖之。其色清味纯，肉香、蟹香、菜香交织交融，鲜嫩可口。

《调鼎集》中还有一道"脍肉圆"："荸荠去皮，敲碎，和肉劙圆，脍。"这是狮子头诗歌化的呈现，肉圆肥嫩软香，荸荠清脆而甜，我喜欢这种质感的变化。

鱼头入馔，历来是淮扬人家的家常菜肴。明顾起元《客座赘语·卷九·鱼品》云："鲢鱼，头大而身微，鳞细，肉颇腻，江南人家塘池中多种之，岁可长尺许，俗曰此'家鱼'也，有青白两种，大者头多腴，为上味。"顾起元所谓"鲢鱼"即江南人口中的"花鲢"，学名鳙鱼，又叫胖头鱼、大头鱼、黑鲢、麻鲢、雄鱼等。

以前听过一个关于鲢鱼头的故事，说旧时扬州有一盐商爱食鱼，家中经常购买十余斤重的大鲢鱼治馔，厨师将鱼肉段做菜给财主吃，而将剩下的鱼头煮给下人仆役吃，没想到下人吃后感到鱼肉肥嫩，汤味鲜美，于是流传开来，后来在选料和制法上加以改进，竟成了一道淮扬名菜。这个故事想必是不大吃鱼的北方人杜撰的，水乡人都知道花鲢个大则肉硬，且有泥腥味，其精华全在那颗硕大的鱼头上。明李时珍在《本草纲目》中说得极为精确："鳙鱼，状似鲢而色黑，其头最大，味亚于鲢。鲢之美在腹，鳙之美在头，或以鲢、鳙为一物，误矣。首之大小，色之黑白，不大相伴。"

鱼头在扬州家常的吃法是做鱼头豆腐汤，"夜半酣酒江月下，美人纤手炙鱼头"。肥硕的鱼头在锅里煎得双面金黄，加葱姜和豆腐一起炖汤。在热气氤氲清水翻滚的砂锅里，鱼头中的胶质和骨胶原慢慢融化，鱼汤呈现出诱人的乳白色，鱼肉滑嫩、鱼皮腴软、鱼脑鲜甜，豆腐经过长时间的炖煮吸收鱼头的鲜香，滋味不俗。

拆烩鲢鱼头则是鱼头精致化的表现形式，五六斤的大鱼头先在冷水中慢慢炖熟，小心地拆去鱼骨而保持鱼皮不破形状完整，拆骨后的鱼头，先用葱姜爆香，然后加鸡汤、冬笋、香菇、火腿等烩透成菜，有的厨师还要加入蟹肉、虾籽等提鲜，最后点缀上烫好的鲜嫩菜心装盘。成菜鱼头仍保持形状不变，汤色洁白如玉，鱼肉鲜嫩幼滑。

拆烩鲢鱼头是扬州三把刀之厨刀的精湛技艺的写照，也是扬州人精致生活的一个缩影。

猪头本是一种贫贱的食物，只有春节前多了一道"供品"的标签，价格才会稍稍上扬，然而料理得法味道却不恶。猪头骨肉俱全，肥瘦兼具，焖得烂熟，其肥糯腴美非颈上一脔的精肉所能及，历来是老饕的心头好。

在北方，猪头多是酱卤之后冷吃；猪头红烧，煮得稀烂软糯，趁热食之，是南方的吃法。

扬州的扒烧整猪头堪称南方猪头肉之翘楚。扬州的扒烧猪头历史悠久，清末民初黄鼎铭《望江南百调》词云："扬州好，法海寺闲游。湖上虚堂开对岸，水边团塔映中流，留客烂猪头。""扬州好，豪啖酒家楼。肥烤鸭皮包饼夹，浓烧猪肉蘸馒头。口福几生修？"

"扒"是鲁菜、淮扬菜中常用的一种烹饪技法，是先用葱、姜炝锅，再将生料或蒸煮半成品调味，添好汤汁后用温火烹至酥烂，最后勾芡起锅。除了口感鲜软汁浓之外，烹制过程中少翻动，最后翻勺出锅，保持外形整齐不乱亦是其标志性特点之一。扒烧整猪头首先把整个猪头去骨，先放在滚水里氽烫，再捞出来放在冷水里泡，如此反复多次，直到毛屑污垢尽除。然后把猪头皮肉加绍兴酒、酱油、冰糖等放在蒲垫上小火炖数小时至酥烂，最后倒扣盘中，上桌时仍是一个完整的猪头形状。

猪头肉本是粗陋之物，却被扬州人赋予了富贵之气，世俗的食材竟变得精致文雅起来。一只枣红油亮的猪头慵懒地沉睡在洁白的盘中，外表虽坚强但内心已经酥软，轻轻一触便划开了，只能用汤匙取食。皮肉中的脂肪经过长时间的炖煮已经柔若无物、入口即化，口味醇厚腴香；隐藏其下的瘦肉细腻鲜香，回味悠长。

"浓烧猪头蘸馒头"的"馒头"，不是北方常见的大馒头，而是中间用刀切过的半圆形小馒头，制作时用梳子齿压上花纹，称作荷叶夹子，在闽台地区被称之为割包（刈包）。肥糯的猪头肉夹在甜香的馒头中，雪白映枣红生色，香韧与腴润齐飞。

传说扬州的扒烧整猪头是法海寺香积厨中一位僧人所创，这位法师烧得猪头肥嫩香甜，前来进香的施主们食之甘美，誉之"味压江南"。我推测这可能是经营烧猪头的店家的宣传之语，连禁食腥荤的僧人都凡心大动，想必这猪头肉味道好到了极点，类似的传说还有白云猪手和佛跳墙。

法海寺在瘦西湖公园凫庄之南，始建于隋唐，重建于元代，清康熙四十四年（1705 年）康熙皇帝南巡时赐名"莲性寺"，但民间仍习惯称其为"法海寺"。

镇江肴肉

镇江，长江下游南岸重镇，纵贯南北的京杭大运河与东去的长江在此交汇。大运河镇江段全长 42.6 公里，是运河历史上最早开凿的地段之一。历代王朝在镇江先后开辟出五个运河入江口，分别是丹徒口、大京口闸、小京口闸、谏壁镇的越河口和北固山甘露港。1976 年开始兴建的谏壁闸把分散各处的 5 个运河入江口聚集于一处，因此成为苏南运河的第一闸。

镇江的运河有两条：一条是仍在通航的京杭大运河主航道，北行至城郊谏壁镇汇入长江。自镇江向南，京杭大运河称作江南运河。江南运河原起镇江京口，隔长江与瓜洲里运河相望，1958 年改道由谏壁通江，与对江六圩里运河相望。另一条则是穿过镇江城的古运河，由唐代以前若干河段以及北宋新河、明初绕城运河串连而成，全长 16.69 公里，现在与京杭大运河并不相连。

镇江虽头枕长江、臂挽运河，但非河道纵横、水网密布的"水城"，只有出城走近江边的古渡，方能到几分感受江城水镇的氛围。

镇江的古渡口，最重要的当属西津渡。西津渡，三国时叫蒜山渡，唐代曾名金陵渡，宋以后称西津渡至今。"舳舻转粟三千里，灯火临流十万家。"京杭大运河的开通，给西津渡带来了繁华与富庶。江面上千帆竞发、百舸争流，南北货殖在此汇集；岸上商贾云集，商铺林立，经过经唐、宋、元、明、清五个朝代的建设，西津渡逐渐发展成南岸的一方热土。但是今天的西津渡却看不见长江，滩涂在江水的冲积下不断北移，一千五百多年过去了，长江的河道已经北移到数千米之外，只有古渡遗迹长满青苔的石阶无声地诉说时光荏苒。

镇江的古渡口，最出名的则是甘露渡。甘露渡，古称京口渡。在北固山下，沿路前行，转过依山亭，至江山相依绝佳处，即是古之要塞京口渡。"京口瓜洲一水间，钟山只隔数重山"，这是王安石的渡口；"何处望神州？满眼风光北固楼。千古兴亡多少事？悠悠！不尽长江滚滚流"，这是辛弃疾的渡口。我要乘一艘怎样的船，才能驶向宋朝的彼岸？

一水之间，"长江三鲜"既是扬州的美食，也是镇江的特产。"三鲜"之外，镇江美食又有"三怪"，民谣曰："镇江有三怪：大锅小锅盖，肴蹄不当菜，香醋摆不坏。"

镇江香醋天下驰名，以优质糯米为原料精制而成，酸而味鲜，香而微甜，存放愈久，味道愈醇，而且不会变质，是为"三怪"中的"香醋摆不坏"。与山西老陈醋相比，镇江香醋的最大特点在于微甜，特别适合佐食江南美食，品尝鲥鱼、肴肉、汤包、锅盖面都离不开这镇江香醋。镇江香醋，以"恒顺"最具有代表性。江苏恒顺醋业股份有限公司，其前身"恒顺糟坊"始创于1840年，是镇江现存最早的香醋生产者，也是镇江香醋口味特点的开创者。

肴肉是又称水晶肴蹄，镇江人把它当作品茶时的点心，而非下酒佐餐的菜肴。汪曾祺《肉食者不鄙》一文中写肴肉："镇江肴蹄，盐渍，加硝，放大盆中，以巨大石块压之，至肥瘦肉都已板实，取出，煮熟，晾去水汽，切厚片，装盘。瘦肉颜色殷红，肥肉白如羊脂玉，入口不腻。吃肴肉，要蘸镇江醋，加嫩姜丝。"

镇江肴肉，用中间破开的猪蹄剔骨去爪，先加盐、硝腌渍数日（依季节不同而调整时间），浸泡漂洗后再加香料煮熟。装盆压实，浇淋过滤的卤汤，冷却凝冻后切片装盘食用。肉色鲜红，皮白光滑，卤冻晶莹剔透，故有水晶肴蹄的美称。

镇江肴肉是一味闲菜，适合饮茶或喝黄酒时慢慢品尝。肴肉经过数日的腌渍，兼具腌腊食品的陈香和新鲜食材的鲜香，清香而醇酥，蘸食酸中带甜的香醋，带几丝嫩姜的辛辣的鲜，绵厚香醇添加了些许的清淡爽口，油润而不腻。不觉一盘肴肉已见盘底。

在我的家乡山东，有一种水晶肘子，制法和肴肉类似，但不加硝。在夏天加蒜泥陈醋食用，清凉开胃，鲜香爽口。

肴肉的"肴"字，在镇江本地人口中不读 yáo，而念作 xiāo，据说与制作过程中加硝有关。民间传说有一个粗心的妇人腌渍猪蹄时，把硝误以为盐，误打误撞发明了这种美食，其实制作熟食加硝是民间的一种传统做法。硝过的肉制品色泽红艳，且有防腐作用，保质期长，但硝盐中的硝酸钠和亚硝酸钠摄入过量有致癌的危险，用量须严格遵守有关国家标准。山东广饶有一种特产肴驴肉，制作过程中也用少量的硝，但依然读作肴（yáo）驴肉。

镇江肴肉

镇江锅盖面

镇江有三怪:"大锅小锅盖,看蹄不当菜,香醋摆不坏",其中最奇特的当属"大锅小锅盖"的锅盖面。少时初闻锅盖面,有些莫名其妙,还以为和欧洲民间传说中的"石头汤"一样,只是故事里的美食。后来看到沸腾的大水锅里漂浮着木制的小锅盖,方知"面锅里面煮锅盖"之言不虚。

锅盖面是一种汤面,汤色清澈,面软而柔韧,香而鲜美。普通的锅盖面只有面条、虾籽酱油、葱花和青头。镇江人口中的"青头"即用时令蔬菜制作的面卤,分生、熟两种。生的青头有蒜花、蒜泥、腌制的瓢儿菜;熟的青头多用烫熟的小青菜、川芎、青椒等。除了青头,又可以另加鳝鱼丝、大排、肴肉等浇头,丰俭由己。

锅盖面所用的面条必须是手工面,而且是"跳面",又称"小刀面"。跳面,是把和好的面团放在案板上,取一根碗口粗细的毛竹,里面一端固定,外边一端伸出案板之外,人曲一腿坐在竹杠上,另一只腿上下颠跳,反复碾压面团,让小麦面粉中的蛋白质充分吸收水分,增加韧性。"跳"好的面团擀成薄薄的面皮,用刀切成宽一分左右的面条,筋道耐嚼,味道独具。跳面是面条实现机械化生产之后逐渐消失的传统技艺,在广东称之为"竹升面"。

江苏的"小刀面",是相对于"大刀面"而言。小刀面讲究手工擀制,骨硬皮薄,小刀切制,口感筋道。《如东大观》记载:"大刀面细而长,小刀面则短而粗。大刀面多下净面,包括阳春面、盖浇面、干拌面等,而

镇江锅盖面

小刀面则和菜同煮，冬天最为人欢迎。"

面锅里漂浮的标志性的锅盖大有用处，并非店家招揽生意的噱头。面条普通的煮法，面汤滚沸时，面条翻滚，浮沫四溢。如果锅里丢进一只小锅盖，滚头浮沫则集中于锅盖旁边，易于清理，而面条规整而不散乱。这是锅盖面古已有之的传统。

"锅盖面"这个名称其实出现只有 30 多年，锅盖面旧称"伙面"。

古兵制十人为一火，共一火取食，同火的人互称火伴，俗作"伙伴"。伙面即一锅水煮众人之面之意。一只大锅里要同时煮数位顾客的数量不等的面条，下到锅里，难免移位混杂，生熟难辨。当地旧俗，来面馆吃面的客人还会自带荤素菜品，如里脊、猪肝、牛肉、鸡蛋、鲜笋等，店家代为汆烫加工。于是有聪明的店家用漂浮的小锅盖压住翻滚的面汤，控制锅中水流的速度和方向，面条位置不变，难题迎刃而解。

听完这一典故，我忽觉这一碗温婉的江南的面有了一种豪情。吃素鸡面的人和吃鸡腿面的人并无分别，在镇江锅盖面面前，世俗的高低贵贱不值一提，在鲜香的国度，我们都是一伙的兄弟。

常州豆腐汤

自先周泰伯南奔荆蛮，至长江下游南岸太湖流域建立句吴，常州作为吴国领地已有 3200 多年的文字记载史。常州古称延陵、毗陵、毗坛、晋陵、长春、尝州、武进等，隋文帝开皇九年（589 年）始有常州之称。

常州境内大运河的开凿开始于春秋时期，公元前 515 年，阖闾自立为吴王后，疏拓太湖上游水域溧阳的濑水古道——中江，凿开高淳东坝、下坝的丘陵岗阜，沟通了太湖与芜湖两大水域。公元前 505 年，吴王阖闾挟重兵溯水而上，水陆夹击，攻占楚国都城郢。公元前 495 年，吴王夫差赋徭役开挖自望亭抵常州奔牛的运河；公元前 484 年，开挖邗沟，两年后，又深掘邗沟接沂水、济水以通海上。

隋大业六年（610 年），隋炀帝东巡会稽，"敕穿大运河"，并建奔牛闸以节制上游水。唐玄宗年间，江南漕运粮食"三年间竟达七百万石"之多。宋、元两代，于常州大兴粮仓、码头，疏浚运河，以增加储运能力。至明洪武二十六年（1393 年），常州府实征漕粮五十三万石。

至清代乾隆后期，京杭大运河北段渐废，然江南运河愈发繁荣。清末民初时期，常州从怀德桥到水门桥的运河两岸，百工居肆，商贾云集。南运桥、青山桥一带成为江南豆类、粮食、竹木、土布的主要集散地，来自华北、皖南、汉口、苏北，甚至关外大连、牛庄的豆商长驻常州，豆类年销量达五百万石；来自苏沪杭的棉纺丝绸织物、西药、洋货经常州水码头北上入江，销往长江中上游内地。

现今的大运河由西向东横穿常州市区，城区段长约 23 公里，是江南运河穿越南方城区的典型段落。这一条沉淀承载常州历史文化的河，也是一幅融自然风景与人文景观于一体的水上画卷。

每到一地，我试图读懂这个城市，通常从阅读它的味道开始。三餐之中，最具地方特色最家常的是早餐，那在岁月更迭中流传下来的味道，是一个城市的根。

常州人最熟悉的早点是一碗豆腐汤，两个大麻糕。

豆腐，大江南北皆有之，豆腐煮汤也许过于平常，而常州的豆腐汤却与众不同。常州豆腐汤全名称作"鸡油鸭血豆腐汤"。先把酱油高汤烧沸，下入绿豆淀粉勾芡，待汤汁呈透明糊状时下入鸭血条，烧沸用勺舀入成片的豆腐花（嫩豆腐），最后放入小豆斋饼出锅，装碗时撒上榨菜末、百叶丝、蛋皮丝、青蒜末、白胡椒，还要淋上一勺熟鸡油。豆腐软嫩、鸭血弹牙、豆斋饼酥软、百叶柔韧、榨菜爽脆，从嫩到脆不同的齿感交错，滋味丰富鲜美；白的豆腐、暗红的鸭血、金黄的油生麸、浅绿的榨菜、碧绿的青蒜和明黄的鸡油交相辉映，在视觉上也是一种美妙的享受。

豆斋饼是常州的特产，俗称豆渣饼。豆斋饼用白豇豆为原料，研磨成糊再烙烤熟制的一种小饼。小豆斋饼的只有硬币大小，香酥松软，可以当作小点心食用，也可以加在汤菜中增加口感；大豆斋饼直径一寸五分左右，厚约三分，可以加入虾仁、冬笋末、马蹄末、猪肉末等精致的馅料，油炸至金黄，称作"金钱饼"。

豆斋饼在火上烙烤的工艺，老常州人称之为"笃"，他们强调是"笃

常州豆腐汤

豆渣饼"才是正字，而不是"烤豆斋饼"。然又有一种说法，常州人常把小豆斋饼用作祭祀的素菜之一，故称豆斋饼。

麻糕是常州人对烧饼独有的称呼。古人对食品名称的用词十分讲究，"糕"主要指米粉食品，"饼"才是面食的通称，所以麻糕古代称"饼"。清代常州名士洪亮吉《里中十二月词》中有"汪三汤饼倪婆糕"之句，作者自注："葛仙桥汪三制饼旧有名。"却不知后来为何"饼"竟变成了"糕"，在常州连"蟹壳黄"也被称作了小麻糕。

常州大麻糕始创于清咸丰年间，由仁育桥畔的长乐茶社王长生师傅首制，距今已有160余年历史。制作大麻糕的原料以面粉和芝麻为主，用发酵面团包裹油酥，反复擀扁卷起，包馅烘烤。麻糕有咸甜之分，甜麻糕是白糖馅，咸麻糕是葱末猪油馅。烘好的麻糕中间膨胀成空心状，层次分明，颜色金黄，咬一口松软香脆，香气四溢。

酥脆的常州大麻糕搭配柔嫩的豆腐汤，正如西安的白吉馍之于胡辣汤，北京的焦圈之于豆汁。也许它们并非世间的绝配，但在过往的饮食经验，它们的关系却刚刚好。若食物也会谈情说爱，想必当麻糕遇见豆腐汤，也会如张爱玲笔下的人物——也没有别的话可说，唯有轻轻地问一声："噢，你也在这里吗？"

常州豆腐汤

常州银丝面

中国的面条历史悠久，花样繁多。张岱《夜航船》："魏作汤饼，晋作馎饦。"

以地域标识，有兰州拉面、福山大面、枫镇大面、重庆小面等；以口味区分，又有炸酱面、牛肉面、打卤面、臊子面、担担面、热干面等；以面条的成型方法划分，有切面、抻面（拉面）、刀削面、饸饹面、拨鱼儿面等；以面条的形状区别，则有剔尖面、棋子面、猫耳朵、裤带面、银丝面等。

银丝面是常州的名吃，最初由味香斋面馆所创制，因面条洁白如银，纤细如丝，故而得名。味香斋面馆创立于1912年，距今已有百年历史。如今银丝面馆在常州市内随处可见，已成为深入人心的寻常美味。

一碗好吃的银丝面，首先要面好，面条以上白精粉为原料，以1∶0.15的比例加入蛋清，用碱水揉制成团，用机器反复擀轧，使其筋性十足，最后用细口面刀轧切成细丝面。其次要汤好，以前的银丝面，面汤用鳝鱼骨、猪骨、母鸡等精心熬制，汤色乳白，醇香味美；现在多用清鸡汤，汤色清澈，气味清香。最后还要有精彩的"浇头"，或爆鳝鱼，或炒虾仁，或炒肉丝等，现炒现浇，面条柔韧滑爽，浇头鲜香酥嫩。

京杭大运河在常州穿城而过，近年常州旅游部门开发了"古运河水上游"项目，游人可在城西篦箕巷码头乘坐画舫，饱览两岸的古迹胜景，东至东坡公园而返。我没有乘船，迈步走进篦箕巷。

篦箕巷紧临运河，旧称"花市街"。明正德十四年（1519年）起，毗陵驿即设此，是明代运河上仅次于金陵驿的江南大驿。驿站是古代供传递公文的差役和官员途经本地时歇宿、换马的住所。毗陵驿有接官亭，又称皇华亭，亭中有一碑刻"毗陵驿"，为现代书法家武中奇所题。而今之篦箕巷全是飞檐斗拱的仿古建筑，以售卖竹篦木梳的店铺居多，往来行走的也是如我的外乡游子，看罢意兴阑珊，于是决定一心觅食。

走进路边的一家银丝面馆，点一碗白汤的光面，又要了一份小排骨、一份菜薹作为浇头。面条滑爽，汤头鲜香，红烧的小排咸中带甜，菜薹清脆鲜甜，然而中规中矩，没有预想的惊艳。吃着吃着，渐而体会到了它的迷人之处。

是了，银丝面本就是一种寻常的食物。它是平凡生活中的"小确幸"。它的滋味，有世俗生活的平淡之美。

常州银丝面

常州银丝面

甜蜜的骨头

无锡，古称梁溪、金匮，是江南文明发源地之一，其文字记载史可追溯到三千多年前的商朝末年。公元前11世纪末，周太王的长子泰伯为让王位于三弟季历，偕二弟仲雍，东奔江南，定居梅里（现无锡梅村），筑城立国，自号"勾吴"。周灭商后，因泰伯无子，周武王封仲雍的五世孙周章为吴君，建吴国。

"无锡"这一地名，源自惠山东峰之锡山。唐朝陆羽《惠山寺记》谓："山东峰，当周秦间大产铅锡，至汉方殚，故创无锡县，属会稽。自光武至孝顺之世，锡果竭，顺帝更为无锡县，属吴郡。"

泰伯在梅里建国勾吴，为灌溉、排洪所需，率众开凿伯渎河。公元前515年，吴王阖闾疏拓濑水古道；公元前484年，吴王夫差开挖邗沟，接沂水、济水以通海上。阖闾西征楚国，夫差北上伐齐，都曾通过这条运河。隋大业九年（613年），隋炀帝全线贯通京杭大运河，北控幽燕，南接吴越。经过无锡境内的河段与伯渎河连接，使无锡成为了古京杭大运河唯一穿城而过的城市。

从南门跨塘桥至清名桥，现今的运河两岸完好地保留了清代至民国建造的前店后坊式古民居建筑群，粉墙黑瓦、鳞次栉比，河水串连起南禅吉寺、妙光古塔、清名桥、伯渎港、张元古庵、明清古窑等古迹，形成了一条水墨酣畅的"水弄堂"。

"南甜北咸"的说法不知形成于何时，应该是很久远的事情了，因为现在最咸的山东和最甜的江苏都算是华东地区。然而苏北人并不嗜甜，爱吃甜的是苏南人，尤其以"苏锡常"地区为甚，三城之中，苏州菜清，常州菜淡，最甜的是无锡菜。

最能代表无锡味道的当属"无锡排骨"，本地人称之为"肉骨头"。无锡肉骨头起源于清光绪年间，最先是无锡南门的莫盛兴饭馆，把炒菜所用猪肉剩下的脊骨和肋骨，加作料调味，煮透焖酥，当作下酒菜出售。1927年，慎馀肉庄（三凤桥肉庄的前身）开张后，对肉骨头的烧制技术作了改进，味道更胜以前，如今大部分无锡人吃肉骨头必选"三凤桥"。

三凤桥肉骨头采用本地太湖猪的肋排为原料，先加盐腌制半日，再用清水烧沸洗净，然后加绍酒、酱油、白糖及八角、桂皮等香料，中火焖烧一两小时至汤汁浓稠、肉质酥烂出锅。烧制好的排骨色泽酱红，油而不腻，肉味香醇，甜咸适中。1947年，戏剧理论家周贻白品尝三凤桥肉骨头后在其《无锡景物竹枝词》写道："三凤桥边肉骨头，朵颐足快老饕流。味同鸡肋堪咀嚼，莫负樽中绿蚁酒。"

唐鲁孙《宰年猪》一文中说："江苏的苏州、无锡、常州、昆山一带，都是江南精华所在，鱼米之乡，稻米充盈，民间富饶，苏州的酱汁肉、无锡的肉骨头味压江南，跟猪肉的肥嫩是有着莫大关系的。"无锡一带盛产传统品种太湖猪，皮薄肉厚，肥嫩腴香，根据产地不同可分为二花脸、梅山猪、枫泾猪、嘉兴黑猪等。

北方菜系中也有大量的甜味菜肴，要么是单纯的甜，比如鲁菜中的拔丝山药、东北菜中的雪衣豆沙；要么是酸甜，比如天津的罾蹦鲤鱼、东北的锅包肉等。无锡人烧菜，不仅红烧菜肴中使用大量的白糖，白烧、油炸

大运河无锡段

（左上）糖醋排骨　（右上）小笼馒头
（左下）烩鲢鱼头　（右下）蟹粉狮子头

的菜也多用糖，甚至连清蒸鱼、拌笋丝等菜品也会加糖。无锡菜的甜，可谓甜到骨头里了。习惯使然，无锡本地人并不觉得无锡菜"太甜"，他们只承认红烧菜里会放一丢丢糖，至于其他菜肴里不过用糖提味增鲜罢了。

无锡人喜鲜嗜甜的饮食习惯，古已有之。元末明初画家倪瓒是无锡人，其《云林堂饮食制度集》载有"烧鹅"，清代袁枚对其所述之法极为推重，并冠以"云林鹅"的雅称，收录在《随园食单》中："整套鹅一只，洗净后用盐三钱擦其腹内，塞葱一帚填实其中，外将蜜拌酒通身满涂之，锅中一大碗酒、一大碗水蒸之，用竹箸架之，不使鹅身近水。灶内用山茅二束，缓缓烧尽为度。俟锅盖冷后揭开锅盖，将鹅翻身，仍将锅盖封好蒸之，再用茅柴一束烧尽为度。柴俟其自尽，不可挑拨。锅盖用绵纸糊封，逼燥裂缝，以水润之。起锅时，不但鹅烂如泥，汤亦鲜美。以此法制鸭，味美亦同。每茅柴一束，重一斤八两。擦盐时，串入葱、椒末子，以酒和匀。"

台湾作家胡天兰在电视节目上谈及台南菜比台北菜甜的问题，她说以前台南地区的开发早于台北，糖是油盐酱醋之外的非必需品，民间生活富足的地方，菜多偏甜。后来，我发现这一说法颇有几分道理。

据考证，中国最早食用的糖类是"饴"，即原始的麦芽糖，以米、麦芽等发酵取汁水熬制而成。汉代许慎《说文解字》曰："饴，米蘖煎也。"无锡的甜蜜味道的形成，与无锡曾是产粮重地，稻米丰足不无关联。

历史上，长江中下游的太湖、鄱阳湖和洞庭湖等平原和湖沼地区一度成为中国最大的粮食产销地，南宋时有"苏湖熟，天下足"说法。明清时期江浙农村改种棉花，成为全国棉纺织业中心。湖南、湖北两省盛产稻米，两湖丰收，则天下粮足。"苏湖熟，天下足"渐渐演变为"湖广熟，天下足"。

小笼馒头

行走江南，沪、宁、杭一带，最常见的早点是小笼馒头，几只皮薄汤足的包子卧在精致的小蒸笼里，小巧玲珑。皮薄而韧，馅心鲜香，然在我等北方人看来，它更像是不解饿的点心而非主食。"小笼包"是北方人的说法（北方称无馅者为馒头，有馅者为包子），当地人习惯称之为"小笼馒头"，苏北人称之为"汤包"，上海人则简称之"小笼"。

馒头，传说为三国时期诸葛亮所创，最初的馒头都是有馅的。北宋高承《事物纪原》云："稗官《小说》云，昔诸葛武侯之征孟获也，人曰：'蛮地多邪术，须祷于神，假阴兵一以助之。然蛮俗必杀人，以其首祭之，神则向之，为出兵也。'武侯不从，因杂用羊豕之肉，以包之以面，象人头以祠。神亦向焉，而为出兵。后人由此为馒头。至晋卢谌《祭法》'春祠用馒头'，始列于祭祀之品。而束皙《饼赋》亦有其说。则馒头疑自武侯始也。"唐宋之后，无馅的馒头才出现，宋代王栐《燕翼诒谋录》云："今俗屑面发酵，或有馅，或无馅，蒸食之者，都谓之馒头。"

小笼馒头，面皮多用烫面稍加发酵的紧酵面，光滑软韧，可灌汤而皮不破，颇似宋朝的"灌浆馒头"。孟元老《东京梦华录》一书追述北宋末年，当时的开封即有"山洞梅花包子""鹿家包子""万家馒头""孙好手馒头"等店铺。南宋吴自牧《梦粱录》卷十六"酒肆"载："更有包子酒店，专卖灌浆馒头、薄皮春茧包子、肉包子、鱼兜杂合粉、灌大骨之类。"

小笼馒头在江南一带的常州、无锡、上海、南京、杭州等地皆有，不少以小笼包为特色的百年老店如今依旧青春不改。据说常州万华茶楼的"加蟹小笼馒头"创制于清代道光年间；上海"南翔小笼馒头"由南翔镇的黄明贤在同治十年（1871年）创制；无锡小笼馒头在同治光绪年间便流行于惠山秦园一带，1995年《无锡市志》记载："同治二年（1863年），拱北楼面馆经营传统鲜肉馒头，当时酵面已改用紧酵，馅心里拌入鲜肉皮冻，故成品有卤。民国二十四年（1935年），黄亭里的祝三大馒头摊主，因摊基所限，改用小笼蒸制，民国二十八年（1939年）王兴记馄饨店亦蒸制小笼馒头。"据调查，目前无锡市的小笼馒头店有9530家之多，远超苏州和常州。

在味觉层面上横向比较，南翔小笼馒头味香，常州小笼馒头味鲜，无锡小笼馒头味甜。无锡人嗜甜，尤其喜欢在烹制肉类时加糖创造出一种特有的香甜，甜中带咸，以咸打底，以甜渲染出鲜香的层次感。

传统的无锡小笼馒头，面皮食用紧酵面，薄如绉纱，口感柔韧，用筷子夹起汤卤下坠而面皮不破，小心地在边上咬一个缺口，轻轻一吮，香甜鲜美的汤汁满口。吸尽汤汁，蘸少许姜醋食之，皮韧馅香，鲜而不腻。秋冬时节，馅心加入腴香的蟹黄，即为著名的"蟹粉小笼"，食之甘美。

无锡的小笼馒头店大多兼营馄饨，或者说是馄饨店大多兼营小笼馒头。"一碗三鲜馄饨，再加一两小笼"，是以前无锡人早餐的标准配置，馄饨鲜香，馒头鲜甜，相得益彰。2012年第一批"真正无锡味"评选活动中，三鲜馄饨、小笼馒头和阳春面一起荣膺锡城最有代表性的味道。小笼馒头在无锡，是一种平民化的日常美食，无论老字号还是个体小店，风味都保持在一定的水准之上，皮薄汁多，醇香鲜甜，走进一家不知名的小店，说不定也会有"惊艳"之叹。

太 湖 三 白

太湖古称震泽、具区，又名太淜、五湖、笠泽，湖泊面积 2427.8 平方公里，湖岸线全长 393.2 公里，是中国第三大淡水湖。太湖水系呈由西向东泄泻之势，河港纵横，河口众多，主要进出河流达 50 余条之多。各水系之间通过分洪、引江、通航调度河道，与湖东的江南运河沟通相连。

"太湖三白"是指太湖的三种河鲜类特产——银鱼、白鱼和白虾，因色泽均为白色得名。太湖横跨江、浙两省，北临无锡，南濒湖州，西依宜兴，东近苏州，"太湖三白"遂成为太湖周边县市共有的特产，苏州、无锡、常州均有之，做法却各有千秋。

一白 太湖银鱼

银鱼，俗称帅鱼、面条鱼、冰鱼、玻璃鱼等，属鲑形目银鱼科，通常体长二寸左右，通体透明，白皙晶莹，形似玉簪，色如烂银，故而得名。银鱼是一种淡水鱼，多生长于淡水湖中；又可以生活于入海口附近的近海，具有从海洋至江河洄游的习性。

银鱼肉质细嫩，味鲜不腥，自古即为鱼中珍品，清康熙年间，银鱼曾被列为"贡品"。宋张先《吴江》："春后银鱼霜下鲈，远人曾到合思吴。欲图江色不上笔，静觅鸟声深在芦。落日未昏闻市散，青天都净见山孤。桥南水涨虹垂影，清夜澄光照太湖。"

银鱼，民间又名"脍残鱼"。传说春秋时期吴越争霸，一次吴军将至，正在食用鱼脍的勾践慌忙迎战，吃剩的鱼脍掉落在江水中，变作了另一种鱼，人们叫它"脍残鱼"。宋高承《事物纪原·虫鱼禽兽·脍残》："越王勾践之保会稽也，方斫鱼为脍，闻有吴兵，弃其余于江，化而为鱼，犹作脍形，故名脍残，亦曰王馀鱼。"古人又把银鱼称作"玉箸鱼"，清杨光辅《淞南乐府》："淞南好，斗酒饯春残。玉箸鱼鲜和韭煮，金花菜好入栖摊。蚕豆又登盘。"

中国是世界银鱼的起源地和主要分布区，在中国东部近海和各大水系的河口共分布有世界 17 种银鱼中的 15 种。太湖银鱼有四个品种：太湖短吻银鱼、寡齿短吻银鱼、大银鱼和雷氏银鱼，产量以大银鱼和太湖短吻银鱼为高。

银鱼的食用方法很多，煎炒烹炸，蒸煮烩炖皆可。

银鱼炒蛋，无锡人称之为银鱼焖蛋，与外地"炒蛋"的区别仅在于，鸡蛋入锅后不炒散，蛋液被热油小火焖熟，银鱼藏于其间，色如木犀玉簪，肥香鲜嫩。

大银鱼加花椒粉、胡椒粉、白糖和少许的盐入味，用蛋黄拌匀，沾面粉、淀粉下锅炸至金黄，佐辣酱油食用，即为"干炸银鱼"，外酥里嫩，丰富的复合香味不掩鱼肉的鲜甜，是一道绝好的下酒菜。

如果用清鸡汤加一点姜汁，烧开后汆入银鱼和蛋清，最后加盐调味，勾薄芡，便是一道素雅隽永的芙蓉银鱼。初尝只觉软嫩清香，银鱼入口却又有微微的齿感，鲜香益浓，回味悠长。

银鱼有一股类似嫩黄瓜的清香味道，在北方又名"黄瓜鱼"。天津的老菜馆，冬季有一道"银鱼紫蟹火锅"，用北方酸白菜衬底，上布银鱼、紫蟹，鱼肉清香，蟹膏柔腻，汤味清新，鲜美异常。

二白 太湖白鱼

白鱼，其实是鲤科鲌亚科鱼类的统称，古称鲌、鲦、鱎等，细骨细鳞，银光闪烁，故而得名，太湖白鱼学名翘嘴红鲌。白鱼细嫩鲜美，鳞下脂肪多，唯多细刺，酷似鲥鱼，是太湖名贵鱼类。《吴郡志》载："白鱼出太湖者胜，民得采之，隋时入贡洛阳。"太湖白鱼，一年四季均可捕获，六七月繁殖期产量最高。五月的白鱼最为肥美，民间有"三月甲鱼四月鲥，五月白鱼六月鳊"的说法。《吴郡志》记载："吴人以芒种日谓之入梅，梅后十五日谓之入时。白鱼至是盛出。谓之时里白。"

白鱼鲜味足，最宜清蒸。精致一点，便在鱼身上剞上几刀，抹上细盐，铺上火腿片、香菇片、大虾米，浇上绍酒、白糖，摆上葱姜去蒸；简单一点，只切几片葱姜足矣。蒸好的白鱼油润鲜嫩，因为刺多，便用筷子小心地夹取鱼肉，每次夹取的鱼肉只有一小块，刚刚可以感受到它的鲜嫩在舌尖一抿便不见了，所以嘴巴一直处于一种不满足的索求，愈吃愈香。

白鱼味美，可惜离水即死，不耐保存，所以渔家常用盐腌渍保存。善于烹制鱼鲜的苏锡人把白鱼用香糟、绍酒、盐加以腌渍，先煎再焖，糟香入味，鱼肉粉红，食之咸香，鲜味更胜，又香又嫩，为他乡所无。

三白 太湖白虾

太湖白虾学名秀丽白虾，俗称水晶虾、白米虾等，属甲壳纲十足目真虾亚目长臂虾科，因甲壳薄而透明，色泽洁白，微带斑点而得名。

每年五月到七月，是白虾的产卵旺季，此时的虾腹中虾籽饱满，渔民称之为"蚕子虾"。太湖白虾壳薄肉嫩，适宜各种吃法。在太湖边的餐桌上，最常见的是"盐水白虾"，新鲜的白虾用绍酒盐水一煮即熟，幼滑鲜嫩，最能体现太湖白虾的自然鲜甜。白虾皮薄须软，有的本地人吃白虾可

太湖三白

太湖风光

以不用筷子，亦不用双手剥壳，只需牵住一只虾的胡须，拎起来丢入口中，牙齿轻轻一咬，舌头一嘬，虾壳便被吐出来，鲜嫩的虾肉则留在了口中，熟练得像是在嗑瓜子。

太湖白虾剥出虾仁，可制作清炒虾仁、碧螺虾仁、虾仁炒蛋等菜肴，亦可制作虾肉馄饨、荠菜虾饼等小吃。太湖白虾甲壳中虾红素较少，烹熟后不会变红，清炒太湖虾仁色泽晶莹，洁白如玉，是为一绝。清代金友理《太湖备考》一书中即有"太湖白虾甲天下，熟时色仍洁白"的记载。

如果把鲜活的白虾浸在酒中，辅以葱、姜、糖、盐和红腐乳汁，便是江南有名的"醉虾"。制作醉虾需用一个盘子盖在碗上，不然虾子可能会一跃跳到餐桌之外，开始虾奋力跳跃挣扎，弹得盘子当当响，但很快就声息皆无，醉生梦死在那一碗老酒中了。沉醉的虾呈半透明状，肉质中还保留着生命的活力，软嫩滑爽，虾鲜香，酒浓烈，醺醺然，虾醉人亦醉，不亦快哉！

吃一碗头汤面

苏州，古称吴，又称姑苏、平江等。苏州城始建于周敬王四年（公元前 514 年），有 2500 多年历史，是吴文化的发祥地。

公元前 11 世纪末，周太王的长子泰伯为让王位于三弟季历，偕二弟仲雍，东奔江南，定居梅里（现无锡梅村），筑城立国，自号"勾吴"。周灵王十二年（公元前 560 年），吴国君位传至第二十位国君诸樊，国都南迁至今苏州城址。

周敬王五年（公元前 515 年）阖闾自立为吴王，命大臣伍子胥在诸樊所筑城邑的基础上扩建大城，"周长四十七里二百一十步二尺"，约 23.9 公里，名阖闾城，设水、陆城门各八座，外有护城河围绕，内有水道相连，内外河流以水门沟通。

公元前 495 年，吴王夫差为北上争霸，开挖了一条人工河道，自今天的苏州经无锡至常州奔牛镇与孟河连接，可达长江，长 170 余里，此为江南运河最早开挖河段。

隋大业六年（610 年），隋炀帝下令在春秋至秦汉旧河道的基础上，开凿江南运河，从镇江至杭州，长八百余里，河面宽十余丈。自此苏州古城段作为江南运河的重要区段，正式纳入大运河水系。

江南运河修成后，苏州以南地势低下，没有陆路，汛期一至，河湖不分。

唐元和年间，苏州刺史王仲舒在太湖东缘修筑了长堤，将太湖与运河分开，并在太湖的泄水口澹台湖与运河之间建造宝带桥，害绝阻滞，史称吴江塘路。宝历元年（825 年），苏州刺史白居易在虎丘至阊门护城河间凿渠，"七里山塘到虎丘"，此即今山塘河虎丘至阊门段，并沿河筑堤为路，人称白公堤。山塘河虎丘至阊门段与西北白洋湾自然河道相通，直达运河，山塘河遂成为大运河北入苏州古城的重要水道。

清朝末年，阊门一带遭受战乱，上塘河两岸废墟填塞河道，水路狭窄难行。自此运河船只经枫桥寒山寺南下横塘，东折经胥江古城段进入护城河，转入苏嘉运河。

新中国成立后，经改造，运河南下至横塘，再循胥江进入护城河，为运河主航道，而从上塘河、山塘河经阊门入护城河的线路则为辅线。20 世纪 80 年代，大运河另辟新河道，改走澹台湖，至宝带桥与原河道相连，从此至今，这条线路成为大运河苏州市河段的主航道。

苏州西抱太湖，北依长江，大运河绕城而过，湖塘棋布，河汉纵横。唐代杜荀鹤《送人游吴》诗云："君到姑苏见，人家尽枕河。古宫闲地少，水港小桥多。夜市卖菱藕，春船载绮罗。遥知未眠月，乡思在渔歌。"

如果说烟波浩渺的太湖是孕育苏州的母亲湖，那么京杭大运河就是滋养苏州的血脉。昔日的古城苏州因河兴盛，舳舻千里，万商云集；时至今日，苏州仍有近半的货运量依靠水路完成。

苏州一地，江湖横陈，土地肥沃，自古即为鱼米膏腴之地，大运河为苏州带来繁华富庶，塑造了小桥流水胜园深巷，古宅深巷中的绿树繁花，

小桥石阶下的流水扁舟，无不使人流连。富足安宁的生活孕育出了灿

烂的书画艺术和典雅细腻的昆曲、评弹，独具特色的精食美馔更成为苏州被称作"人间天堂"的基本标准之一。

南宋李曾伯《沁园春·饯税巽甫》词云："归兮。归去来兮。我亦办征帆非晚归。正姑苏台畔，米廉酒好，吴松江上，莼嫩鱼肥。我住孤村，相连一水，载月不妨时过之。长亭路，又何须回首，折柳依依。"

陆文夫在小说《美食家》中写道："（朱自治）眼睛一睁，他的头脑里便跳出一个念头：快到'朱鸿兴'去吃头汤面。"苏州人所谓的"头汤面"，是指面馆一天刚开门营业，锅中清水初沸所煮的第一批面条，并非一种特殊口味的面。老苏州人和朱自治一样固执地认为，千碗面，一锅汤，锅里的沸水愈清澈，面条的口感愈佳，若营业中间方至，汤水浑浊，煮出的面只能作拌面食用了。

苏州的面馆历史悠远，《美食家》中提及的面馆"朱鸿兴"始自1938年，在苏州还只是"小字辈"。清康熙年间，瓶园子的《苏州竹枝词》曰："三鲜大面一朝忙，酒馆门头终日狂。天付吴人闲岁月，黄昏再去闯茶坊。"自注："面，傍午即歇；酒馆，自晨至夜；茶坊，为有活招牌故也。"当时的面馆只在早间营业，至午则歇。

苏州人有早晨外出吃面的习惯，所以面馆甚多。清乾隆二十二年（1757年），由许大坤等人倡议，在宫巷关帝庙内创建面业公所，专为同业议事之所，并办理赙恤等事宜。现苏州碑刻博物馆藏清光绪三十年（1904年）《苏州面馆业议定各店捐输碑》记载，因"今翻造头门戏台一座，公所南首平屋门面二间，后楼披厢一间"，所费由各面馆捐款筹集，共计观正兴、松鹤楼、正元馆、义昌福、陈恒锴、南义兴、北上元、万和馆、长春馆、

吃一碗头汤面

添兴馆、瑞兴馆、陆鼎兴、胜兴馆、正元馆、鸿元馆、陆同兴、万兴馆、刘万兴、泳和馆（娄门）、上琳馆、增兴馆、凤琳馆、兴兴馆（悬桥）、锦源馆、新德源、洪源馆、正源馆、德兴馆、元兴馆、老锦兴、锦兴馆、长兴馆（老虎）、陆正兴、张锦记、新南义兴、瑞兴楼、源兴馆、迎和馆、如意馆（带城桥）、宝和馆、德兴馆（永记）、永和馆、永兴馆、□大户、□德兴、长兴馆（桂福）、钱锦兴、陆正兴（由斯弄）、王万兴、正兴馆、协鑫馆、聚源馆、刘三房、正兴馆（砖桥）、正兴馆（□塘桥）、万源馆、陆顺兴、长春馆（太伯庙桥）、刘大房、兴兴馆（吴门桥）、义兴馆、复源馆、复胜馆、坤和馆、林万兴馆、锦源馆（金和）、春和馆、吴大房、福实、祥兴馆、福兴馆、正丰馆、长兴馆（巧记）、鼎胜馆、荣兴馆（庆荣）、周聚兴、德兴馆（祥生）、鼎兴馆、三兴楼、金兴馆、涌源馆（和尚）、永源馆、胜和馆、四时春（齐门）、如意馆（南叔）、永和馆（娄门）、洪鑫馆等八十八家。

以我之浅见，苏州的面，面是筋骨，浇头是血肉，汤是气韵。苏州的面，讲究用银丝细面，精粉加蛋清、碱水和面，反复擀压后切细丝，细长而劲韧，久煮不糊不糗，根根分明；只有夏天的凉面才用小宽面。

苏州的面，大抵都是以阳春面（光面）加不同的浇头组成不同的面，如焖肉面、爆鳝面、卤鸭面等。所谓浇头，指面上添加的佐食之物，等同于北方面条的"卤"。苏州面的浇头种类繁多，王稼句先生《面馆》中说："有焖肉、炒肉、肉丝、排骨、爆鱼、块鱼、爆鳝、鳝糊、虾仁、三虾、卤鸭、三鲜、什锦等等，不下数十种，一种之内又有分别，如焖肉有五花肉、硬膘等，如鱼有头尾、肚裆、甩水、卷菜等。"

苏州面的浇头花色旧时更为繁复细致，民国朱枫隐《饕餮家言》中云"苏州面馆花色"："苏州面馆中，多专卖面，其偶卖馒首、馄饨者，已属例外，不似上海等处之点心店，面粉各点无一不卖也。然即仅一面，其花色已甚多，如肉面曰'带面'；鱼面曰'本色'；鸡面曰'壮（肥）鸡'。肉面之中又分：瘦者曰'五花'；肥者曰'硬膘'，亦曰'大精头'；纯瘦者曰'去皮'；蹄膀曰'爪尖'；又有曰'小肉'者，惟夏天卖之。鱼面中又分：曰'肚裆'，曰'头尾'，曰'头爿'，曰'淴水'，即鱼鱻也，曰'卷菜'。总名鱼肉等佐面之物，曰'浇头'，双浇者曰'二鲜'，三浇者曰'三鲜'鱼、肉双浇曰'红二鲜'，鸡、肉双浇曰'白二鲜'。鳝丝面、白汤面（青盐肉面）亦惟暑天有之，鳝丝面中又名'鳝背'者。面之总名曰'大面'，曰'中面'，中面比大面价稍廉，而面与浇俱轻。又有名'轻面'者，则轻其面而加其浇，惟价则不减。大面之中又分：曰'硬面'，曰'烂面'。其无浇者曰'光面'，光面又曰'免浇'。如冬月之中，恐其浇而不热，可令其置于面底，名曰'底浇'。暑月中嫌汤过热，可吃'拌面'。拌面又分：曰'冷拌'，曰'热拌'，曰'鳝卤拌'，曰'肉卤拌'。又有名'素拌'者，则以酱、麻、糟三油拌之，更觉清香可口；喜辣者更可加以辣油，名曰'加辣'。其素面亦惟暑月有之，大抵以卤汁面筋为浇，亦有用麻菇者，则价较昂。卤鸭面亦惟暑月有之，价亦甚昂。面上有喜重葱者，曰'重青'，如不喜用葱，则曰'免青'。二鲜面又名曰'鸳鸯'，大面曰'大鸳鸯'，中面曰'小鸳鸯'。凡此种种名色，如外路人来此，耳听跑堂者口中之所唤，其不知丈二和尚摸不着头脑者几希。"

浇头花色虽多，但老苏州人最钟爱的还要数爆鱼面和焖肉面。

苏州的爆鱼，选用阳澄湖的大青鱼汆炸而成，肉质鲜美无腥，滋味香甜，是水乡人家过年时必备的冷盘，也是盖浇面常见的浇头。

（左上）毛豆茭白是夏天常见的素浇头　（左下）三虾面　（右）红汤焖肉面

（上、左下）白汤焖肉面　（右下）朱鸿兴的爆鱼面

焖肉采用猪的五花肋肉，加葱姜、酱油、白糖等调料宽汤小火焖制而成，肉质酥烂，味鲜汁浓。细白的银丝面纹丝不乱，像古代仕女盘起的发髻，在清澈的红褐色的汤中微微露出，俗称"鲫鱼背"。硕大的一块焖肉盖在面上，肉皮棕红，精肉粉红，膘肉牙白，层次分明。肉是冷的，吃之前先把挑起面条把肉浸泡在汤中。先吃面喝汤，待品尝到汤头的鲜味由浓转淡，味觉渐有几分麻木时，焖肉已经被烫得酥软，入口即化，几口便不见了踪影。肥肉溶于汤中，汤亦变得浓郁鲜甜。

苏州面的汤底有红汤、白汤之分。红汤是以不同的浇头卤汁加高汤、料酒、酱油、白糖等调配而成；白汤则是鳝鱼骨汤底加酒酿熬制而成，其典范为枫镇大面，即枫桥镇的焖肉面。红汤、白汤之外，昆山奥灶面的汤底以制作爆鱼所剩余的鱼鳞、鱼血以及青鱼的黏液等加配料秘制，别具一格。

奥灶面出自昆山"奥灶馆"，在半山桥南堍，初名"天香馆"，创始于清咸丰三年（1853年），光绪年间，由富户女佣陈秀英接手经营，更名"颜复兴"，以"红油爆鱼面"闻名。其爆鱼精选用七斤左右的鲜活青鱼切块，以本地菜籽油炼成红油，制作爆鱼所剩青鱼的鳞、鳃、血、黏液等煎煮成汤，颇受食客喜爱。面馆生意红火，引来左近面店的嫉妒，称其红油爆鱼面为"鏖糟面"。汉班固《汉书·霍去病传》注："鏖糟，盖血肉狼藉意。"但食客仍纷至沓来，"鏖糟面"名声大噪，甚至取代了面馆字号"颜复兴"。1956年，陈秀英参加了全行业公私合营。根据制作"鏖糟面"的奥妙在灶头上，取其谐音，把"颜复兴"改为"奥灶馆"，正式挂牌，其面也被称之为"奥灶面"。

端午前后，鳝鱼肥美，苏州城里的面馆纷纷挂起"枫镇大面"的幌子。据记载，枫镇大面起源于清末太平天国时期。汤底用肉骨、鳝骨、螺蛳、

朱鸿兴的后厨

虾头、酒酿、冰糖熬制而成，骨肉的香与鱼虾的鲜相互交融，滋味清鲜。汤虽是荤汤，不加酱油，汤色澄清，故称"白汤大面"。枫镇大面也是焖肉面，其焖肉制作时亦不加酱油，仅用盐调味，色清味淡，入口即化，与常见的红烧焖肉相比，别有一番滋味。枫镇大面有很强的时令性，过去只在夏至、立秋两个节气之间供应。它是一种与时令有关的苏州风味，却非枫桥镇独有。很多人会专程去昆山去吃一碗奥灶面，却未听说去枫桥镇吃枫镇大面的。

初夏时节，梅子初黄，苏州的面馆里还会有一种以虾仁、虾籽、虾脑烹制的三虾面，汤是虾头、虾壳熬煮的汤汁，现炒的三虾浇头浇在洁白的银丝面上，虾仁如玉，虾籽、虾脑似火，是江南水乡之鲜的极致。三虾面中虾籽、虾黄得之不易，几斤虾才能剥取少许，不出月余，籽虾过了产卵期再不可得，想吃只能等待来年，正如陆文夫在《美食家》中所言："吃的艺术和其他的艺术相同，必须牢牢地把握时空关系。"

四时鱼鲜

苏州地处水乡泽国，水产丰富，吴地的先民很早就在实践中摸索出了人工养鱼的方法。《吴郡志》载："鱼城在越来溪西，吴王游姑苏，筑此城以养鱼。"传说范蠡辅越灭吴后化名姓为鸱夷子皮，归隐五湖，悠游山岳，著有《养鱼经》，为中国最早的养鱼著作。

古人食鱼偏爱"鱼脍"（今之鱼生），即其最早的记载出自《吴越春秋·阖闾内传》："（阖闾十年）子胥归吴，吴王闻三师将至，治鱼为脍，将到之日，过时不至，鱼臭。须臾子胥至，阖闾出脍而食，不知其臭，王复重为之，其味如故。吴人作脍者，自阖闾之造也。"

苏州人习惯称鱼虾水产等为"鱼腥"，徐珂《闻见日钞》说："苏州人于入馔之水族，目之曰腥气。"苏州河湖纵横，气候温暖，鱼腥四季不绝。据民国二十二年（1933年）《吴县志》记载，鱼之属，有鲈鱼、鳜鱼、鳊鱼、银鱼、脍残鱼、白鱼、鲨鱼、破浪鱼、鲤鱼、青鱼、鲢鱼、鳡鱼、鲫鱼、石首鱼、河豚鱼、斑鱼、玉筋鱼、针口鱼、鮠鱼、鲶鱼、土附鱼、虾虎鱼、推车鱼、鲻鱼、鳛鱼、黄颡鱼、鳢鱼、鳇鱼、白戟、螃鲅鱼、鲦鱼、鳑鲏鱼、比目鱼、鳝鱼、鳗鲡、鳅等；介之属，有龟、鳖、鼋、蟹、虾、蟛蜞、虾等；贝之属，有蚌、蛤蜊、蚬、蛏、螺蛳、田螺等。

苏州北依长江，西抱太湖，一年四季，鱼腥不断。清代钱泳《履园丛话》云："惟鱼之一物，美不胜收，北地以黄河鲤为佳，江南以螺蛳青为佳，其余如刀鱼、鲈鱼、鲫鱼、鲥鱼、鲢鱼、鳊鱼，必各随其时，愈鲜愈妙。若阳城湖之壮鳗，太湖之鼋与鳖，终嫌味太浓浊，比之乡会墨卷，不宜常置案头者也。"

苏州人重节气，不时不食。一年之中，最早上市的是螺、蚬之类的贝类，江南有"正月螺蛳二月蚬"的说法，一直卖到清明前后，民间曰"清明螺，胜似鹅。"

螺蛳，大多剪去尾部，洗净加葱姜面酱绍酒烹炒，一种介于河鲜和陆鲜之间的味道，清鲜而醇厚。江南的螺蛳真多，吃腻了酱炒螺蛳，就把螺肉挑出来炒菜，或者做汤。

苏州的蚬子是河蚬，比海蚬更为鲜美，以周庄白蚬江所产最为出名。

鳜鱼四时皆有，尤以三月最肥。在苏州，最著名的吃法是松鼠鳜鱼。清代童岳荐《调鼎集》记载："松鼠鱼，取鳜鱼肚皮，去骨，拖蛋黄，炸黄，炸成松鼠式，油、酱油烧。"现在的做法多把鳜鱼炸黄浇加番茄酱的糖醋汁，色泽金黄，滋味酸甜。鳜鱼肥嫩少刺，清蒸、红烧、醋熘也非常可口。

春夏之交，"长江三鲜"和"太湖三白"都是苏州人餐桌上的时鲜，不复赘言。

小暑过后，盛夏季节，河塘里的鳝鱼圆硕丰满，肥嫩鲜美，最为滋补。鳝鱼吃法多样，可做爆鳝、鳝丝、鳝糊等。苏式的爆鳝先将活剖的鳝段用沸水余烫，抹净黏涎再用油炸，先温油后热油，炸至鳝段酥脆，然后回锅焐软烧透，香酥鲜甜，宜酒宜饭。

大鳝宜豁片，幼鳝宜划丝。滑嫩的鳝丝和清鲜的茭白丝同炒，勾芡，撒上蒜末，浇上一勺烧热的麻油，发出毕毕剥剥的爆裂声，就是一道油润不腻、鲜香可口的响油鳝丝。

旧时苏州人秋日食鱼，首重松江鲈鱼。《世说新语·识鉴》载："张季鹰辟齐王东曹掾，在洛，见秋风起，因思吴中莼菜羹、鲈鱼脍，曰：'人生贵得适意尔，何能羁宦数千里以要名爵！'遂命驾便归。"

松江鲈鱼，虽名"鲈鱼"，却非鲈形目，而是鲉形目杜父鱼科鱼类，因体侧具有暗褐色花纹，俗称花花娘子、花鼓鱼等。北宋孔平仲的《谈苑》卷一"松江鲈鱼"条记载："长桥南所出者四腮，天生脍材也，味美肉紧，切，至终日色不变。桥北近昆山大江入海所出者三腮，味带咸，肉稍慢，不及松江所出。"

松江鲈鱼原本并不少见，老苏州大多都尝过四鳃鲈的美味。近几十年来，长江、吴江不断造闸建坝，阻断了松江鲈鱼的洄游线路；水质污染也严重影响了松江鲈鱼的生存环境，野生松江鲈鱼竟越来越少，乃至绝迹。

秋风响，蟹脚痒。苏州河湖纵横，盛产螃蟹，以阳澄湖蟹最为著名。

螃蟹，学名中华绒螯蟹，旧时中国最有名的螃蟹是白洋淀的"胜芳蟹"，《旧京琐记》曾记载："前门之正阳楼，蟹亦出名，蟹自胜芳来，先给正阳楼之挑选，始上市。故独佳。"后因北方干旱，生态环境变化，胜芳蟹逐渐没落。1927 年，南京国民政府成立，政治文化中心南移，南方的阳澄湖蟹在高官显贵、文人雅士的追捧中声名鹊起。章太炎的夫人汤国梨女士寄居吴中时，留下"不是阳澄湖蟹好，人生何必住苏州"的名言。现在，吃正宗阳澄湖大闸蟹已成秋季举国宴饮品质之象征。

蟹宜简单料理、单独食用，最见其本味。苏州人煮蟹，只是加生姜紫苏，大火蒸煮，少顷便见满锅青蟹已着红袍，取而食之，肉似白玉、膏若凝脂、黄如灿金，肥美甘香。清李渔《闲情偶寄》："蟹之鲜而肥，甘而腻，白似玉而黄似金，已造色香味二者之至极，更无一物可以上之。"

青鱼是冬令鱼鲜。青鱼，亦称黑鲩、螺蛳青，安徽等地俗称"乌混""黑混""螺蛳混"等，属鲤科青鱼属，是中国的淡水四大家鱼之一。青鱼主食螺蛳、蚌、虾和水生昆虫等，为肉食性鱼类，肉味鲜嫩清隽。

青鱼刺少肉厚，可制熏鱼或爆鱼，两种方法类似，其区别在于有无烟熏的步骤，现在的叫法多混淆。

清曾懿《中馈录》载制五香熏鱼法："法以青鱼或草鱼脂肪多者，将鱼去鳞和杂碎洗净，横切四分厚片，晾干水气。以花椒及炒细白盐及白糖逐块擦，腌半日，即去其卤，再加绍酒、酱油浸之，时时翻动，过一日夜晒半干，用麻油煎好，捞起。将花椒、大小茴炒研细末，掺上，安在细铁丝罩上，炭炉内用茶叶末少许烧烟熏之，不必过度。微有烟香气即得。但不宜太咸，咸则不鲜也。"

清童岳荐《调鼎集》载青鱼脯法："切块略腌，加酱油、酒、脂油干烹，行远最宜。又，活青鱼去头、尾，切小方块，盐腌透风干入锅油煎，加作料收卤再炒，芝麻滚拌起锅，苏州法也。"

"爆鱼"之名，始见于清末民初徐珂《清稗类钞》："爆鱼者，青鱼或鲤鱼切块洗净，以好酱油及酒浸半日，置沸油中炙之，以皮黄肉松为度，过迟则老且焦，过速则不透味。起锅，略撒椒末、甘草屑于上，置碗中使冷，则鱼燥而味佳。亦有以旁皮鱼为之者，则整而非碎，松脆香鲜，骨肉混和，亦甚美。"以爆鱼为浇头，便是苏州人喜欢的爆鱼面。

（上）松鼠鳜鱼 （下）爆鱼面

水八仙

文人谓思乡之情曰"莼鲈之思"，《晋书·张翰传》："翰因见秋风起，乃思吴中菰菜、莼羹、鲈鱼脍，曰：'人生贵得适志，何能羁宦数千里以要名爵乎！'遂命驾而归。"张翰，字季鹰，西晋吴郡吴县（今江苏苏州市）人。

苏州水泽遍布，气候温暖，水生作物丰富，不唯菰（茭白）、莼，民谚曰："春季荸荠夏时藕，秋末茨菇冬芹菜，三到十月茭白鲜，水生四季有蔬菜。"横山荷花塘的藕，南荡的芡实，梅湾的吕公茭，葑门外黄天荡的荸荠、莲藕等自古已闻名遐迩，苏州人把莼菜、茭白、莲藕、菱角、芡实、水芹、荸荠、慈姑八种水中隽品，合称"水八仙"，亦称"水八鲜"。

莼菜，又名茆、蓴菜、露葵、水葵、马蹄菜、湖菜等，多年生水生宿根草本植物，属毛茛目睡莲科莼亚科，喜温暖，宜清水，以苏州太湖、杭州西湖、萧山湘湖、松江三泖所产最为著名。

莼菜外形颇类缩小版的睡莲，嫩的茎叶富含胶质，吃起来滑滑的，滋味清淡。明代袁宏道《湘湖》一文中如此记述莼菜："其根如荇，其叶微类初出水荷钱，其枝丫如珊瑚，而细又如鹿角菜。其冻如冰，如白胶，附枝叶间，清液泠泠欲滴。其味香粹滑柔，略如鱼髓蟹脂，而清轻远胜。半日而味变，一日而味尽，比之荔枝，尤觉娇脆矣。其品可以宠莲嬖藕，无得当者，惟花中之兰，果中之杨梅，可异类作配耳。"莼菜入口滑润而清淡无味，多佐以荤鲜做汤，其鲜味方才显现，李渔在《闲情偶寄》中赞莼菜之美："陆之蕈，水之莼，皆清虚妙物。二物为羹，和以蟹之黄，鱼之肋，名曰'四美羹'。"

莼菜二月初生，三月多嫩蕊，秋天虽有之，但远不及春天的莼菜鲜美。张翰之见秋风起思吴中美食，只是辞官的托词罢了。叶圣陶《藕与莼菜》写到："在故乡的春天，几乎天天吃莼菜。莼菜本身没有味道，味道全在于好的汤。但是嫩绿的颜色与丰富的诗意，无味之味真足令人心醉。"

茭白，古称菰，又名茭、䔎、菰笋、菰手、茭笋等，禾本科菰属多年生宿根草本植物。唐代之前，菰（茭白）曾被当作粮食作物栽培，它的种子叫菰米或雕胡，曾是"六谷"（稻、黍、稷、粱、麦、菰）之一。后来人们发现，有些菰因感染上黑粉菌而不抽穗，茎部不断膨大形成纺锤形的肉质茎，于是人们就利用黑粉菌阻止茭白开花结果，繁殖这种肉质茎作为蔬菜，即现在的茭白，菰米反而淡出了中国人的餐桌。

苏州茭白自古闻名，苏州的东南城门便称作"䔎门"。明正德《姑苏志》中释茭白："茭白即菰也，八九月间生水中，味美可啖。中心生薹如小儿臂，名茭手，或名茭首，以根为首也，各县有之。惟吴县梅湾村一种四月生，名吕公茭，茭中生米可作饭，即菰米饭也，然今未有作饭者。"

茭白色白肉嫩，清鲜可口，吃法多样。苏帮菜中有油焖茭白、虾籽茭白、香糟茭白等名菜，民间吃法更是宜荤宜素，多种多样。清代袁枚《随园食单》中说："茭白炒肉，炒鸡俱可。切整段，酱醋炙之尤佳。煨肉亦佳，须切片，以寸为度，初出瘦细者无味。"清人薛宝辰《素食说略》中也有茭白入馔的记载："切拐刀块。以开水瀹过，加酱油、醋，殊有水乡风味。切拐刀块，以高汤加盐，料酒煨之，亦清腴。切茭刀块，以油灼之，搭茭起锅，亦脆美。"清代扬州盐商童岳荐编撰的《调鼎集》中亦有食茭白之法："鲜茭切作片子，灼过控干，以细葱丝、莳萝、茴香、花椒、红曲研烂，并盐拌匀，同腌一时食。"

叶圣陶《藕与莼菜》："同朋友喝酒，嚼着薄片的雪藕，忽然怀念起故乡来了。"

藕是毛茛目莲科植物荷花的地下根茎。荷花，又名莲花、水芙蓉、芙蕖、芬陀利花、水芝、水芸、水目、泽芝、水华、菡萏等，多年生水生草本花卉。荷花是被子植物中起源最早的植物之一，有"活化石"之称。在公元前11世纪的西周时期，荷花已从野外的湖畔沼泽走进了农耕民族的田间池塘。《周书》载：有"薮泽已竭，既莲掘藕。"秦汉时期，人们已对荷花了解甚详，对荷花植株的各个部分做出了具体的命名，中国最早的字典——汉初的《尔雅》记载："荷，芙蕖。其茎茄，其叶蕸，其本蔤，其华菡萏，其实莲，其根藕，其中菂，菂中薏。"

藕南北皆有，有田藕、塘藕之分。我的故乡鲁西北也有种藕的人家，只是在河渠便利的农田中掘一方小池，池中的水只有浅浅的一层，有时甚至一点水都没有，大片田田的叶子挺立在湿润的泥土里。水乡所产莲藕，大多则是塘藕。

苏州的藕松脆鲜甜、洁白无渣，在唐代已是贡品。唐代李肇《唐国史补》卷下："苏州进藕，其最上者名曰伤荷藕。或云：叶甘为虫所伤。又云：欲长根，则故伤其叶。"以前葑门外黄天荡、杨枝荡的藕名满江南，如今黄天荡一带已是高楼林立的市区，种植水八仙的水田只能去郊区寻找了。

藕的吃法多样，生熟皆宜。在苏州，最简单的吃饭是将鲜藕切片当水

198

果吃，最得藕之真味。周作人似乎不喜生食，他在《藕的吃法》里说："当作水果吃时，即使是很嫩的花红藕，我也不大佩服，还是熟吃觉得好。"他在另一篇《藕与莲花》中谈到藕的吃法："其一，乡下的切片生吃；其二，北京的配小菱角冰镇；其三，薄片糖醋拌；其四，煮藕粥藕脯，已近于点心，但总是甜的，也觉得相宜，似乎是它的本色。虽然有些地方做藕饼，仿佛是素的熘丸子之属，当作菜吃，未尝不别有风味，却是没有多少别的吃法，以菜论总是很有缺点的。"

在苏州，藕最常见的吃法还是加青椒、大蒜等炒藕片、炒藕丝，甜中带辣，是夏天的一道开胃菜。至于糖醋藕，近乎甜品，宜酒宜饭，单独吃也是消夏的良品。藕切片夹肉馅裹以面糊油炸，称为藕盒。虽是熟吃，但藕片依然爽脆鲜甜，和鲜香的肉馅、焦香的外皮形成不同的层次，香而不腻。

藕在我家乡的吃法与苏州类似，但藕夹称为"藕夹"。或许是北地少藕，平时吃藕甚少，冬天则由大宗的南方藕裹着厚厚的塘泥一起贩来，炸藕夹是我乡春节必备的食品之一，年底时家家户户升起炉火炸藕夹，藕夹宜热吃，冷掉则风味大减。冷掉的藕夹装在饭碗里上屉蒸，出锅时浇上高汤调制的芡汁，是我乡过年时待客的下饭菜之一。

菱，又称芰、风菱、乌菱、菱角、水栗、菱实、芰实，菱科菱属，一年生水生草本植物。中国南方，尤其以长江下游太湖地区和珠江三角洲栽培最多。苏州处处河汊湖荡，故而菱角遍地。

菱有很多种，但现在人们并不甚分别，只是根据其菱角或颜色分为二角菱、三角菱、四角菱、乌菱、水红菱等。明代文震亨《长物志》称菱"有青红二种，红者最早，名水红菱，稍迟而大者，曰雁来红；青者曰鹦哥青，青而大者，曰馄饨菱，味最胜，最小者曰野菱。又有白沙角，皆秋来美味，堪与扁豆并荐"。

菱角是秋天的物产，初秋时节的江南，绿盈盈的水面上，水乡男女乘着小船或大木桶，边劳动边歌唱。"我们俩划着船儿采红菱呀，采红菱，得儿呀得郎有心，得儿呀得妹有情，就好像两角菱，从来不分离呀，我俩一条心……"邓丽君所唱的《采红菱》，曾是我对江南最早的印象之一，那时我还不曾到过南方。

菱角甘脆肉美，既是佳果，亦可熬粥飧饭，通常蒸煮后剥壳食之。暑气未消的初秋，在微风斜阳中剥菱而啖，或清甜或甘香，或脆或糯，是水乡独有的妙事。沈云《盛湖竹枝词》咏道："秋来乡味半湖菱，肉软香清得未曾。剥与郎尝不伤手，徐家荡产最堪称。"

芡实是睡莲科芡属植物的种子。芡，别称假莲藕、湖南根、肇实、刺莲藕、鸡头米、鸡头莲、鸡头荷、鬼莲等，一年生水生植物，叶花浮于水面，茎叶皆有刺。芡的果实有厚壳而带刺，酷似栗子的球实但一端尖突，"鸡头"的俗称颇为形象；芡实的内部结构又仿佛石榴，一粒粒的珠圆玉润的种子藏在格状的子房里。

芡实南北皆有野生，江浙一带自古就有栽培。芡实有南芡、北芡之分，苏州是南芡的主要产地，市郊的荡口、黄埭、渭塘一带所产的"南塘鸡头米"享誉中外；其清甜甘糯为洪泽湖地区所产"北芡"所不及。清代沈朝初《忆江南》词赞曰："苏州好，荇水种鸡头。莹润每疑珠十斛，柔香偏爱乳盈瓯。细剥小庭幽。"

徐珂《清稗类钞》载清人施石友好芡酪，尝用欧阳修《初食鸡头》诗韵以咏之，诗云："吾乡六月鸡头肥，青叶田田满沙觜。风味最数钱塘湖，莲房菰米差可拟。楼中煮酒快尝新，赤手森然出波底。谁传方法自厨娘，作糜乃与防风比。初看遽磨卷飞雪，忽讶轻绡漉清醴。琉璃碗盛白玉光，和以蜜味甘冰齿。此时合眼即江湖，十宿渔船红藕里。不须远忆会灵园，劈破明珠定谁美。吾侪说食继欧阳，诗味清虚聊可喜。定知舌本恋余甘，一杯漫饮鸡苏水。"

芡实性暖，可以入药，有益肾固精，补脾消渴等功效。苏州人喜欢用新鲜的芡实加冰糖煮成芡实汤，是消暑的隽品。芡实亦可磨粉煮粥或制作芡实糕。明代高濂《饮馔服食笺》载有"芡实粥"："用芡实去壳三合，新者研如膏，陈者作粉，和粳米三合，煮粥食。益精气，强智力，聪耳目。"芡实之美在于清鲜，干芡实则风味尽失，食用干芡实大多为了补益强身，而非尝鲜。

芡实富含淀粉。中国厨师在运用熘、滑、炒等技法烹制菜肴时，有时会加入调好的湿淀粉，以增加菜肴汤汁的黏稠度，保持了菜肴香脆滑嫩、光泽润滑。现在我们所用的淀粉多为绿豆淀粉、马铃薯淀粉、玉米淀粉等，但最早的时候淀粉多是由芡实中提取的，所以这一烹饪手法被称之为"勾芡"，淀粉也被称作"芡粉"。

水芹是芹菜的一种，别名水英、细本山芹菜、牛草、楚葵、刀芹、蜀芹、野芹菜等，是伞形科芹亚科水芹菜属的多年水生宿根草本植物。芹亚科植物种类繁多，在中国作为蔬菜食用的主要有本芹、西芹两大类，功能相近，而本芹大致可分为水芹（白芹）、旱芹（青芹）两种。

中国食用芹菜的历史很早，成书于春秋时期的《诗经》中即有记载，《泮水》："思乐泮水，言采其芹。鲁侯戾止，言观其旂。"古时学宫有泮水，

采摘鸡头米

入学则可采水中之芹以为菜，故后世称入学或中秀才为"采芹"，由此可见彼时所食用的芹菜应为水芹。战国末年的《吕氏春秋》中赞芹之味："菜之美者，有云梦之芹。"

水芹与旱芹最大的区别在于那半尺多长洁白的嫩茎，俗称"白头"。白头愈长，水芹的品质愈好。其实水芹初生时茎叶也都是绿色的，待生长月余，其根扎牢时整株拔起，揿入半尺深的泥中，水芹的茎在泥土中避光生长，一个月后收获时泥中的水芹茎已经全部变白，这半尺长的"白头"不仅洁白如玉，而且清甜脆嫩。这脆嫩的水芹饱含了劳动人民的汗水和智慧，得之不易。

苏州的水芹十月上市，可以一直采摘到来年的五月，脆嫩清香的水芹

莲藕

水芹

荸荠

慈姑

是苏州人餐桌上的常见的水鲜菜肴。水芹宜荤宜素，吃法多样。苏州人多喜加豆制品素炒，如香干水芹，豆香与菜鲜相得益彰，或者干脆把水芹用开水余烫一下，加酱油、麻油凉拌，鲜嫩香脆，其味隽永，无与伦比。

荸荠，又名马蹄、水栗、芍、凫茈、乌芋、菩荠、地梨等，属单子叶莎草科，多年生宿根性草本植物。人们所食用的是这种植物的地下球茎，

芡实

菱角

莼菜

茭白

因它形如马蹄，所以又称"马蹄"；其外表似栗而生于泥中，故而又有"地栗"之名。

旧时荸荠有四大产地，桂林、南昌、黄梅、苏州，现在安徽庐江县白湖镇与广西桂林市荔浦县青山镇并称"马蹄之乡"。以前苏州的荸荠主要出自葑门外的水田，叫卖者言必称陈湾荸荠、车坊荸荠。

荸荠亦果亦蔬，生熟两宜。在江南水乡，人们喜欢剥皮生食，清脆凉润。周作人曾写过一篇《关于荸荠》："荸荠自然最好是生吃，嫩的皮色黑中带红，漆器中有一种名叫荸荠红的颜色，正比得恰好，这种荸荠吃起来顶好，说它怎么甜并不见得，但自有特殊的质朴新鲜的味道，与浓厚的珍果是别一路的。"荸荠入馔，虽是熟吃，但须旺火快炒，略以断生即可出锅，以保持它的清脆鲜甜，荸荠虾仁、荸荠糟熘鱼片都是吴中名馔，与熏肉、猪耳合烹则是江南的小炒，清新可人。北方人用荸荠做菜也是如此，但荸荠称之为"南荠"，所制菜肴均称南荠虾仁、南荠鸡片等。

荸荠虽出自南方，但带泥可以致远，冬季在京津亦属常见。北京作家崔岱远《北荸荠，南马蹄》一文谈及北京的荸荠："荸荠原本生长在南方的泥水里，可北京人对这算盘珠子似的小玩意儿似乎从不陌生，甚至曾经把它融进京城的年俗。早年间，除夕这天天刚擦黑儿，街头巷尾就有些推车或是背筐的小贩吆喝着卖荸荠。买回家的荸荠可不是为了和馅儿包饺子，而是为了讨个吉利的口彩——年货'备齐'了，可以踏踏实实过年了。"

慈姑，也作茨菰，又名剪刀草、燕尾草等，泽泻科慈姑属宿根性水生草本植物，以球茎供食用。《本草纲目》载："慈姑，一根岁生十二子，如慈姑之乳诸子，故以名之。"

种慈姑在春天，慈姑的叶子出水很高，有长长的莛，并列对生，如箭镞一般。少时听单田芳的评书，谈及侠士们的打扮必是"头戴六棱抽口软壮巾，顶梁门倒插三尖慈姑叶，鬓插英雄球迎风乱颤，胸前勒着十字袢，大带杀腰"，年纪稍长才知道那是京剧中武生的造型，见到真正的慈姑叶已是多年后了。

苏州娄葑一带种植慈姑历史悠久，原分布在群力、葑红、葑塘、团结、金库、二一四、金湖等村镇，斜塘、车坊水网地区也有种植，其培植的优秀品种称作"苏州黄"。

周作人在写故乡风物时并未谈及慈姑，倒是有一首小诗《慈姑的盆》："绿盆里种下几颗慈姑，长出青青的小叶。秋寒来了，叶都枯了，只剩了一盆的水。清冷的水里，荡漾着两三根飘带似的暗绿的水草。时常有可爱的黄雀，在落日里飞来，蘸水悄悄地洗澡。"

慈姑性微寒，味苦，具有清热解毒、强心润肺之功效。在江南，如果有人不小心患了咳嗽，家里人就会做一盘慈姑烧肉。做慈姑烧肉，通常将其切成滚刀块与五花肉同烧，讲究一点则切成拇指大小，最好带着嫩芽。

慈姑味苦，孩子们多不喜欢吃，但做成油氽慈姑片却百吃不厌。油氽慈姑片苦中带甜，入口香脆，曾是苏浙人家过年时必备的小食，以前在国营商店都能买到，称重而售，如今近乎绝迹了。

藏书羊肉

古人谓"南鱼北羊"，是魏晋南北朝时候的风俗习惯。后世宋朝肉食以羊肉为贵，靖康之变后宋室南迁，食羊的习惯传至东南，苏杭地区亦有很多人喜食羊肉，苏州最著名的当属藏书羊肉。

藏书羊肉出自苏州木渎镇藏书社区（旧藏书镇），藏书地处太湖东岸穹窿山麓，是西汉会稽太守朱买臣的故乡。传说朱买臣早年家境贫寒但酷爱读书，放羊时因埋头看书以至经常把羊弄丢，为家人不喜。于是朱买臣把书藏于山石下，趁家人不备时偷偷取回苦读。后人为勉励子弟发奋读书，就将朱买臣的家乡取名为"藏书"。

太湖一带，自古就有养羊的传统。《越绝书·越绝外传记·吴地传》记载道："桑里东、今舍西者，故吴所畜牛、羊、豕、鸡也，名为牛宫。"宋代《嘉泰吴兴志》记载："嘉属一带盛产吴羊。"明清时期，穹窿山麓的农民就有人从事烧羊肉、卖羊肉的副业，多挑担或摆摊经营；清末才开始到苏州城里开店设坊(俗称"羊作")，清袁景澜《吴郡岁华纪丽》写道："葑门严衙前，方姓熟羊肉肆，世擅烹羊。就食者侵晨群集，茸裘毡帽，扑雪迎霜，围坐肆中，窥食，探庋阁，以钱给庖丁，迟之又久，先以羊杂碎饲客，谓之小吃。然后进羊肉羹饭，人一碗，食余重汇，谓之走锅。专取羊肝脑腰脚尾子，攒聚一盘，尤所矜尚，谓之羊名件。"清光绪二十二年（1896年），藏书镇周家场周孝泉在苏州醋坊桥畔开设了"升美斋"羊肉店；宣统后分别在都亭桥、临顿路两处开设"老义兴"和"老协兴"羊肉店，民国时期苏州城"羊作"逐渐增多，兴盛至今。

苏州的羊有绵羊（湖羊）、山羊两种，绵羊肉肥而膻，山羊肉细而嫩。藏书羊肉以活杀山羊为原料，以一两年的幼年母羊、镦羊（阉割过的公羊）最为鲜美肥嫩。藏书羊肉有白烧、红烧两种做法，近年又新增了烧烤、热炒等多种特色菜肴，以白烧羊肉最富特色。

白烧羊肉先将羊肉洗净切成大块，与羊头、羊脚、内脏什件等一并放入"盆堂"（一种用大铁镬加接杉木桶制成的接锅，苏州方言里本指澡堂的大澡盆）中，加足水用旺火烧开，撇净浮沫后加盐调味，然后用文火焖烧两个小时左右，待汤色乳白，肉酥而不烂即可出锅食用，上桌前撒上少许细蒜叶。白烧羊肉肉质细嫩，几无膻味，羊汤清鲜浓郁，除了盐而不放任何其他作料，最能体现羊肉的本味和苏州人喜好清淡朴真的饮食习惯，旧时有"羊汤勿鲜，勿要铜钿"的说法。

冻羊糕的制法更加讲究。先把整羊切成四至六大块，置于盆堂中加水旺火烧开，撇去浮沫后取出羊肉，放在冷水中漂洗，并清除盆堂锅底杂质沉滓，再把羊肉放回原汤中加盐调味，煨煮三小时后肉烂汤浓，羊肉中的胶质溶于汤中，用勺舀起肉汤慢慢倾倒，浓稠的肉汤可连成一线时，羊肉即可出锅拆骨。拆好的羊肉置于盆中加适量浓汤，翌日即冷却凝结成糕冻。冻好的羊糕不松不散，羊肉酥烂，糕冻弹牙，虽是荤食却味道清新，诚为佐酒佳品。

在苏州，吃藏书羊肉须在秋冬。藏书羊肉是季节性的美食，"做半年歇半年"是藏书多家羊肉店的老传统，过完冬天，店还在，但店家休假了，或者店和店家都没变，店里的招牌菜却换成了春夏的时令菜。秋风响，蟹

藏书羊肉

脚痒，古镇内外的羊肉店纷纷擦拭干净沉睡了半年的招牌，等待了一年的食客纷纷举足涌向藏书，人与食物的重逢仿佛是一种无须语言的约定，与时间有关。此时藏书的每一家羊肉店的盆堂里都汤水鼎沸，香气沿街弥漫。

你爱吃甜粽还是咸粽

少年时读《鹿鼎记》，深夜读至第十七回《法门猛叩无方便　疑网重开有譬如》韦小宝吃粽子："过了一会，韦小宝闻到一阵肉香和糖香。双儿双手端了木盘，用手臂掠开帐子。韦小宝见碟子中放着四只剥开了粽子，心中大喜，实在饿得狠了，心想就算是蚯蚓毛虫，老子也吃了再说，提起筷子便吃，入口甘美，无与伦比。他两口吃了半只，说道：'双儿，这倒像是湖州粽子一般，味道真好。'浙江湖州所产粽子米软馅美，天下无双。"腹中饥声如雷，彼时觉得粽子应该是这个世界上最好吃的东西，没有之一。贪馋之余，实在想象不出肉粽的滋味，心中怅然，暗自起了行走江南品尝肉粽的念头。

关于粽子的记载，最早见于汉代许慎的《说文解字》。"粽"字本作"糉"，《说文新附·米部》谓："糉，芦叶裹米也。从米，葼声。"粽子，又名"角黍"，西晋周处《风土记》记载："仲夏端五，方伯协极。享用角黍，龟鳞顺德。注云：端，始也，谓五月初五也。四仲为方伯。俗重五月五日，与夏至同。鸭，春孚雏，到夏至月，皆任啖也。先此二节一日，又以菰叶裹黏米，杂以粟，以淳浓灰汁煮之令熟，二节日所尚啖也。……裹黏米一名'糉'，一名'角黍'，盖取阴阳尚相苞裹未分散之象也。"这是端午节食粽子的最早记载。

粽子种类繁多，以馅料区分，北方多食京枣粽，米有糯米、黍米两种；江南则糯米为表，有豆沙、鲜肉、八宝、火腿、蛋黄等多种馅料，其中以浙江嘉兴粽子和湖州粽子最为有名。

明朝中叶，东吴西浙，饮食丰富奢华，嘉兴湖州一带的茶食品种丰盛而且精巧细腻，被称为"嘉湖细点"，驰名江南。周作人《再谈南北的点心》一文记云："点心招牌上有常用的两句话，我想借来用在这里，似乎也还适当，北方可以称为'官礼茶食'，南方则是'嘉湖细点'……"受"嘉湖细点"茶食的制作技艺影响，嘉兴、湖州的粽子也精益求精，味道鲜美独特。

南方包粽子多用箬叶，别的地方也有用菰叶、芦叶，甚至笋叶的。北方少竹子，包粽子或用南来之箬叶，或就地取材用苇叶，东北、山东的某些地区还有柞叶粽。清张春华《沪城岁时衢歌》咏新芦箬粽曰："二月春风送嫩寒，尝新角黍早登盘。摘来半户青芦叶，香里晶莹玉一团。"

嘉兴是新石器时期马家浜文化的发祥地，七千多年前就有先民从事农牧渔猎活动的足迹，是我国稻作最早的起源地之一。春秋时，该地名长水，又称檇李，吴越两国在此风云角逐。秦时置县，称由拳。吴黄龙三年（231年）"由拳野稻自生"，吴帝孙权以为祥瑞，改由拳为禾兴，赤乌五年（242年）改称嘉兴。隋朝开凿江南河（杭州经嘉兴到镇江的大运河），给嘉兴带来灌溉舟楫之利，也从此确立了嘉兴"左杭右苏""南北通衢"的运河古城地位。

现今大运河嘉兴段从北至南包括苏州塘（苏嘉运河）、嘉兴环城河、杭州塘（嘉杭运河）、崇长港、上塘河等河道，长约110公里。

汉唐以来，嘉兴发展成为中国历史上最主要的稻作区，被誉为"天下粮仓"。唐代李翰《嘉兴屯田政纪绩》云："嘉禾一穰，江淮为之康；嘉禾一歉，江淮为之俭。"清光绪年间《嘉兴府志》记载，19 世纪中叶时，嘉兴府地区所产的糯米品种就有白壳、乌簑、鸡脚、虾须、蟹爪、香糯、陈糯、芦花糯、羊脂糯等 30 多个品种。嘉兴、湖州地处太湖平原，盛产优良太湖猪，太湖猪瘦肉率 38.8%—45%，肌蛋白含量 23% 左右，肌间脂肪含量为 1.37% 左右，肉质鲜美，有"国宝"之称。

粽子作为一种端午节的民俗食品，最迟在明代已在嘉兴一带流行，其做法与今天几近无二。明万历《秀水县志》卷一云："端午贴符悬艾啖角黍饮蒲黄酒，妇女制绘为人形佩之曰健人，幼者系彩索于臂。"明朝《崇祯嘉兴县志》卷十五云："五日为端阳节，祀先收药草，食角黍。"而且，随着民间习俗的传承发展，粽子的制作技艺也日渐成熟。明韩奕《易牙遗意》云："粽子——用糯米淘净，夹枣柿轧银杏赤豆以茭叶或箬叶裹之。""又法，以艾叶浸米裹谓之艾香粽子，凡煮粽子必用稻柴灰淋汁煮亦有用些许石灰煮者欲其茭叶青而香也。"

至清朝末期，嘉兴一带，端午之外，过年、清明亦有食粽之俗。粽子不再只是节令食品，渐成禾城的日常点心，许多城镇都出现了专售粽子的店铺。《古禾杂识》卷二云："禾城四门，风景各殊。昔谚有曰'北门米脚子，南门大粽子，西门叫花子，东门摆架子。'盖北市向多米行；南市极短，止通乡俵，无大店铺，仅见粥糕团小经营，而某家角黍最大，乡下人竞趋之。"

民国初年，有一批浙江兰溪人来到嘉兴谋生，冬季弹棉花，春夏则走街串巷挑担叫卖粽子。民国十年（1921 年），张锦泉在张家弄六号开了首家"五芳斋粽子店"。数年后又有同乡冯昌年、朱庆堂在同一弄里开了两家"五芳斋"粽子店，三店分别以"荣记""合记""庆记"为号，并在粽子的选料、工艺等方面展开激烈竞争，使粽子技艺日趋成熟，并形成了鲜明的特色——"糯而不糊，肥而不腻，香糯可口，咸甜适中"，成为名扬江南的"粽子大王"。五芳斋粽子做工精细，选料讲究，肉粽采用上等白糯、后腿瘦肉、徽州伏箬，甜粽则用上等赤豆"大红袍"，通过配料、调味、包扎、蒸煮等多道工序精制而成。1956年，三家店合并为一家"嘉兴五芳斋粽子店"，传承至今。

相对于嘉兴粽子的肥硕，湖州粽子则纤巧可爱，堪称粽中美人。原籍嘉兴海宁的金庸在《鹿鼎记》中写"湖州粽子"而非"嘉兴粽子"，想必是中意湖州粽子的细巧，以突显双儿的心灵手巧。

湖州，别名雪溪、菰城、乌程、吴兴、湖城等。战国时期楚考烈王十五年（公元前248年），春申君黄歇徙封于此，在此筑城，始置菰城县，以泽多菰草故名。秦王政二十五年（公元前222年），置乌程县。三国东吴甘露二年（266年）孙皓取吴国兴盛之意置"吴兴郡"。隋仁寿二年（602年），以地滨太湖而名"湖州"，为湖州名称之始。

"诸老大"于清光绪十三年（1887年）为绍兴人诸光潮始创，传承百年，如今已是江南一带的传统名点，与周生记馄饨、丁莲芳千张包子、震远同玫瑰酥糖并称"湖州四大名点"。十多年的提桶叫卖，为诸老大开设店铺积累了必要的资金，也发明改进了其裹粽技艺。当时民间的粽形大都为"尖角形"，诸老大在实践中改成"瘦长条四角形"。当时江南一带的粽子品种很简单，诸老大改咸粽为"肉粽"，并首创"猪油洗沙甜粽"，使甜粽和肉粽成为"诸老大粽子"的两大特色。

诸老大粽子选料精细、操作用心，所用的糯米粒粒相似，颗颗饱满。做甜粽，豆沙之赤豆，必用"大红袍"，所制玫瑰细沙乌黑油亮、味甜而糯；猪油用

（上）嘉兴肉粽
（下）湖州诸老大肉粽

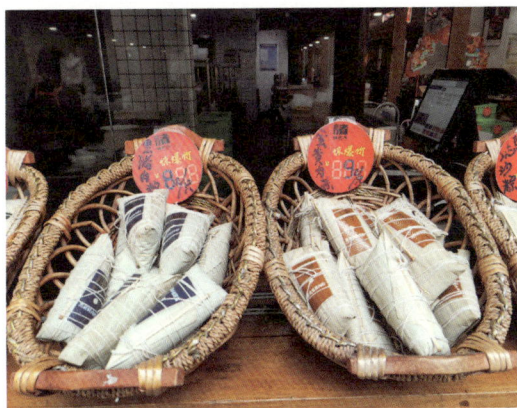

上好的肥猪板油；裹咸粽选用太湖猪腿肉，精肥分明，肉质细嫩；箬叶选用
清香扑鼻的徽州伏箬。在没有真空保鲜技术的以前，诸老大的粽子伏天存放
一周不馊，冬季半月不变质，可以致远馈赠亲友，故而脍炙人口声名远播。

酱香乌镇

乌镇古名乌墩、乌戍。乌镇处于河流冲积平原，沼多淤积土，故地脉隆起高于四旷，色深而肥沃，遂有乌墩之名。根据镇东"谭家湾古文化遗址"出土的陶器、石器、骨器、兽骨等的考证，在六千多年前的新石器时代，乌镇的祖先已再次繁衍生息。

春秋时期，乌镇一带是吴越边境，吴国在此驻兵以防备越国，"乌戍"就由此而来。秦时，乌镇属会稽郡，以车溪为界，西为乌墩，属乌程县，东为青墩，属由拳县，乌镇分而治之。唐时，乌镇隶属苏州府。唐咸通十三年（872 年）的《索靖明王庙碑》首次出现"乌镇"的称呼，同时期的另一块碑刻《光福教寺碑》中则有"乌青镇"的称呼。宋元丰初年（1078年），已有分乌墩镇、青墩镇的记载，后为避光宗（赵惇）讳，改称乌镇、青镇。1950 年 5 月，乌、青两镇合并，称乌镇，属桐乡县，隶嘉兴。运河穿镇而过，十字形的内河水系将全镇划分为东南西北四个区块，当地人分别称之为"东栅、南栅、西栅、北栅"。

乌镇历史悠久，镇上古迹遍布，那些名人故居、百年商号，有的被封藏在岁月里成为博物馆供人瞻仰，有的青春不减还在营业，焕发着勃勃生机。在西栅景区的东首通安桥边，有一间古老的酱园——叙昌酱园。

清咸丰九年（1859 年），乌镇人陶叙昌创立了以自己名字为号的"叙昌酱园"，为乌镇现存最早的酱园。叙昌酱园创立之初，主要经营豆瓣酱、酱油、酱菜等，行销嘉、湖地区。咸丰十一年至同治三年间（1861—1864年），太平军与清军鏖战于乌镇，创建不久的叙昌酱园毁于战火，陶叙昌心力交瘁，抱憾而终。同治九年（1870年），陶叙昌之长子陶顺洲与次子陶云山在原作坊址恢复祖业，产品商标取名"双桃（陶）"牌，寓意陶家兄弟合作。叙昌酱园至第三代时发展到了鼎盛，民国八年（1919年）陶顺洲之子陶衡夫买下西栅费公昌酱园开业，时称"西复昌"，陶云山之长子志诚、三子侃如至北栅经营烧酒行，称"北复昌"，次子清澄留守总部老坊店。同时期镇上又陆续成立了沈利昌、黄万丰、德泰等多家酱园，陶家酱园在乌镇同行中首屈一指。1938年，日军进犯乌镇，陶家损失惨重，惨淡经营度日。陶衡夫之子17岁的陶家振中学毕业后进入"西复昌"拜师学徒，成为陶家酱园第四代继承人。新中国成立后，陶家作坊先经历了"私私联营""公私合营"及"地方国营"等一系列社会变革，又在经济大潮的冲击下勉力经营，其产品始终如一，为人称道。

叙昌的酱品采用传统手工酿制法，采用优质黄豆、蚕豆、小麦等原料，利用竹匾制曲，日晒夜露，经过长达半年的自然发酵酿制方成。还没走进酱园，就先闻到一股浓郁的酱香。走进晒场，看到近百个青灰色的酱缸戴着竹编的尖顶缸盖，像敦实的壮汉头戴硕大的斗笠，蔚为壮观。缸身上铭刻着"叙昌酱园""咸丰九年"的字样，尖笠上写着颜体大字"叙昌"，无一不昭示着酱园的历史。晴好时打开尖笠，缸上罩轻薄透气的蚕丝棉布，让酱坯沐浴温暖的阳光，整个院子都散发出醉人的酱香。

现在的叙昌酱园依然保持"前店后坊"的传统模式，沿街是一间店面，出售各种酱品酱菜，以酱油和豆瓣酱最受青睐。店面很大，其中一隅有店员在炭火上烤年糕售卖，外表焦黄内里软糯的年糕蘸佐叙昌自产的酱，咸的酱香衬出年糕的米香，颇为适口。

酱园旁边有一家"叙昌号传统酱卤面馆"，专营用叙昌号的酱制作的特色菜店。鸭腿、鸭胗、鸭脖、卤蛋、豆干等，无一不用"叙昌"的豆瓣酱、酱油酱卤而成，酱香浓郁，咸中带甜。面则有炸酱面、酱排面、酱丁面、酱汤面、三丁面等，乍看略似苏式的红汤面，但颜色深沉，酱味醇厚。酱肉鲜嫩多汁，面条柔软筋道，热腾腾的一碗面吃下去疲累尽去。

以叙昌酱园为代表的乌镇酱园，百年来的酱香浸透了乌镇人的世俗生活，乌镇的味道就是酱的味道。

清朝有名厨许某，在乌镇售卖卤味，以酱鸡、熏肠和香肠最为脍炙人口，有乌镇三珍之誉。吴语"许"和"死"同音，许某所售"许鸡"，为同行诽谤为"死鸡"。经人建议，许某将店号改为"三珍斋"，"许鸡"改称"五香酱鸡"。

昔日的三珍斋坚持沿用祖传老工艺烧制酱鸡，用的作料是陈酒（黄酒）、晒油（酱油）和秘制香料。常年酱鸡所用的卤汁，浓缩了鸡肉、酱料、香料的滋味，行内人称之为"老膏"。使用"老膏"酱鸡，非到过于浓稠时不加水，通常在每次酱制新鸡时只加陈酒、晒油和香料。出锅后又涂上一层麻油，外观酱红油亮，入口脆嫩鲜美，回味无尽。

咸丰十年（1860年），太平军与清军鏖战乌镇，三珍斋尽毁，店主许天珍遂黯然歇业。后由许天珍的徒弟黄阿五在原址复业，仍旧用三珍斋店名。20世纪30年代，店主黄昌贵在上海开设经销处，生意兴隆，一时轰动沪上。全面抗战爆发，乌镇沦陷，轮船停航，黄昌贵遂关闭上海经销处，而乌镇老店一直到抗战胜利后，营业依旧兴旺。新中国成立后，历经工商

叙昌酱园的酱鸭和酱肉

酱香乌镇

乌镇风光

业改造和各项运动，三珍斋归并入乌镇食品公司，后因保护不善，三珍斋的酱鸡技术流失不存，百年招牌不复。现在的"三珍斋"酱鸡，是上世纪80年代初由一陆姓职工经营，后来乌镇食品公司另设作坊烧制，但味道今非昔比，相距与传说中的"三珍斋五香酱鸡"甚远。

乌镇名吃又有红烧羊肉，以当年的"花窠羊"（青年湖羊）为原料，羊肉砍成大块，佐以萝卜、酱油、黄酒、红枣、冰糖、老姜等，土灶木柴大锅，先用大火、后用文火烧上一个晚上，炖到肉质酥软停火再焖一会儿，做出来的羊肉酥而不烂，色泽红亮，酱香醇厚。

爱吃烧羊肉的老饕们各有所好，有的喜欢肥瘦相间的夹心肉；有的偏爱筋肉交织的羊腿肉；有的爱好丰腴肥香的羊尾巴……想吃到心仪的羊肉，最好天一亮就到羊肉馆报道，在咕嘟咕嘟的肉汤沸腾中，在满室弥漫的香气中，等待煨煮了一个晚上的羊肉起锅。要二两现轧的细水面，在鼎沸的大锅里一煮即可捞出，装在大碗里，浇上烧羊肉的原汤，覆上一块中意的羊肉，即可大快朵颐。烧了一夜的羊肉酥香肥嫩，面条软韧富有弹性，汤汁浓厚，在微凉的秋意中，看着油光粼粼的汤面上点缀着白的葱花、绿的蒜叶或黄的姜末，忽觉"秋风响，啖肥羊"，唯有美食不可辜负。

平湖糟蛋

糟，本意指酿酒剩余的渣滓。《礼记·内则》："饮：重醴，稻醴清糟、黍醴清糟、粱醴清糟。"郑玄注："糟，醇也；清，沛也。""糟"字作为动词，意为以酒或酒糟渍物，后来演变成一种烹饪方法，《晋书·孔群传》："公不见肉糟淹更堪久邪？"以糟入馔，所用的是酿造黄酒所剩的余滓，用它泡酒调味，菜肴滋味别致，是中国菜里一种特殊的风味。江南之糟菜，除了烹制时加香糟的糟熘、糟煨等，又有糟卤、糟腌等多种技艺。

糟蛋采用新鲜鸭蛋用糯米酒糟糟渍而成，浙江平湖、河南陕州、四川宜宾均有生产，尤以平湖所产最为著名。

关于平湖糟蛋的创制时间，并没有确切记载，清朝嘉庆六年（1801年）《嘉兴县志》内已有糟鹅蛋之记载："糟鹅蛋：'鲍轸糟鹅蛋诗：阳羡笼中化，香糟温酿成。渔于鱼乍压，俊比蟹微生。混沌含真味，胚胎含盛名。不图重下箸，但食倍关情。'"距今二百多年，为嘉兴地区生产糟蛋的最早记载。民国十五年（1926年）《民国平湖县续志》中记载：各种精品以徐源源制者最佳，其糟蛋驰名尤远，宣统元年在南洋劝业会获得金牌。过去平湖糟蛋制作者皆冠以"平湖糟蛋"，有字号的只有徐源源和老徐鼎丰酱园。1956年公私合营后，平湖糟蛋统一注册使用"龙牌"商标。

清明前后，平湖人家开始制作糟蛋开始，阴雨绵绵的梅雨季节和湿热的夏天，适于酵母菌繁殖发酵，入坛四五个月后，糟蛋便成熟了。

平湖糟蛋 　（图源 _ 微信公众号 @ 嘉兴滋味）

　　制作糟蛋可以分成制糟、腌蛋两个阶段，先用上等的糯米酿酒成糟，再把精选洗净的鸭蛋入坛糟制。鸭蛋入坛前有一个关键工序称作"击蛋"，即在糟渍前先将蛋壳用竹片击碎，既要击出龟裂纹，又要防止弄破蛋膜，非手艺高超者不能胜任。经过四五个月的糟渍，被敲碎的蛋壳脱落，只有一层薄薄的蛋膜包着蛋体，蛋清乳白，蛋黄橘红，隐约可见，故而平湖糟蛋又称"软壳糟蛋"。

　　糟蛋是一种糟腌食物，鸭蛋在酒糟中发生物质改变，乙醇和乙酸使蛋白质凝固，乙醇和糖类渗入蛋中，使鸭蛋产生浓郁的酒香和鲜甜。老舍在《黑白李》中戏称酗酒者为"糟蛋"："要不怎么白李一见我俩喝酒就叫我们'一对糟蛋'呢。"

　　糟蛋只需用筷子轻轻戳破软壳即可食用，若蒸煮食用则风味全失，暴殄天物。经过糯米酒糟的酝酿，蛋白已变成软嫩的乳白色，晶莹如玉，蛋黄橘红呈半凝固状，红艳似火，酒香浓郁醇厚，食之沙香糯软，清甜鲜嫩，回味悠长，无与伦比。

湖之羊

羊是我们祖先最早狩猎和驯养的动物之一。考古发现，距今约 8000 年前的河南新郑裴李岗文化遗址与约 7000 年前的浙江余姚河姆渡文化遗址中，都已出现了陶羊。周代羊与马、牛、豕、犬、鸡合称"六畜"。《周礼·夏官·职方氏》："河南曰豫州……其畜宜六扰。"郑玄注："六扰：马、牛、羊、豕、犬、鸡。"羊在六畜中，主给膳也。故而很多有关饮食的汉字都以"羊"字为字根，比如代表膳食的"羞（通馐）""善（通膳）"，代表抚育的"养"，等等。

中国幅员辽阔，民族众多，南北饮食自古即有巨大差别，古时有"南鱼北羊"的说法。魏孝文帝太和十七年（493 年），南齐王肃自建业投奔北魏。杨衒之《洛阳伽蓝记》载："肃初入国，不食羊肉及酪浆等物，常饭鲫鱼羹，渴饮茗汁。京师士子，道肃一饮一斗，号为'漏卮'。经数年已后，肃与高祖殿会，食羊肉酪粥甚多。高祖怪之，谓肃曰：'卿中国之味也。羊肉何如鱼羹？茗饮何如酪浆？'肃对曰：'羊者是陆产之最，鱼者乃水族之长。所好不同，并各称珍。以味言之，甚是优劣。羊比齐、鲁大邦，鱼比邾、莒小国。唯茗不中，与酪作奴。'"

我国的羊有绵羊、山羊之分。绵羊体毛绵密，多生长于北方；山羊遍于南方，是南方的主要羊种，北方草原上亦有分布。最初的文字中，羊没有绵羊、山羊的区分。直到春秋时期前后，绵羊和山羊在文字上才有所区别。

绵羊最早生活在北方游牧民族的区域，所以古人又称绵羊为胡羊。中国各地现有的绵羊品种，除藏羊外，几乎都与蒙古羊有关。在 2000 多年的历史中，随着北方游牧民族的征服、内迁、朝贡，北方的绵羊先传入黄河中下游流域，继而进入长江中下游流域。西晋末年，大量北方世族及皇族衣冠南渡，也带来了北方的农牧物产和饮食习惯，蒙古羊被传播到太湖流域。八百年后，中原地区又一次为游牧民族占领，宋室南渡，再次把北方的饮食习俗向南传播。南宋嘉泰元年（1201 年）《嘉泰吴兴志》载："今乡土间有无角斑黑而高大者，曰湖羊。"清同治年间的《湖州府志》则称之为"胡羊"，因在枯草期间可用干桑叶喂饲，又有"桑叶羊"之称。

羊肉在宋代皇室的饮食生活中占有非常重要的地位，宋廷规定："饮食不贵异味，御厨止用羊肉。"史料记载，宋真宗时御厨每天宰羊 350 只，仁宗时每天要宰 280 只羊，宋神宗时御厨一年消耗"羊肉四十三万四千四百六十七斤四两"，而猪肉只用掉区区"四千一百三十一斤"。《宋史·仁宗本纪》载："（仁宗）宫中夜饥，思膳烧羊，戒勿宣索，恐膳夫自此戕贼物命，以备不时之须。"

在皇室的影响下，士人阶层形成了尚食羊肉的传统，羊肉成为官僚士大夫家用及接待宾朋必备的尊贵食品，对于一般民众而言，羊肉在宋代则是昂贵的食物。明张岱《夜航船》有一则以书法换羊肉的趣事："王鲁直谓东坡曰：'昔王右军书为换鹅书。韩宗儒每得公一帖，即干殿帅姚麟许换羊肉十数斤。可名公书为'换羊书'矣。'一日，坡在翰苑，以圣节撰着纷冗，宗儒日作数简以图报书，使人立庭下督索甚急。公笑语之曰：'传语：本官今日断屠。'"元代韦居安《梅磵诗话》收录有一则故事："又有监吴中市征者，因羊价绝高，作诗曰：'平江九百一斤羊，俸薄如何敢

湖之羊 （摄影_黄心才）

买尝。只把鱼虾供两膳，肚皮今作小池塘。'闻者捧腹。"

江南食羊，多喜带皮红烧，此风俗五代即有之。宋初史温《钓矶立谈》云："韩熙载使中原，中原人问'江南何故不食剥皮羊？'熙载曰：'地产罗纨故也。'"周作人在《带皮羊肉》一文说："大抵南方羊皮不适于为裘，不如剃毛作毡，以皮入馔，猪皮或有不喜啖者，羊皮则颇甘脆，凡吃得羊肉者当无不食也。"

太湖是中国五大淡水湖之一，环湖是江河淤积形成的冲积平原，土地肥沃，水草丰美。故而这里出产的湖羊膘肥体壮，肉嫩味鲜。肥嫩的湖羊引来众多食客，在苏嘉杭地区形成一个"湖羊饮食文化圈"。苏州人吃羊肉偏清淡，以羊肉著称的石浦、藏书、双凤三镇以山羊为原料。嘉兴的濮院、乌镇、澉浦，湖州的练市、双林、新市皆秋冬季节食湖羊成风。

从畜牧学上分类，湖羊属于羔皮、肉食兼用的粗毛绵羊。秋季繁殖的羔羊毛色洁白柔软，皮板轻薄致密，主要用来加工优质裘皮；春天生产的羊羔皮薄多膏，脂香肉滑，多作为肉羊食用。羊肉在苏州有红烧、白烧两种做法，在湖州都是红烧，羔羊细嫩，大羊醇厚，各有千秋。

湖州羊肉，最好吃的不在城里，而在城外的村镇，以练市、双林、新市三镇的羊肉最好。练市镇在湖州市区的东南隅，东邻乌镇，南依石门，西连双林、善琏，北接南浔。练市镇成于秦、汉，兴在晋、唐，相传古时乡人购琏成市，故名琏市。明洪武年间，因河水西来如匹练，故名"练溪"。因"琏""练"同音，清同治九年（1870年）始称"练市"。运河古道（杭申乙线）穿过小镇，如玉带轻舒，在阡陌纵横的田野上缓缓东流，在乌镇与京杭大运河汇合。

太湖一带自古生产丝绸，桑林遍野，传统的湖羊皆用桑木柴烧煮，民间有"桑蒲头烧羊，打巴掌勿放"的说法。古人认为火有损益之分，柴炭不同，气味性质亦不同。清童岳荐《调鼎集》记载："桑柴火：煮物食之，主益人。"现在最受欢迎的依然是"柴火羊肉"，柴薪烟大，有碍城市观瞻，故而城中难觅。

吃羊肉需在秋冬，立秋一过，隐藏在古镇中的羊肉馆陆续开业，也许只是一家不起眼的破旧小店，忽然一天打开斑驳的木门，桑柴土灶，铁锅当垆，肉香迷漫。连骨带皮的羊肉剁成大块，丢进大铁锅里，加酱油、绍酒、香料烧开，酱红色的羊肉、羊杂、羊脚都在锅里随着沸腾的肉汤翻滚沉浮，一直焖煮到肉质酥烂方好。湖州的红烧羊肉，吃法跟嘉兴一样，满满的一大锅羊肉，可以自行挑选要什么部位。羊背细嫩，羊腩肥腴，羊颈滑润，羊腿紧实，羊肚筋道、羊蹄软糯……一羊多味，可以随心选择。一盘肥嫩鲜香的烧羊肉，撒上红椒、姜末、蒜叶，赏心悦目，膻香诱人。

在练市吃羊肉，最宜喝两杯色如琥珀、口味醇厚的练市黄酒。湖州为鱼米之乡，广产糯米，自古即有冬月腊月酿制黄酒的民风。一碗柔韧的银丝细面，一碗酥烂的羊肉作浇头，即是羊肉面，又称酥羊大面。

吃罢一碗羊肉面，沿河而行，古桥通幽，老巷深深，脚步异常轻快，或许是获取了湖羊的脚力吧。

李渔《闲情偶寄》云："羊肉之为物，最能饱人，初食不饱，食后渐觉其饱，此易长之验也。凡行远路及出门作事，卒急不能得食者，啖此最宜。秦之西鄙，产羊极繁，土人日食止一餐，其能不枵腹者，羊之力也。"

杭州味，汴州味

考古发现，人类文明的起源大多产生于大江大河的中下游平原，肥沃的土壤、便利的水利为农耕文明的存在提供了最基本的条件。八千多年前，人类已在钱塘江下游地区繁衍生息（萧山跨湖桥遗址），并在五千多年前创造了灿烂的良渚文化。

据《尚书·禹贡》记载，夏禹治水时，把全国分为九州，长江下游以南的广阔地域均泛称扬州。传说公元前21世纪，夏禹南巡，大会诸侯于会稽（今绍兴），乘舟经过并舍其杭（古通"航"，方舟）于此，故名"余杭"。春秋时期，吴越争霸，杭州先属越，后属吴，复属越；战国时又归入楚。秦统一六国后，在灵隐山麓设县治，称钱唐，属会稽郡。

隋朝建立后，于开皇九年（589年）废郡为州，始有"杭州"之名。开皇十一年（591年），在凤凰山依山筑城，"周三十六里九十步"，为历史上最早的杭州城。隋大业六年（610年），杨素主持重新疏凿和拓宽长江以南运河古道，形成今江南运河。从江苏镇江起，经苏州、嘉兴等地而达杭州，全长400多公里，自此，拱宸桥成为大运河的起讫点。大运河以洛阳为中心，向东北、东南成扇形展布，把钱塘江、长江、淮河、黄河、海河联系在一起，从而便利地把整个国家的财富、文明集中于京师之地，也促进了运河沿岸经济文化的迅速发展。

五代十国时期，吴越国偏安东南，建西府于杭州。在吴越三代五帝近百年的统治下，杭州经济繁荣、文化荟萃。欧阳修《有美堂记》中说："钱塘自五代时，不烦干戈，其人民幸福富庶安乐。十余万家，环以湖山，左右映带，而闽海商贾，风帆浪泊，出入于烟涛杳霭之间，可谓盛矣！"

靖康之变后，宋廷南迁，建炎三年（1129年）杭州升为临安府，治所在钱塘。绍兴八年（1138年）定行在于此，宋朝又延续了153年国祚，史称南宋。大量的北方人口涌入临安，咸淳年间（1265—1274年）临安居民激增至124万余人。

酱鸭儿、片儿川、筒儿骨、葱包桧儿、梅什儿、豆瓣儿、鱼圆儿、条头糕儿……杭州的美食很多都带儿缀音，这种语言习惯很像中原人的儿化音，但"儿"并不儿化。据考证，北宋定都开封，以开封音为官话，称之为"雅言"或"中州音"。南迁的皇室和文武官员、大量的原开封居民多集中于临安，依然说开封话,吃开封菜。江浙地区的官员、商人也习说"雅言"，久而久之，在吴语的包围中形成了一个方言岛。明代郎瑛《七修类稿》记载："（杭州）城中语音好于他处，盖初皆汴人，扈宋南渡，遂家焉，故至今与汴音颇相似。"宋王朝因为战争迁都临安，也就赋予了杭州中原的味道。

逃亡到杭州的汴京（开封）士大夫、商人等，因为政治地位、生活习惯等原因，并没有入乡随俗以米为主食，反而将吃面食的习惯渗透到杭州人的饮食习惯中。北方人口大量南迁，促进了小麦种植范围的扩大，使小麦的种植范围逐渐从江北扩展到江南。

在西湖的湖光山色里，杨柳掩映的杨公堤旁，河坊古街上坐落着一家百年老字号"知味观"。1913年，孙翼斋与义阿二两人在湖滨仁和路开设"知味馆"，苦于食物精美却生意清淡，孙翼斋便在门楣上书写了"欲知我味，观料便知"八个大字，贴在门楣上，引来顾客关注，生意日渐兴隆。

大运河杭州段

知味馆以经营各式名点为主，辅以杭州名菜的经营，其中以"虾肉小笼""幸福双""猫耳朵""西施舌"等最为著名。1956年公私合营，"文化大革命"期间知味观改名东风馆，1979年恢复老字号，经营至今。

"小笼"即北方所谓的"小笼包"，苏北人称之为"汤包"，江南习惯称之为"小笼馒头"，或简称"小笼"。知味观的小笼馒头，以新鲜夹心肉和现挤的清虾仁为馅，每一只小笼包都整齐地捏出十八道褶纹，收口如鲫鱼嘴。面皮薄而软韧，入口细腻柔美，丰富的汤汁清新鲜美，如杨柳拂过平静的湖面。

包子、馒头本是北方饮食的代表。宋孟元老《东京梦华录》中追忆开封的包子："御街一直南去，过州桥，两边皆居民。街东车家炭、张家酒店，次则王楼山洞梅花包子、李家香铺、曹婆婆肉饼、李四分茶。"有人考证，宋室南渡，中原饮食南下，江南才有了现在的小笼包。南宋吴自牧《梦粱录》中的杭州，已有了专门的包子店："更有包子酒店，专卖灌浆馒头、薄皮春茧包子、肉包子、鱼兜杂合粉、灌大骨之类。"

灌汤包子是开封的名吃，以"第一楼"最为著名。其创始人为河南滑县人黄继善，少年在开封的饭馆学徒，后自营饭馆。1922年，黄继善与原大中华饭庄厨师周孝德合伙开设"第一点心馆"，主营灌汤包子，1933年改名为"第一楼点心馆"，简称"第一楼"。上世纪30年代抗战期间，开封百业凋敝百姓穷困，敌机频频轰炸。黄继善把灌汤包子原来的大笼（八印铁锅，蒸笼直径二尺一寸，每笼可蒸包子50个）改为小笼，每笼15个，连笼上桌。自此第一楼的灌汤包子成了"小笼灌汤包子"。现今开封的灌汤包子皆以"第一楼"为行业标准。

开封的灌汤包子造型玲珑，在粗犷豪迈的中州饮食中别具一格。其颜色洁白透亮如瓷。用筷子夹起，内馅在地心引力的作用下自然下垂，形似灯笼。灌汤包子的精华在汤，小心翼翼地在面皮上咬开一个小口，轻轻吸吮其中的汤汁，清香鲜美。继而品尝包子的面皮与内馅，柔腻肥美，浑然一体，是一种纯粹的肉香，自然的鲜甜。薄薄的面皮近似于无，只增加了些许的麦香。

有人推测"王楼山洞梅花包子"就是杭州小笼馒头的起源，可是小笼馒头很早已遍布江南，不唯杭州一城独有。到底汤鲜味美的小笼灌汤包子，是仓皇南渡的汴京人带到了杭州，还是杭州人沿着江南运河—邗沟—通济渠，一路带到了汴京，谁又说得清呢？

西湖醋鱼是一道杭州名菜。这道菜选用西湖草鱼作原料，烹制前把活草鱼装于竹笼中，"饿其体肤"，以去除泥腥味。梁实秋《醋熘鱼》一文中说："普通选用青鱼，即草鱼，鱼长不过尺，重不逾半斤，宰割收拾过后沃以沸汤，熟即起锅，勾芡调汁，浇在鱼上，即可上桌。"

清梁晋竹《两般秋雨庵随笔》载："西湖醋熘鱼，相传是宋五嫂遗制，近则工料简，直不见其佳处。然名留刀匕，四远皆知。番禺方橡枰孝廉恒泰《西湖词》云：'小泊湖边五柳居，当筵举网得鲜鱼。味酸最爱银刀鲙，河鲤河鲂总不如。'"

或许西湖醋鱼本是一道清淡鲜美的美馔，微带酸甜，但坊间多数的做法都加了大量的糖，甜腻腻的，遮盖了余熟的鱼肉的鲜嫩；有的餐厅用刺少肉厚的鲈鱼、鳜鱼代替草鱼，其肉紧实，传说中的"蟹肉滋味"全无。我在杭州所吃的醋鱼，其味不似河南的黄河醋鱼，而更接近糖醋熘鱼（鲤鱼焙面中的熘鱼）。

糖醋熘鱼是一道开封名菜，全称糖醋软熘黄河鲤鱼，黄河鲤鱼在热油

（上）西湖醋鱼 （下）鲤鱼焙面

中浸熟,再在糖醋汁中用武火熘之,不断将汤汁浇在鱼身上,最后勾流水芡。这种软熘法鱼肉入味深,酸甜带咸,软嫩鲜香。熘鱼吃完,汤汁回锅浇在焙焦的龙须面上,带汁食用。先吃鱼,后吃面,整个过程即为"鲤鱼焙面"。

黄河醋鱼,用鲤鱼中段净肉,挂糊炸至金黄,浇以糖醋汁,鲜嫩酸甜。

俞平伯《双调望江南》词曰:"西湖忆,三忆酒边鸥。楼上酒招堤上柳,柳丝风约水明楼。风紧柳花稠。鱼羹美,佳话昔年留。泼醋烹鲜全带水,乳新翠不须油。芳指动纤柔。"

民间传说似乎把西湖醋鱼和宋嫂鱼羹的起源混淆在了一起。宋嫂鱼羹是一道汤菜,用鳜鱼或鲈鱼蒸熟取肉,添加配料烩制成羹,色泽黄亮,鲜嫩滑润,其形味均似蟹羹菜,故而又称"赛蟹羹"。

周密《武林旧事》云:"舟时有宣唤赐予,如宋五嫂鱼羹,尝经御赏,人所共趋,遂成富媪。朱静佳六言诗云:'柳下白头钓叟,不知生长何年。前度君王游幸,卖鱼收得金钱。'"

开封也有鱼羹,称作"酸辣鱼羹"。酸辣鱼羹用黄河鲤鱼净肉配以南荠丝、香菇丝、胡椒烩煮成汤,最后用醋勾芡,酸辣利口,是一道开胃的醒酒菜。

靖康之变,《清明上河图》和《东京梦华录》中繁华的东京汴梁毁于一旦,开封由一个王朝的首都沦落为另一个政权的边城。元朝定都北京,大运河裁弯取直,江南钱粮直接运往北京,开封优势不复,渐渐迷失在历史的长河里。当初在那场战乱中背井离乡的汴京人,却在东南的繁华中落地生根,直把他乡作故乡,如今人们只知道宋嫂鱼羹是杭州的名菜,多少人还记得它来自曾经的东京汴梁呢?

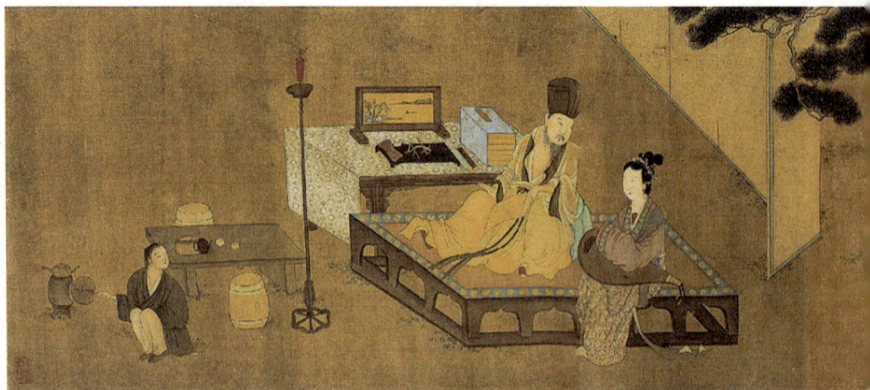

东坡先生的杭州菜

北宋元祐四年（1089 年）的七月，时年 54 岁的苏东坡因为坚持个人的政治主张，既不能容于新党，又不能见谅于旧党，再一次离开京师，以龙图阁学士任浙西路兵马钤辖兼杭州知州。这距离他在变法中得罪新党通判杭州已经过去了 18 年。元祐四年的杭州刚刚经历了一场大旱，饥疫并作。苏东坡一边上表朝廷请求赈济，一边积极救灾，充实长平仓以备荒年，兴建安乐坊收纳穷苦病人，使杭州大量民众幸免于天灾。

历史上的西湖，曾是杭州城唯一的淡水来源。"杭本近海，地泉咸苦，居民稀少。唐刺史李泌始引西湖水作六井，民足于水。白居易又浚西湖水入漕河，自河入田，所溉至千顷，民以殷富。"

元祐年间的西湖，已经荒废了上百年，淤塞过半。湖面半为葑田，"葑合平湖久芜漫，人经丰岁尚凋疏"，深知废湖之弊的苏东坡立即上书《乞

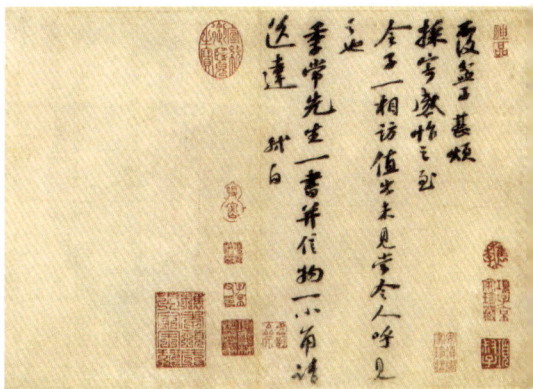

（左）仇英《东坡寒夜赋诗图卷》 　（右）苏轼行书《覆盆子帖》

开西湖状》，于次年率众二十万，兴修水利，疏浚西湖。将挖出的葑田、淤泥筑成一条纵贯西湖的长堤，以便行人。堤上广植芙蓉、杨柳，景致如画，被杭州人称之为"苏公堤"，简称"苏堤"。春天的苏堤绿柳如烟，鸟鸣莺啼，湖光树影交织，是为西湖十景之一"苏堤春晓"。

　　苏东坡，名轼，字子瞻，不仅是一位杰出的政治家、诗人、文学家、画家、书法家，而且是中国历史上有名的美食家，号称"饕翁"。苏东坡《老饕赋》："庖丁鼓刀，易牙烹熬。水欲新而釜欲洁，火恶陈而薪恶劳。九蒸暴而日燥，百上下而汤鏖。尝项上之一脔，嚼霜前之两螯。烂樱珠之煎蜜，滃杏酪之蒸糕。蛤半熟而含酒，蟹微生而带糟。盖聚物之夭美，以养吾之老饕。婉彼姬姜，颜如李桃。弹湘妃之玉瑟，鼓帝子之云璈。命仙人之萼绿华，舞古曲之郁轮袍。引南海之玻黎，酌凉州之蒲萄。愿先生之耆寿，分余沥于两髦。候红潮于玉颊，敬暖响于檀槽。忽累珠之妙唱，抽独茧之长缲。闵手倦而少休，疑吻燥而当膏。倒一缸之雪乳，列百椀之琼艘。各眼滟于秋水，咸骨醉于春醪。美人告去已而云散，先生方兀然而禅逃。响松风于蟹眼，浮雪花于兔毫。先生一笑而起，渺海阔而天高。"

东坡先生的杭州菜

东坡肉

苏东坡的饮食之道，与其他"食不厌精"的士大夫们不同，他仕途坎坷，广泛接触劳动人民，了解民间疾苦，深受百姓爱戴，他笔下的"美食"大多都是民间的平常食物。这一次苏东坡在杭州只停留了两年，而关于东坡先生的美食却留了下来。

东坡肉又称红烧肉、焖肉，色泽红艳，肉酥味醇，是江浙一带的名菜，在苏东坡的家乡四川眉州，上任过的徐州、常州、黄州（今湖北黄冈）皆有流传，杭州人甚至把"东坡肉"公推为杭州第一道名菜。

苏东坡爱吃肉，《东坡志林》中有一则故事："东坡食肉诵经，或云：'不可诵。'坡取水漱口，或云：'一盂水如何漱得！'坡云：'惭愧，阇黎会得！'"

宋周紫芝《竹坡诗话》中记载："东坡性喜嗜猪，在黄冈时，尝戏作《食猪肉诗》云：'黄州好猪肉，价贱如泥土。富者不肯吃。贫者不解煮。慢着火，少着水，火候足时他自美。每日起来打一碗，饱得自家君莫管。'"

现今杭州的东坡肉，比苏东坡谪居黄州时的做法更讲究，以绍兴花雕当水，先在砂锅中小火焖煮两三个小时，待酥烂后再置于小瓷罐中上笼蒸透上桌。汁浓味醇，肥美绝伦，肉酥软而不碎，味香糯而不腻口。

"东坡肉"这一叫法不知始于何时，1977 年 5 月版《中国菜谱（浙江）》中叫作香酥焖肉。钟毓龙《说杭州》中记载民国时的杭州："荐桥街有赵长兴饭店，其红烧肉烧法特佳，味甚美。"又有"城中菜馆之著者有聚丰园、小有天，在城站。小有天以坛子肉闻名。其法以肉切成小方块，置小坛中，加酱油、陈酒及花椒，不入滴水，鲜荷叶封口，敷以黄泥，于栗炭火上炖熟，其味独绝。"与今之东坡肉无异。

在杭州的一些餐馆里，把五柳鱼附会为东坡所制，称之为"东坡鱼"，其实不然。

苏东坡的确很爱吃鱼，而且也很会做鱼，深得各种鱼馔之妙法。他在《鱼蛮子》一诗中记录了鲤鱼的方法："擘水取鲂鲤，易如拾诸途。破釜不著盐，雪鳞笔青蔬。"

谪居黄州的日子，苏东坡还写了《煮鱼法》："在黄州，好自煮鱼，其法以鲜鲫鱼或鲤治斫，冷水下，入盐如常法，以菘菜心芼之，仍入浑葱白数茎，不得搅。半熟，入生姜、萝卜汁及酒各少许，三物相等，调匀乃下。临熟，入橘皮线，乃食之。"

依照东坡先生的做法，这道菜应该是一盅颜色乳白的鱼汤，其味道必是非常鲜美，以至于多年后他还在朋友面前颇为自得。元祐四年（1089 年）的十一月二十九日，苏东坡在杭州又依法烹煮了一次，并写下一篇《书煮鱼羹》："予在东坡，尝亲执枪匕，煮鱼羹以设客，客未尝不称善，意穷约中易为口腹耳！今出守钱塘，厌水陆之品，今日偶与仲天贶、王元直、秦少章会食，复作此味，客皆云：此羹超然有高韵，非世俗庖人所能仿佛。岁暮寡欲，聚散难常下了。当时作此，以发一笑也。"

家乡肉，家乡味

或许诗人墨客笔下的西湖水太妩媚了，苏东坡的"水光潋滟晴方好"，张宗子的"雾凇沆砀，天与云与山与水，上下一白"，人们竟然忽略了杭州的山。或许宋朝带给杭州的历史痕迹太厚重了，西湖醋鱼，宋五嫂的鱼羹，东坡先生的猪肉，杭州本土的味道反而屈居其后，声名不及。

一方水土滋养一方美食，一个地方的风味的形成，取决于当地的山川河流。杭州味道的源流在运河，在天目山。清代《户部漕运全书·浙江运河考》载："浙江运河之水，发源于天目山（两峰顶各一池相对如目，故名）。而宣、歙以东，富阳以北，支分干流，众川为纬，运河北经，自宋淳熙时临安（杭州府）浚北郭务至镇江漕渠，凡六百四十里。今自北郭务至谢村为十二里泾，为唐栖河，水深阔。德清之水入之。又过北陆桥入石门，过松老，抵高新桥，海宁支河通之。绕石门城南转东北至小阳桥，水浅时资挑浚东北。石门桥北至皂林驿，水深者及丈。过永新入秀水界，自赵桥镇至陡门镇，河俱阔。又北由嘉兴府城西转而北，出杉青闸，至王江泾，阔六七丈不等，深者至二丈许。又北为平望镇，湖州运艘由莺脰湖出会之，已入江南境矣。"

清袁枚《随园食单》中记载了一种"家乡肉"："杭州家乡肉，好丑不同。有上、中、下三等。大概淡而能鲜，精肉可横咬者为上品。放久即是好火腿。"

家乡肉，又称南肉，因售于南货店而得名。南货，顾名思义即南方特有的土产。清李斗《扬州画舫录·草河录上》载："行货半入于南货，业南货者，多镇江人，京师称为南酒。所贩皆大江以南之产，又署其肆曰海味。"南货店其实是南北货店的简称，店中所售不唯南货，还有口蘑、红枣等北方土产。

钟毓龙《说杭州》记载："昔时之饭店旨在供人以餐，与今之称旅馆为饭店，徒有其名不同。然亦必有特色菜肴方能招徕顾客。最有名者为清河坊之王润兴饭店，清道光年间甬人王润兴所设，以所制盐件儿（家乡肉）及鱼头豆腐二味精美驰名。"旧时"家乡南肉"是饭店常备菜，大块烹制保温，食时现吃现切，按件供应，故又称"咸件儿"。切好的家乡肉至置于白瓷盘中，色彩分明，白若洁玉，红似胭脂，腴美鲜嫩，香酥不腻。

如果把南肉和春笋煮在一起，便是杭城名菜"南肉春笋"，南肉香糯，春笋爽嫩。《随园食单》中有一道笋煨火肉，与之类似："冬笋切方块，火肉切方块，同煨。火腿撤去盐水两遍，再入冰糖煨烂。席武山别驾云：凡火肉煮好后，若留作次日吃者，须留原汤，待次日将火肉投入汤中滚热才好。若干放离汤，则风燥而肉枯；用白水则又味淡。"若于南肉春笋中再加入鲜肉，便成了江南人所谓"鲜掉眉毛"的腌笃鲜了。

春笋中出笋最早的，最细嫩的是雷笋，因早春打雷即出而得名，即上海人口中的"燕笋"，宋代赞宁《笋谱》："燕笋，钱塘多生，其色紫苞，当其燕至时生，故俗谓燕笋。"五六月间，则食天目石笋，《笋谱》记载："天目笋：五月生。尽六月。其笋色黄，出天目山。端午后方采鸞。旱岁则无。"

选壳薄、肉肥、色白、质嫩的鲜笋，削箨剥壳，用盐水烫熟，再烘焙制成干品即为"笋干"。早在明清时期，天目笋干就以"清鲜盖世""甲于果蔬"著称，按品质区分有焙煏、扁尖、肥挺、秃挺、小挺、直尖等品种，

金华火腿

以扁尖产量最大，所以笋干在江南又有"扁尖"的别称。

笋干老鸭煲，是"张生记"根据"药食同源"原理，依照古方研制的杭州名菜。老鸭煲以江南土鸭、天目山笋干、陈年火腿为主料，文火煲制四五个小时而成。经过长时间的煲煮，淡金色的老鸭已经酥烂，用筷子轻轻一拨便骨肉分离。老鸭和火腿赋予这一煲汤岁月的陈香，醇厚而香浓，被封藏在笋干中的春意在肉汤中升腾氤氲，沁人心脾。啜饮一口，鲜味便从味蕾沿着神经扩散至全身，顿觉心旷神怡。继而吃肉、喝汤，循环往复，酣畅淋漓，却自有一分"清风明月无人管"的惬意。

袁枚云"家乡肉，放久即是好火腿"，这种说法是错误的。家乡肉与火腿叫法虽时有混淆，但制法却不同。家乡肉现制现售，腌制二十几天即成，火腿却需要在漫长的时间里慢慢成熟，民间有"三年出一个状元，三年出不了一个好火腿"的说法。

简单来说，火腿就是经过盐渍、烟熏、发酵和干燥处理的猪腿。其制法可以上溯到周代的一种干肉——"脩"，《周礼·天官》："凡肉脩之颁赐，皆掌之。"《说文解字注》："薄析曰脯。棰之而施姜桂曰锻脩。"在 2500 多年前的春秋时期，孔子广收门徒，有教无类，学生以"束脩"充当学费，即十条干肉。《论语·述而》："自行束脩以上，吾未尝无诲焉。"

到了 6 世纪的南北朝时期，干肉的制法已经类似现在的腊肉。北魏贾思勰《齐民要术》中有"作五味脯法"："正月、二月、九月、十月为佳。用牛、羊、獐、鹿、野猪、家猪肉。或作条，或作片。罢，〔凡破肉，皆须顺理，不用斜断。〕各自别。捶牛羊骨令碎，熟煮取汁，掠去浮沫，停之使清。取香美豉，〔别以冷水，淘去尘秽。〕用骨汁煮豉，色足味调，漉去滓。待冷下盐。〔适口而已，勿使过咸。〕细切葱白，捣令熟；椒、姜、橘皮，皆末之，〔量多少。〕以浸脯，手揉令彻。片脯，三宿则出；条脯，须尝看味彻，乃出。皆细绳穿，于屋北檐下阴干。……腊月中作条者，名曰'瘃脯'，堪度夏。"

"火腿"之名，民间传说源自宋代抗金名将宗泽，其实不然。传说宗泽曾将家乡义乌的腌猪腿肉进献给宋高宗，皇帝见其色红如火，赐名"火腿"。宗泽也将腌肉作为行军路餐或招待部属将官，当人们问起肉名时，他说是"家乡肉"。因金华、义乌地处长江之南，故又名"家乡南肉"。但清代康熙癸亥年（1683 年）《金华府志》和嘉庆壬戌年（1802 年）《义乌县志》并无宗泽进献火腿的记载。

据考证，金华民间腌制火腿最晚始于唐代。唐开元二十九年（741 年）

陈藏器撰写的《本草拾遗》载："火胲（腿），产金华者佳。"北宋时，苏东坡对烹食储存火腿已颇有心得，他撰写的《格物粗论》中说："火腿用猪胰二个同煮，油尽去。藏火腿于谷内，数十年不油，一云谷糠。"

至明代，火腿已被官府列入派征的物产，据明万历三十四年（1606年）《兰溪县志》载："肥猪、肥鹅、肥鸡、火肉皆每岁额办之数派办。"浙江嘉兴、嘉善一带至今还沿称火腿为火肉。

清代关于火腿的记载很详尽。清咸丰十一年（1861年）王士雄著《随息居饮食谱》载："兰熏（一名火腿）甘咸温，补脾开胃，滋肾生津，益气血，充精髓，治虚劳怔忡，止虚痢泄泻，健腰脚，愈漏疮，以金华之东阳冬月造者为胜，浦江、义乌稍逊。他邑不能及也。逾两年即为陈腿，味甚香美，甲于珍馐，养老补虚，洵为极品。取脚骨上第一刀（俗名腰峰），刮垢洗净，整块置盘中，饭锅上干蒸闷透。如是七次，极烂而味全力厚，切食最补。然必上上者始堪如此蒸食，否则非咸则鞭矣。或老年齿落，或病后脾虚少运，则熬汤撇去油，但饮其汁可也。外感未清，湿热内恋，积滞未净，涨闷未消者均忌。时病愈后，食此太早，反不生力，或致浮肿者，皆余邪未净故耳。"

火腿的做法很多。作为配料使用，虽是腌腊食品，却异常提鲜，故而高级宴席中所用的高汤，必用火腿佐以鲜肉、筒骨、老母鸡等熬制。蒸鲥鱼、蒸刀鱼也会用火腿片覆盖其上，陈香、鲜香交融，美味绝伦。为人做嫁衣，终究浪费了火腿在数年时光里的酝酿，单独食用更能品尝出火腿的美妙之处。

袁枚《随园食单·特牲单》："取好火腿，连皮切大方块，用蜜酒煨极烂，最佳。但火腿好丑、高低，判若天渊。虽出金华、兰溪、义乌三处，而有名无实者多。其不佳者，反不如腌肉矣。唯杭州忠清里王三房家，四钱一斤者佳。余在尹文端公苏州公馆吃过一次，其香隔户便至，甘鲜异常。此后不能再遇此尤物矣。"

梁实秋《火腿》一文中说："一九二六年冬，某日吴梅先生宴东南大学同仁于南京北万全，予亦叨陪。席间上清蒸火腿一色，盛以高边大瓷盘，取火腿最精部分，切成半寸见方高寸许之小块，二三十块矗立于盘中，纯由醇酿花雕蒸制熟透，味之鲜美无与伦比。先生微酡，击案高歌，盛会难忘，于今已有半个世纪有余。"

现在杭州人烹食火腿仍然沿袭古法，先煮再蒸，佐以黄酒、冰糖。其中以楼外楼的"蜜汁火方"最为著名。

作为一个生长于北方的游人，我一度曾对盐中带甜的食物有所质疑，然而杭州的火腿却打消了我的疑虑。蜂蜜、冰糖、桂花调制的蜜汁浸润在岁月中成熟的火腿，肥肉色如琥珀，已经呈半透明状，晶莹润泽；精肉红艳似火，软嫩糯香。咸味和甜味和谐相处，制造出一种自然的美感，仿佛这两种滋味的相遇早已注定，一如杭州的湖与山。

火腿炒青豆

来去奎元馆

几年前，因工作数次到杭州，都没能好好地吃一顿杭州菜，深以为憾。这一次决定只吃杭州菜。前两天先后品尝了楼外楼的醋鱼、东坡肉、蜜汁火方和龙井虾仁，知味观的虾肉小笼和幸福双，张生记的笋干老鸭煲，第三天我身体里的北方蛋白酶开始发作，天还不亮就被唤醒，极度渴望一碗面的滋养，于是便乘车前往奎元馆。

奎元馆，全称奎元馆面店，是一家百年老字号。钟毓龙《说杭州》中说："奎元馆创始于清同治六年，原为皖人所开，传曾为应试者供面，面中有蛋三个，寓'连中三元'之意。后果有食其面者，于乡试、会试、殿试均获第一，乃为之书额曰'魁元馆'，后作奎元馆。其店址在官巷口闹市。民初由甬人李某经营，改为宁式大面，遂以虾爆鳝、虾黄鱼、虾片儿川等味美而驰名。并创'过桥'之吃法，作料与面分为两起，以便于饮酒者。"

1942年，奎元馆第六代传人陈桂芳，改进研发出因季节更迭而不同的时令面品。春暖花开时，步鱼（塘鳢鱼）肥嫩，供应步鱼面；仲夏时节，河虾和黄鱼上市，供应虾黄鱼面；秋天菊黄蟹肥，供应蟹粉和蟹黄鱼面；隆冬之际，则卖小羊肉面和羊蹄大面。

奎元馆的面条称作"坐面"，其做法与镇江之"跳面"类似。坐面选用高筋面粉，手工制成面团，再以人坐于竹杠上反复擀压，再切制成条。

（左）片儿川 （右）虾爆鳝面

这种面条耐烧煮，韧而细滑，吃起来有"筋骨"。其汤料、配料皆以江浙地区的时鲜食材为原料，讲究突出原味，鲜咸合一。

现今奎元馆经营的面食品种达百种之多，但最负盛名仍是虾爆鳝面和片儿川。

虾爆鳝面，其实就是用虾爆鳝做浇头，虾爆鳝可以直接浇在面上，也可以过桥。端午前后，河虾鲜嫩，黄鳝肥美。鳝片用菜油爆，色如灿金，香酥肥嫩；虾仁用猪油炒，洁白如玉，清新滑嫩；面用麻油浇，柔韧香滑，浓香适口。葱丝、蒜叶点缀其间，数种不同层次的鲜味交织，让一碗面变得活色生香。

2013 年 7 月，在"第二届中国饭店文化节暨首届中国面条文化节"上，杭州片儿川荣登"中国十大名面条"榜单。新闻一出，很多外省人蒙了，在武汉热干面、北京炸酱面、山西刀削面、兰州拉面、四川担担面等一干"面"中间，这个"片儿川"是什么东西？

来去奎元馆

拱宸桥航拍

片儿川当然也是一种面，以猪腿肉、竹笋、雪菜（杭州俗称倒笃菜）制作浇头，先将肉片用猪油略煸，投入笋片略炒，最后放入切碎的雪菜炒匀，加适量沸水烧开即成浇头。制作浇头的同时将面条煮熟，捞出控干，倒入浇头的锅里稍煮入味，装碗盖上浇头即成。一碗热气腾腾的片儿川，肉片粉红滑嫩、竹笋牙白爽脆、雪菜碧绿鲜香，色彩分明，引人食欲大开。

南宋以来，杭州话多带儿缀音，如"筷子"则念做"筷儿"，且"儿"音比中原音更为厚重。浇头中的配料全切成片状，便有了"片儿"；为保持食材的鲜嫩，在锅中稍加氽煮即出锅，故名"片儿氽"。"氽"与"川"谐音，在杭州人口中，就成了"片儿川"。

走出奎元馆，我们乘车前往拱宸桥。

拱宸桥东西横跨大运河，是京杭大运河到杭州的终点标志。据《古今图书集成·杭州桥梁考》记载，拱宸桥明崇祯四年（1631 年）由明末商人夏木江所倡建，中间几经兴废，清光绪十一年（1885 年），在杭人丁丙的主持下重修。桥长 92 米，桥身用条石错缝砌筑，上贯穿长锁石，桥面呈柔和弧形，为三孔薄墩石拱桥，纵联分节并列砌筑。四只石雕趴蝮盘踞于桥两侧的水上，桥身镌刻的对联，"迢遥同一水数支分苕霅路入江淮，迤逦近重城看半道春红河塍晚翠"，在岁月的侵蚀中已模糊难辨。

站在雄伟的石桥上，凭栏临风，运河上不时有装载着沙石、煤炭、水泥的千吨驳船迅速的驶过。逝水如斯，不觉间，时间已随着运河流走了。在运河的另一端的北京，有一种面叫作羊肉氽儿面。其制法和片儿川有几分相似，但配料、调味却截然不同，完全是另一种北地风情了。

旧 时 光 里 流 动 的 飨 宴

沿河南下，寻味一水间，一路依稀可见酒家悬挂"船菜"的招牌，有的只是食于水上，以湖鲜河鲜入馔，原汁原味，名为"船菜"，却不过是渔家饭，与明清民国笔记中记载的"船菜"实则不同。那承载着"船菜"的舟楫，都已无可避免地消失在历史的长河中。

旧时船菜，特指乘船冶游时所用馔食，船是花船画舫，做菜的是船娘。王稼句《姑苏食话·船娘》："在花船上作营生的女子，有妓女，有厨娘，有侍婢，一般称妓女为船娘，当然妓女兼而为厨娘的很多。"徐珂《可言》卷十三说："江浙之好游宴而言看馔者，辄曰船菜，灯船中人之所烹饪者也。江宁、苏州、无锡、嘉兴皆有之，不独广州、梧州也。及夕，船内外皆张灯，夏尤盛，舟子眷属恒杂佣保中，荡桨把舵，二八女郎且优为之，皆素足，船主有蓄妓以侑客者。春秋佳日，肆筵设席，且游且饮，丝竹清音，山水真趣，皆得之矣。"

船菜和船娘的出现，源于古代达官贵人、巨商富贾、纨绔才子乘舟冶游。很早以前，中国古代的帝王贵族即有节令佳日泛舟于水宴客于船的历史记载，春秋时的吴王阖闾、隋朝的炀帝杨广、五代后蜀的孟昶皆曾在船设宴，竞为豪者。

唐杜甫《城西陂泛舟》诗："青蛾皓齿在楼船，横笛短箫悲远天。春风自信牙樯动，迟日徐看锦缆牵。鱼吹细浪摇歌扇，燕蹴飞花落舞筵。不有小舟能荡桨，百壶那送酒如泉？"

唐代白居易《三月三日祓禊洛滨》序："开成二年三月三日，河南尹李待价以人和岁稔，将禊于洛滨。前一日，启留守裴令公。令公明日召太子少傅白居易、太子宾客萧籍李仍叔刘禹锡、前中书舍人郑居中、国子司业裴恽、河南少尹李道枢、仓部郎中崔晋、伺封员外郎张可续、驾部员外郎卢言、虞部员外郎苗愔、和州刺史裴俦、淄州刺史裴洽、检校礼部员外郎杨鲁士、四门博士谈弘谟等一十五人，合宴于舟中。由斗亭，历魏堤，抵津桥，登临溯沿，自晨及暮，簪组交映，歌笑间发，前水嬉而后妓乐，左笔砚而右壶觞，望之若仙，观者如堵。尽风光之赏，极游泛之娱。美景良辰，赏心乐事，尽得于今日矣。"

宋叶梦得《避暑录话》说："欧阳文忠知扬州，建平山堂，壮丽为淮南第一。每暑时，辄携客往游，遣人至邵伯取荷花千余朵，以画盆分插百许盆，与客相间，遇酒行即遣妓取一花传客，以次摘其叶尽处，则饮酒，往往侵夜，载月而归。"

宋王明清《挥麈录》有这样一段记载："姚舜明庭辉知杭州，有老姥自言故娼也，及事东坡先生，云：公春时每遇休暇，必约客湖上，早食于山水佳处。饭毕，每客一舟，令队长一人，各领数妓任其所适。晡后鸣锣以集，复会圣湖楼，或竹阁之类，极欢而罢。至一二鼓夜市犹未散，列烛以归，城中士女云集，夹道以观千骑骑过，实一时盛事也。"

宋室南渡，偏安江南一隅，纵酒作乐，不思恢复。宋周密《武林旧事·西湖游幸》载："淳熙间，寿皇（宋孝宗）以天下养，每奉德寿三殿（宋高宗，居德寿宫），游幸湖山，御大龙舟。宰执从官，以至大珰应奉诸司，及京府弹压等，各乘大舫，无虑数百 …… 小舟时宣唤赐予，如宋五嫂鱼羹，尝经御赏，人所共趋，遂成富媪。"

营生于水上的船娘大约出现于元初。徐大焯《烬余录》载："鼎革后，

清代徐扬 《姑苏繁华图》局部

城乡遍设甲主，挚人妻女，有志者皆自裁，不幸有母姑儿女牵系，欲求两全者，逃避无所，俯仰无资，竟出下策为舟妓，以舟人不设甲主，舟妓向不辱身也。虎丘、桃坞之间，遂多名妓。皆良家子耳。"

明永乐十九年（1421年），明朝迁都北京，改北京为京师。作为留都的南京并没有迅速衰败，明代中叶，南京城人口达120万，是当时中国乃至世界上最大的城市。政治重心北移，富庶的南京成为官员致仕养老、才子佳人荟萃之地，饮食业、烟花业集聚，兴盛不衰。

周劭在《明代的娼妓》一文中论曰："明季的娼妓事业，当推南都为中心，其地北招维扬，南徕姑苏，再加上秦淮旧迹，遂成为征歌选舞的胜场"。清余怀《板桥杂记》："秦淮灯船之盛，天下所无。两岸河房，雕栏画槛，绮窗丝障，十里珠帘。主称既醉，客曰未晞。游揖往来，指目曰：某名姬在某河房，以得魁首者为胜。薄暮须臾，灯船毕集，火龙蜿蜒，光耀天地，扬槌击鼓，蹋顿波心。自聚宝门水关至通济门水关，喧阗达旦。桃叶渡口，争渡者喧声不绝。"

船菜依水而生，故而兴盛于水上城市，或清波不兴城依碧水，或湖光潋滟近在咫尺。运河沿岸的船菜，扬州有瘦西湖，无锡、苏州有太湖，嘉兴有南湖，杭州有西湖。

船菜首重"时鲜"，所制菜肴四时不同、八节有别，一菜一品，百菜百味。康熙时人瓶园子《苏州竹枝词》有咏："城中多酒船，酒船肴馔讲时鲜。"其次讲究味道精致，有别于酒楼饭馆。叶圣陶散文《三种船》中说："船家做的菜是菜馆比不上的，特称'船菜'。正式的船菜花样繁多，菜以外还有种种点心，一顿吃不完。非正式地做几样也还是精，船家训练有素，出手总不脱船菜的风格。拆穿了说，船菜所以好就在于只准备一席，小镬小锅，做一样是一样，汤水不混和，材料不马虎，自然每样有它的真味，叫人吃完了还觉得馋涎欲滴。倘若船家进了菜馆里的大厨房，大镬炒虾，大锅煮鸡，那也一定会有坍台的时候了。话得说回来，船菜既然好，坐在船里又安舒，可以眺望，可以谈笑，玩它个夜以继日，于是快船常有求过于供的情形。"

旧时船菜虽名饮馔，最初是烟花行业的衍生产品，其兴衰与风化业有着密不可分的关系，多兴盛于明清，民国时渐以宴饮为主，至 1937 年抗战全面爆发而消亡。

春风十里扬州路，扬州的烟花冶游自古闻名。扬州地处大运河与长江的交汇处，"物产之饶甲江南"，南北物资汇聚于此。境内时鲜菜蔬，水鲜珍禽，四季常备，有"春有刀鲚，夏有鲴鲋，秋有鹅鸭，冬有野蔬"

之说。扬州"盐策之利，邦赋攸赖。若其人文之盛，尤史不绝书"，"怀才抱艺者，莫不寓居于此"。

清李斗《扬州画舫录》："郡城画舫无灶，惟沙飞有之，故多以沙飞代酒船。朱竹垞《虹桥诗》云：'行到虹桥转深曲，绿杨如荠酒船来'是也。城中奴仆善烹饪者，为家庖；有以烹饪为佣赁者，为外庖。其自称曰厨子，称诸同辈曰厨行。游人赁以野食，乃上沙飞船。举凡水蔂筅帚、西娃箸籤、酱瓿醋瓵、镊勺盏铛、茱萸芍药之属，置于竹筐，加之僵禽毙兽，镇压枕藉，覆幂其上，令拙工肩之，谓之厨担。厨子随其后，各带所用之物，裹之以布，谓之刀包。拙工司炬，窥伺厨子颜色，以为炎火温蒸之候。于是画舫在前，酒船在后，橹篙相应，放乎中流，传餐有声，炊烟渐上，幂历柳下，飘摇花间，左之右之，且前且却，谓之行庖。"

沙飞是一种小船，《扬州画舫录·虹桥录》："木顶船谓之'飞仙'，制如苏州酒船，本于城内沙氏所造，今谓之'沙飞'，皆用篙。"书中还记载了一种名为"红桥烂"的小宴舫，可置三席："船设茶灶于船首，以煮肉，自码头开船，至红桥则肉熟，遂呼此船为'红桥烂'。"

1935 年 5 月郁达夫《扬州旧梦寄语堂》："自大业初开邗沟入江渠以来，这扬州一郡，就成了中国南北交通的要道；自唐历宋，直到清朝，商业集中于此，冠盖也云屯在这里。既有了有产及有势的阶级，则依附这阶级而生存的奴隶阶级，自然也不得不产生。贫民的儿女，就被他们迫作婢妾，于是乎就有了杜牧之的青楼薄幸之名。所谓'春风十里扬州路'者，盖指此。有了有钱的老爷和美貌的名娼，则饮食起居（园亭），衣饰犬马，名歌艳曲，才士雅人（帮闲食客），自然不得不随之而俱兴所以要腰缠十万贯，才能逛扬州者，以此。但是铁路开后，扬州就一落千丈，萧条到了极点。从前的运使、河督之类，现在也已经驻上了别处；殷实商户，巨富乡绅，自然也分迁到了上海或天津等洋大人的保护之区，故而目下的扬州只剩了一个历史上的剥制的虚壳，内容便什么也没有了。"

扬州船菜留下可供参考的资料不多，研究扬州船菜只能在《扬州画舫录》《调鼎集》《随园食单》等笔记杂志寻觅只言片语的印记，或者根据现今扬州的四时饮食推断。在明清时的扬州画舫上，也许春天时尝蒸鲥鱼、蒸刀鱼、烧河鲀、炒螺蛳；夏令吃盐水虾、西施舌、炝虎尾、马鞍桥之类；秋天品盐水鸭、蒸螃蟹、田螺酿肉、蟹粉狮子头等；冬日则食河蚌咸肉、砂锅鱼头等物。或许大煮干丝不可或缺，小笼汤包也属必备，只是我一个北方人的推测罢了。

苏州船菜，兴盛于明清。清沈朝初《忆江南》词曰："苏州好，载酒卷艄船。几上博山香篆细，筵前冰碗五侯鲜。稳坐到山前。"瓶园子《苏州竹枝词》也咏道："城中多酒船，酒船肴馔讲时鲜。无分风雨兼霜雪，说着闲游便出钱。"

1947年出版的《苏州游览指南》有关于苏州船菜的介绍："苏州船菜，向极有名，盖苏州菜馆之菜，无论鸡鸭鲜肉，皆一炉煮之，所谓一锅熟也，故登筵以后，虽名目各异，味而皆相类。惟船菜则不然，各种之菜，皆隔别而煮，故真味不失。司庖者皆属妇女，殆以船娘而兼厨娘者，其手段极为敏捷，往往清晨客已登舟，始闻其上岸买菜，既归则洗割烹制，皆在艄舱一隅之地，然至午晷乍移，已各色齐备，可以出而饷客矣。其所制四粉四面之点心，尤精巧绝伦，且每次名色不同，亦多能矣。惟现值战后，社会经济困窘，真正之船菜已不多睹，惟于苏式餐馆中可以嚼其一脔。"

船菜本为达官显贵、富商巨贾所消费，向来不菲，愈近愈加靡费。1927年出版的《旅苏必读》中介绍"船筵"：一席中餐计8冷盆、4小碗、

4 粉点、4 面点，酒用花雕，时价为 30 元；而当时苏城菜馆"吃全"也不过 5 元 5 角。

陆鸿宾《旅苏必读》记道："苏地船菜最为有名，各样小菜有各样之滋味，不比馆菜之同一滋味，菜有一顿头、两顿头之别，船有大双开、小双开之别，然虽曰大双开，究不能多请客人，故官场请客而人数多者，必用夏桂林船，菜亦嘉，船亦大，用轮船拖带，虎丘冷香阁，枫桥寒山寺，一日而可游两处。朝顿八大盆、四小碗、四样粉点、四样面点、两道各客点，酒用花雕，尽客畅饮。夜顿十二盆、六小碗、两道各客点，船酒菜一应主人出洋三十元，轮船外加二十元，客人各出酒钱洋两元，亦有主人包出，不费客人者，主人加出洋十六元或十二元，或照到客每客两元不等。船上尽可叫局，各就自己所认识者出条叫之，名曰发符。每局洋三元，出船坐场洋一元，在坐客人各叫一，则主人必赔叫一局，为一排或有叫两排三排，主人亦必须两局三局，以赔之。有初到苏地并无熟识倌人，则主人或在坐客人代为出条，则条上必书明某代。而局钱虽非熟识不必当场开销，熟客则三节总付，新客则于明后日至倌人家内茶会再开销。最好有二三局后倌人打合请客还席总算，若一局即付者，谓为孤孀局，倌人甚不乐于此。"

陶凤子《苏州快览》记道："船上所置之菜，名曰船菜，别样风味，名驰他方。有一顿头连船十元，二顿头连船二十元，不吃菜者六元，无论何之，均以一天计算，坐大双开者，亦可叫局。或山塘缓渡，或枫桥暂泊，或放棹石湖，或扣舷胥江，一声欸乃，山光纷扑，凭窗纵目，胸襟洒然，而浮家泛宅中，与二三知己浅酌低斟，远眺近瞩，赏心悦目，尤无复以加也。"

徐珂《可言》记述："己未（1919 年）十月，予偕春音词社同人至苏，游天平山观红叶，乘夏关林舟以往，虽灯船非妓家所有，妓家时亦赁之。登舟，见有盛于玻璃盘之香蕉、柚、橘、梨四果，可随意啖之。酒筵分午、夜两次。午筵物品有梨、柑、橘、荸荠、杏仁、糖莲子、糖落花生、金橘八碟，瓜子一大碟，陈于中央；四冷荤为排南（火腿之切厚片者）、白鸡、酱鸭、羊膏；四热荤为炒肉丁、炒肫肝、炒蟹粉、蚶羹；大碗为清汤鱼翅、五香鸽、烩虾圆、鸭舌汤、炒腰花、江瑶柱、汤火方（整块火腿清炖曰汤火方）、清蒸鲫鱼、八宝鸭、八宝饭。夜筵物品，九碟为排南、剥壳虾、鸭舌、肫肝、皮蛋、海蜇皮、橄榄、石榴、瓜子；大碗为红烧鱼翅、虾仁、汤泡肚、五香野鸭、蜜炙火腿、炒鱼片，亦尚有适口者，较之无锡，自有惭色。甜咸点心则远胜之，味之甜者，芡实、莲子外，曰大蒜头，曰小辫子，曰双福寿桃，曰秋叶，曰瓜，皆馒头，以形似故名，又有曰夜来香者；味之咸者，炒面、烧卖外，曰瘪嘴汤圆（以火腿、江瑶柱、虾米、菜屑为馅），曰木鱼饺，以形似也，又有曰火腿拉糕者，以面粉之成条者，杂火腿屑于中，至佳。午筵于中途进之甜咸之点心，即在是时。餐毕登山，归途进夜筵，则腹笥便便，不能下箸矣。又苏城河中有常日椗泊之小快船，曰双开门（中舱至船头左右可行者曰双开门，反是曰单开门），曰单开门，舟有玻璃窗、琉璃灯，舟子有女眷摇橹，冶冶之事亦相间为之。……犹忆己未赁关林舟之费用，都凡银币二十二元，得尝午、夜二席。"

苏州船菜有一份保存下来的"王四寿船菜单"，其中包括正菜三十道，名目如珠圆玉润、翠堤春晓、满天星斗、粉面金刚、黄袍加身、王不留行、赤壁遗风、红粉佳人、玉堂富贵、遍地黄金、金星乌龙、桂楫兰桡、卸甲封王、不尽滚滚、花报瑶台、玉楼夜照、雨后春光、玉女晚妆、老树着花、江南一品、春色迷人、深潭印月、醉里乾坤、堆金积玉、秋风思乡、八宝香车、紫气东来、琉璃世界、鱼跃清溪、八仙过海等做法多有佚失；冷盘八道，为豆腐皮腰片、鲞松卷、出骨虾卤鸡、牌南、炝虾、糟鹅、胭脂鸭、熏青鱼。船点，"四粉"：玫瑰松子石榴糕、薄荷枣泥蟠桃糕、鸡丝鸽团、桂花糖佛手；"四面"：蟹粉小烧卖、虾仁小春卷、眉毛酥、水晶珠酥；二道甜点：银耳羹、杏露莲子羹。

菜肴之外，苏州船点亦有特色之处。《吴中食谱》记道："苏州船菜，驰名遐迩，妙在各有真味，而尤以点心为最佳，粉食皆制成桃子、佛手状，以玫瑰、夹沙、薄荷、水晶为最多，肉馅则佳者绝少。饮食业之擅场者，往往以'船式'两字相诩，盖船式在轻灵精致，与堂皇富丽之官菜有别。"

全面抗战爆发后，花船消匿，船菜也由花船画舫被引至酒楼菜馆。上世纪40年代初，松鹤楼菜馆名厨师陈仲曾之子陈志刚，与人合伙在大成坊口开办鹤园菜馆，聘请山塘的船菜高厨费祥生等人掌勺，专营船菜，悬市招称"正宗苏帮船菜"。当时鹤园菜馆的船菜有烂鸡鱼翅、鸭泥腐衣、蟹糊蹄筋、滑鸡菜脯、鸡鸭夫妻、果酱爆鱼、葱油双味鸡、虾爪虎皮鸡等三四十款，一时食客盈门。后来鹤园歇业，庖厨另投别处，这些船菜品种也就流入了苏州城里的其他菜馆。

清朝末期，无锡的船菜兴起，渐成无锡游览之特色之一。民国时期，无锡船菜逐渐兴盛成熟，独具一格，当时著名的画舫有北城脚的蒋、王、谢、杨四大曲院，其中以杨阿梅、杨荣林父子经营的"苹香"号最为出名。

所谓曲院，即领有"花照"的长三堂子。曲院蓄养能歌善舞的姑娘，以接待富商巨贾、达官显贵、纨绔子弟，白日乘画舫冶游，入夜则笙歌盈耳。出游时，画舫由北城脚出"游山船浜"，入运河。近则从惠山浜到龙头下，由梁溪河达五里湖；远则过鼋头渚，泛舟于太湖。

清末民初，无锡的民族实业发展迅速，自1895年杨宗濂、杨宗瀚兄弟创办业勤纱厂起，继而20世纪初，荣宗敬、荣德生创办茂新面粉厂，周舜卿创办裕昌丝厂等，构建起无锡三大工业支柱，促使无锡成为中国民族工业的发祥地之一。工商业的发展带来的商务宴饮也催化了无锡的宴会奢靡成风，无锡船菜风靡江浙沪一带。

徐珂《清稗类钞》记载了一条"改良宴会之食品"，极具无锡特色，沿袭了几分"船菜"遗韵："无锡朱胡彬夏女士以尝游学于美，习西餐，知我国宴会之肴馔过多，有妨卫生，且不清洁而糜金钱也，乃自出心裁，别创一例，以与戚友会食，视便餐为丰，而较之普遍宴会则俭。酒为越酿，俗称绍兴酒者是也。入座时，由主人为客各斟一杯，嗜饮者各置一小壶于前。其所备之肴如下：芹菜（拌豆腐干丝）、牛肉丝（炒洋葱头丝，冷食，味较佳）、白斩鸡、火腿，以上四者，用四深碟，形似小碗，入坐时已置于案，后此诸碗则以渐而进，如筵席通例。炖蛋（内有鸡片、冬笋片、蘑菇片，人各一杯，连杯炖之，至是须易器）、炒青鱼片（和冬笋片，用猪油炒，不用酱油，临时制）、白炖猪蹄（和海参、香菌、扁尖，以大暖锅盛之。每客前又各备小碗，以便分取，至是须易器）、炒菠菜（和冬笋片，猪油炒，不用酱油，临时制）、炒面（猪油与鸡汤、火腿汤炒，上铺鸡丝、火腿丝、冬笋丝，临时制，至是须易器）、鱼圆（夹于冬笋片中炖之）、小炒肉（切小肉片，和栗子、葡萄红烧，至是须易器）、汤团（米粉为之，皮极薄，中有捣碎之葡桃肉和糖，临时制）、莲子羹（人各一杯，与汤团并进。至是始进饭与粥，下为饭粥之菜）、黄雀（糟黄雀，内藏猪肉，用豆腐衣包，与金针、木耳油煎）、青菜（猪油炒，不用酱油，临时制）、江瑶柱炒蛋（猪油干炒，临时制）、汤（鸡汤和血）、腐乳（白色）、菜心（腌）、水果（福橘或蜜橘）。……先置之冷肴四碟，取其颜色之鲜洁也。芹菜绿色，牛肉丝酱色，白斩鸡淡黄色，火腿深红色。而进肴之次序，亦有命意。如食白炖猪蹄后，继之以菠菜，以清口也。青菜与黄雀，一为青生，一为浓厚，而同为佐饭之肴。莲子羹与汤团并进，以其味之调和也。"

南湖，原称鸳鸯湖，位于嘉兴城西南。

张岱《烟雨楼》赞曰："湖多精舫，美人航之，载书画茶酒，与客期于烟雨楼。"陶元镛《鸳鸯湖小志》之"导游"："游者如伴侣众多，拟作竟日游，可先期雇定丝网船，即无锡快船。此项船只常泊北门外荷花堤，客在东门可托旅馆或绍酒肆介绍，招船主来，与之面洽。菜随客点，通例船菜并计，自二十元至三十元。烟酒自办，或并嘱代办均可。最好先与谐定价目，菜用何色，船泊何地，一一与之接洽妥善。届日乘早班车，船至，鼓棹入湖。夏天可令择当风地点抛锚，停泊中流。船菜以虾蟹二味为最佳，馆家无此隽味。"

民国时期，南湖载客游湖多用"丝网船"。吴受福《古禾杂识补》："丝网船来自无锡，其船既大，制愈轩爽，船户伺候周到，能治肴馔。夏日客每唤渡南湖，借乘凉为名，维舟菱牵竹上，尽半日之长，饮博极欢，间有挟妓者。"丝网船有双夹弄和单夹弄两种。单夹弄可以载十余人，设筵一席；双夹弄则加倍，可以设筵二席，容纳二十余人在船上吃喝。船资筵席费用：农历六月廿四观莲节，七月七乞巧节，两节价值最高，大筵银洋十六元、十四元，中筵银洋十二元、十元，平时则各减二元。船娘、厨工的小费及酒资不在内。

嘉兴菜注重"时鲜""乡土"，与比邻的上海本帮菜、杭州杭帮菜区别，独自成系称为"禾帮菜"。南湖船菜富有江南水乡特色，兼具无锡菜和禾帮家常菜的特点，咸甜适中，众口称善。南湖船菜善用时鲜，如鱼虾蟹贝、瓜果菱藕之属；菜贵在精细，制作湖中鱼鲜、湖畔菜蔬尤其注重烹饪手法，凸显菜肴之鲜。

徐珂《天苏阁集》之《民国八年嘉兴南湖船宴菜单》记载嘉兴的船菜筵席为两种："一、六大碗、六小碗。六大碗：蟹黄鱼翅、八宝鸭、鱼肚、冷拌鳖裙、火腿膧、粉蒸肉，六小碗未详记。二、四大碗、四小碗，未详记。但记有八小碗：虾仁、蟹粉、蹄筋、蘑菇、五香鸽、虾圆、白木耳、莲子。船菜中另有'炝虾'一品，颇具特色，以活虾剪去须足，用红乳腐卤麻油白糖蘸食，味极鲜美。又，冷荤盆中有剥壳蟹腿肉植以四周，中间填入蟹黄蟹粉，和朱二娘手制的'芙蓉蟹'相仿，蟹粉蟹黄现剔；虾仁虾圆，现掐。此所谓南湖船菜也。船资筵费：六月廿四观莲，七月七乞巧，两节价最昂。大筵银洋十六元、十四元，中筵银洋十二元、十元，平时则各减二元。酒、小费尚不计在内。"

在当时的嘉兴，一人去餐馆包饭，早上粥菜有皮蛋肉松，午、晚则一荤两素一汤。吃一月也不过三块银洋，可见船菜价格之昂。

南湖船菜享誉民国初年，全面抗战爆发后，丝网船绝迹，船菜几近失传。近年来嘉兴旅游业兴盛，在餐饮业者的共同努力下，南湖船菜得以恢复，又出现在嘉兴的游船上。

2015年南湖景区举办"禾城最具特色南湖船宴"评选，共有南湖船菜大酒店、禾城陆稿荐、江南名庄、世纪贵族、诒谷堂五家，各出八大碗、八小碗，互为角逐，最终南湖船菜大酒楼荣膺特金奖。南湖船菜大酒楼之获奖菜品分别是：冷盘八小碗，鸳湖醉蟹、南湖莲藕、香酥鳑鲏、酱烤时蔬、时令蚕豆、樱桃萝卜、特色卤鸭、糟香土鸡；热菜八大碗，美秘南湖河虾、清蒸浪里白条、水冬菜炖河蚌、特色手工宴球、风肉蒸南湖菱、醉仙八宝香肚、滋滋响油鳝糊、一品稻草扎肉。